Maëlle Fierpied

Le prodigieux destin de Peter

l'école des loisirs
11, rue de Sèvres, Paris 6e

Du même auteur à *l'école des loisirs*

Collection Médium

Chroniques de l'Université invisible
Galymède, fée blanche, ombre de Thym
Bazmaru et la fille du vent

Loi n° 49.956 du 16 juillet 1949 sur les publications destinées à la jeunesse : octobre 2014
Dépôt légal : octobre 2014

ISBN 978-2-211-21694-4

À ma sœur
et ses deux petits démons

I

L'USINE DE CHAUSSONS DE MONSIEUR PANTOUFLE

1

Monsieur et madame Petons vivaient pauvrement avec leurs deux enfants dans une petite bicoque ouverte aux quatre vents. La maisonnette, construite de bric et de broc, était plantée dans un terrain vague qui voyait peu le soleil. On y accédait par une ruelle étroite dissimulée entre deux entrepôts, quasiment invisible de la rue. On s'était souvent demandé si les incessants courants d'air n'étaient pas responsables du retard mental de Peter, le petit dernier de la famille Petons. Comme si le souffle constant qui secouait les murs de la masure avait pu emporter le peu d'intelligence du garçon. Du haut de ses neuf ans, il gazouillait plutôt qu'il ne parlait, restait assis de longues heures à observer le ciel et aimait gribouiller à la craie sur les tôles grises de sa maison. Ses parents et sa sœur faisaient avec. Il était difficile d'en vouloir à Peter car il possédait un visage d'ange. Ses cheveux châtains étaient parsemés de fils d'or, son visage rond avait une peau dorée constellée de taches de rousseur, ses yeux étaient à la fois clairs et obscurs, mêlant le marron et le bleu. Mais surtout, Peter affichait en toutes circonstances un sourire à faire fondre le cœur le plus glacial.

Monsieur Petons passait ses journées en ville à essayer de trouver un travail. Les temps étaient durs et, avec quatre bouches à nourrir, l'homme acceptait n'importe quel emploi. En un an, il avait déjà exercé comme réparateur de chaises, vendeur de clous, frotteur de parquets et aplatisseur de corne sans parvenir à en conserver un seul. La qualité de son travail n'était jamais remise en question. Si on le renvoyait, c'était surtout parce que son poste cessait d'exister. Ses employeurs subissaient eux aussi la crise de plein fouet.

Madame Petons, de son côté, cultivait un petit potager au fond du terrain vague. La terre était pauvre et manquait cruellement de soleil. Elle appliquait à ses légumes la même méthode que pour ses enfants. Elle était persuadée qu'avec de la patience et des bons soins on parvenait à tout. Elle arrivait ainsi à récolter assez de navets, carottes et pommes de terre pour les vendre sur le marché. Olivia, la fille aînée, étudiait dans un établissement pour jeunes filles avec le fol espoir de devenir un jour institutrice. Elle rêvait, tout comme ses parents, d'une vie meilleure pour sa famille. Juste de quoi manger chaque soir de la semaine et s'habiller décemment. Seul Peter semblait se satisfaire de son sort. Il grandissait et gambadait dans le terrain vague avec un bonheur inconditionnel.

La vie de la famille bascula un jour de marché. Madame Petons avait vendu suffisamment de patates pour acheter un poulet fermier et des crayons de couleur presque neufs pour son fils. C'était une belle journée ensoleillée d'automne. Un vent frais et léger jouait avec les papiers et les soulevait en spirale comme des nuées d'oiseaux. Sous la surveillance de sa sœur, Peter s'amusait à courir après une feuille de journal déployée telle une paire d'ailes.

Lorsque monsieur Petons rentra ce soir-là, un poulet fumant entouré de pommes de terre dorées l'attendait au centre de la table. Madame Petons avait passé sa plus belle robe, et Olivia avait récolté assez de bois pour maintenir le poêle allumé toute une semaine. Quant à Peter, il dessinait à même le sol sur une grande feuille de journal. C'était un papier de bonne facture qui ne se déchirait pas sous ses coups de crayon acharnés. Monsieur Petons s'agenouilla près de son fils et le complimenta pour ses gribouillis. Puis il examina de plus près le travail de l'enfant. Peter avait dédaigné la palette de couleurs pour n'utiliser que son crayon rouge et il s'était employé à colorier toutes les marges autour des articles. La page du journal ressemblait à présent à un damier vermillon et gris. Un des carrés de texte, situé en plein centre de la page, attirait plus particulièrement le regard. C'était une petite annonce d'offre d'emploi.

Monsieur Pantoufle recrute un concierge pour sa nouvelle usine de chaussons. Excellentes conditions de travail, logement de fonction chauffé gratuitement. Vous serez amené à accomplir de multiples tâches comme l'entretien des locaux ou la réparation de machines diverses. Familles acceptées.

Entretiens d'embauche le vendredi 10 novembre. Présentez-vous à l'usine dès 10 heures.

Malgré les protestations de son fils, monsieur Petons garda la feuille hors de sa portée. Ce n'était pas difficile, monsieur Petons était un grand homme. Il lut et relut l'annonce. Le 10, c'était le lendemain. Cette annonce était un cadeau du destin.

2

Monsieur Petons se présenta à l'usine de chaussons le lendemain matin. Il avait enfilé son costume de velours noir (le seul qu'il possédât et qu'il ne sortait que pour les grandes occasions), puis il avait plié l'annonce encadrée de rouge dans sa poche.

Les lieux ressemblaient à n'importe quel site industriel. Une haute cheminée surplombait trois bâtiments en briques rouges. Deux grands panneaux publicitaires encadraient l'entrée de l'usine. Sur le premier, on apercevait un homme tout sourire désignant une charentaise dans sa main gantée. Au-dessus de l'image on pouvait lire : *En hiver, si mes mains s'habillent en moufles, mes pieds s'habillent en Pantoufles !* La seconde publicité mettait en scène une femme en tablier et chaussons œuvrant dans une cuisine encombrée d'enfants en bas âge et jonchée de jouets. Alors qu'elle aurait dû être débordée, la femme souriait, l'air épanoui. Une phrase aussi rose que les chaussons apportait l'explication : *Les semelles en Polyductimère sont les amies de la ménagère.*

Une dizaine de personnes attendaient déjà devant la grille rouge, tapant du pied pour chasser le froid. Si monsieur Petons fut embêté par la mise élégante des autres candidats, il n'en montra rien. Tous portaient de beaux costumes à la coupe moderne et discutaient de leurs précédentes expériences dans le domaine de la conciergerie. Monsieur Petons resta muet. Il trouva un seau abandonné qu'il retourna pour s'asseoir et prit son mal en patience. La grille n'ouvrit qu'à 13 heures. Entre-temps, plusieurs candidats avaient abandonné l'affaire. Ils n'étaient plus que quatre à patienter.

Ils furent accueillis par un petit homme moustachu chaussé de charentaises rouges, monsieur Pantoufle en personne. Le directeur souhaita jovialement la bienvenue aux quatre hommes et, après leur avoir serré la main, il les guida à travers l'usine. Ils traversèrent la fabrique de feutre, puis l'atelier d'assemblage et, enfin, pénétrèrent dans le bâtiment destiné au moulage de la pâte Polyductimère, le secret le mieux gardé des chaussons.

En effet, si monsieur Pantoufle avait pu se permettre de quitter son modeste atelier de confection pour faire construire une usine pour ses chaussons, c'était grâce à l'immense popularité des semelles antidérapantes fabriquées avec la mystérieuse pâte Polyductimère. Une recette que tous convoitaient mais que personne n'était parvenu à imiter.

– L'original de la recette est rédigé par ma main et conservé dans le coffre-fort de mon avocat, expliqua avec fierté monsieur Pantoufle. Bien malin celui qui prétendra le dérober.

Ils gagnèrent ensuite le grenier du troisième bâtiment. Là-haut, sous d'immenses combles enchevêtrés de tuyaux, ronronnait une énorme chaudière verte.

– Voilà en quoi consiste la plus essentielle des tâches du concierge : surveiller précautionneusement cette chaudière à gaz qui assure l'ébullition constante du Polyductimère. La pâte est un mélange capricieux. Elle se fige quand la température est trop basse et se liquéfie quand elle est trop élevée. Vous n'aurez jamais à vous déplacer pour cette tâche car votre logement de fonction se situe ici même.

Un candidat rompit aussitôt les rangs, prétextant que les conditions d'hébergement n'étaient pas satisfaisantes. Dormir dans un grenier, quelle idée !

Monsieur Petons reprit espoir. Les combles étaient gigantesques, éclairés par des chiens-assis et merveilleusement bien chauffés. Il y avait même une petite cuisine équipée, une chambre fermée pour les parents et, luxe suprême, une salle d'eau. Un rêve pour toute sa famille.

Les trois candidats restants rejoignirent l'antichambre du bureau du directeur. Ils remplirent chacun un formulaire puis patientèrent pour l'entretien. Monsieur Petons fut le dernier à passer. Quand la secrétaire vint le chercher, il était devenu extrêmement nerveux et transpirait dans son costume en velours.

Le bureau de monsieur Pantoufle ressemblait à son propriétaire. Les quatre murs étaient couverts de centaines de chaussons alignés et datés comme des œuvres d'art. Une douce odeur de feu de bois conférait à la pièce une atmosphère chaleureuse. Le directeur accueillit monsieur Petons en l'invitant à s'asseoir dans un fauteuil identique au sien, près de la cheminée. Il lui fit même apporter un chocolat chaud. Au-dessus de l'âtre trônait un portrait de monsieur Pantoufle, beaucoup plus jeune, en compagnie d'un homme aux cheveux blancs portant fièrement une paire de charentaises. Voyant que le tableau l'intéressait, le directeur se lança dans une petite explication.

– Mon maître, précisa-t-il. Voici l'homme qui m'a appris à assembler ma première paire de chaussons. C'était un visionnaire de la chose, un esthète du confort pédestre. Il voulait démocratiser la babouche, émanciper la savate, libérer la pantoufle. Mon nom lui a paru prédestiné et il m'a pris comme apprenti. Je ne l'ai jamais déçu.

– C'est une belle histoire, commenta monsieur Petons.

– Portez-vous des chaussons, monsieur Petons ?

Un peu gêné, l'homme songea à la cabane où il vivait et à son plancher grossier. Si le directeur avait su dans quelle misère il vivait, il ne l'aurait même pas autorisé à s'asseoir ici dans la même pièce que lui. Puis, sûrement à cause de l'odeur du feu, ses pensées firent un bond dans le temps. Lui revinrent en mémoire d'heureux souvenirs d'enfance quand, au matin de Noël, il découvrait un cadeau déposé dans ses chaussons. De chaudes charentaises doublées de laine dont son frère avait hérité lorsque ses propres pieds étaient devenus trop grands.

– J'avais l'habitude de porter des charentaises quand j'étais enfant, un cadeau de mon grand-père, évoqua-t-il avec nostalgie avant d'avouer qu'il n'en portait plus à présent.

– J'apprécie votre sincérité, sourit le petit homme.

Monsieur Pantoufle marqua une longue pause avant de reprendre la parole.

– Ne le prenez pas mal, mais puis-je voir vos chaussettes ?

Monsieur Petons, pris au dépourvu, balbutia.

– S'il vous plaît ?... insista monsieur Pantoufle.

Monsieur Petons s'exécuta. Il se plia en deux et défit les lacets de ses chaussures pour les occasions spéciales. En extrayant ses grands pieds, il eut une pensée émue pour sa femme. Madame Petons considérait le reprisage de chaussettes comme une institution. Une fois par semaine, elle passait en revue chaque paire et débusquait le moindre trou. « Pauvreté ne rime pas obligatoirement avec chaussettes trouées », scandait-elle pour convaincre son mari du bien-fondé de la chose.

Devant la tenue impeccable des chaussettes de monsieur Petons, le directeur Pantoufle siffla d'approbation. Il ordonna à son interlocuteur de se rechausser car il était engagé. Monsieur Petons rougit jusqu'aux oreilles d'étonnement. C'était trop beau pour être honnête. Ils n'avaient même pas abordé la question de ses références.

– Mais… tenta-t-il.

– Il n'y a pas de mais qui tienne. Je sais tout ce que j'ai besoin de savoir. Voici ce que j'ai appris sur vous aujourd'hui : vous êtes une personne ponctuelle et patiente, vous vous intéressez aux autres et vous accordez à vos pieds autant de respect qu'au reste de votre personne. Si je n'étais pas encore convaincu par toutes ces qualités, votre nom suffirait à me persuader que vous êtes le bon candidat. Mon ami, vous portez un nom prédestiné. Des Petons chez un fabricant de chaussons, c'est d'une logique imparable. Vous voyez, tout comme mon nom de famille l'a fait par le passé, vos Petons vous ouvrent les portes d'un avenir radieux. Nous verrons comment vous vous débrouillerez en conciergerie. Vous commencez lundi mais vous pouvez emménager dimanche si vous le souhaitez. Les ouvriers seront de repos et je viendrai moi-même vous accueillir.

Dimanche, à quatre heures de l'après-midi, la famille Petons approcha des grilles rouges de l'usine Pantoufle. Un air abasourdi se lisait sur le visage de la mère et de la fille, comme si la réalité les percutait de plein fouet. Leurs maigres possessions se résumaient à trois valises et une petite charrette tirée par monsieur. Celle-ci contenait, en plus du bric-à-brac de vaisselle et de petit mobilier, un jeune garçon prostré.

La destruction de son univers familier avait perturbé Peter au plus haut point. Il n'avait pas supporté de voir sa maman vider la maison et son papa décrocher son hamac. Olivia avait bien essayé de lui expliquer, mais rien ne l'avait convaincu. Il avait fini par suivre ses affaires en s'asseyant à côté d'elles dans la charrette et en boudant ostensiblement.

Le directeur apparut en chantonnant, chaussé de splendides pantoufles à fleurs. Il fit pivoter la grille, invita la famille à entrer puis les guida fièrement jusqu'au pied de leur appartement. Il les aurait même aidés à transporter leurs bagages si monsieur Petons n'avait réussi à l'en dissuader. Pour atteindre le grenier, ils devaient grimper un escalier en colimaçon installé dans un recoin de l'usine et l'homme n'était plus de prime jeunesse.

Madame Petons et sa fille ne cessèrent de pousser des cris de ravissement à mesure qu'elles découvraient leur nouveau logement. Tout était si grand ! Il régnait une température idéale qu'aucun courant d'air ne venait chasser. Et il y avait une salle d'eau.

À l'instant où Peter découvrit la forêt de tuyaux, il l'adopta et exigea que son hamac soit suspendu entre deux conduites coudées. La chaudière, monstre de métal ronronnant, le fascinait. Dans l'imagination du petit garçon, les deux indicateurs de pression devenaient une paire d'yeux bienveillants, les quatre appuis métalliques, de solides pattes, et la grille protectrice de la flamme était une rangée de dents derrière laquelle couvait le ventre du dragon. Avec une telle créature à ses côtés, rien de mal ne pouvait lui arriver.

Monsieur Pantoufle passa rendre visite à la famille Petons dans la soirée.

– Satanés colimaçons, souffla-t-il en franchissant le seuil de l'appartement.

Il portait un plat à gratin ainsi qu'un grand sac en papier pendu à son coude.

– Madame Pantoufle vous envoie toutes ses amitiés. Afin de vous permettre d'économiser le souci d'un repas, elle vous a concocté sa spécialité, un hachis Parmentier. Jeanne, ma femme, m'a expliqué que les déménagements étaient souvent si perturbants qu'on mettait un temps fou à se réorganiser. Elle vous imaginait déjà vous couchant le ventre vide.

Jeanne Pantoufle n'était pas loin de la vérité. La famille Petons avait prévu de ne partager qu'une miche un peu dure. Mais ce n'était pas dû à un problème d'organisation.

Monsieur Pantoufle laissa échapper un juron quand il découvrit où se trouvait Peter. Le garçon était à présent allongé dans son hamac et chantonnait un air indéterminé au rythme duquel il se balançait. La chaudière pouvait pourtant être impressionnante. La machine se mettait en marche dès que la température de la pâte Polyductimère descendait trop bas. Elle émettait alors un énorme grondement qui ne cessait que quand l'aiguille du manomètre atteignait les 120 °C, sa température idéale. C'était ensuite au tour des tuyaux de dilater leur corps d'acier en produisant une série de claquements sonores. Mais le petit Peter entendait tout cela à travers le voile de son imagination et il trouvait normal qu'un dragon grogne et claque des dents de temps en temps.

– Voici un garçon fort intéressant, fit remarquer monsieur Pantoufle, pensif.

Apercevant le sac toujours accroché à son coude, il sursauta.

– J'oubliais. Voici mon cadeau de bienvenue.

Toute la famille Petons protesta mais le directeur fit la sourde oreille. Il s'éclipsa rapidement en prétextant que Jeanne l'attendait. Les Petons découvrirent dans le sac en papier de magnifiques paires de chaussons doublés de laine molletonnée et parfaitement adaptés à leur pointure. Monsieur Petons reçut une paire de charentaises à motif écossais, sa femme des chaussons roses à fleurs vertes, Olivia des pantoufles violettes et Peter une paire de chaussons-chaussettes rayés rouge et noir.

Les pieds au chaud, les Petons mangèrent le hachis de madame Pantoufle en silence. Chacun songeait à cette nouvelle vie qui commençait ici et à leur chance. Le fil d'une existence ne tenait parfois qu'à peu de chose. Une simple feuille de journal battue par les vents, une paire de chaussettes raccommodées, un nom porteur d'espoir. Les pensées de Peter étaient moins profondes mais tout aussi heureuses. Le hachis était bon et il partageait la maison du plus formidable ami qui soit : un terrible dragon au ventre rempli de feu. Jamais il ne s'était senti aussi bien protégé.

3

Monsieur Petons estimait grandement son travail. Le matin, après avoir enfilé son uniforme vert, il contrôlait la pression de la chaudière puis descendait les escaliers pour se lancer dans une multitude de tâches diverses : changement d'ampoules grillées, nettoyage des sanitaires, graissage des machines, lessivage du sol, etc. Il œuvrait avec tant d'efficacité qu'il avait même le temps de monter déjeuner avec sa famille. Grâce à cette pause appréciable, le reste de la journée filait à toute allure. Le soir venu, il achevait son travail en contrôlant une dernière fois la chaudière avant de quitter son uniforme. Le concierge Petons, comme on l'appelait désormais, s'acquittait de son devoir avec une bonne humeur communicative.

Quelques mois après leur installation, il advint une chose incroyable. La chaudière explosa.

Ce n'était nullement la faute de monsieur Petons. Il avait vérifié les manomètres le matin même avant de quitter l'appartement. L'erreur venait en fait d'un manutentionnaire.

À 9 h 30, au rez-de-chaussée de l'atelier de moulage, Albert Lux, conducteur de monte-charge, avait pour habitude de prendre un café tout en menant son véhicule en direction de l'aire de chargement. Le café était toujours un peu trop chaud, aussi Albert le laissait-il refroidir en le posant juste derrière son volant. Seulement, ce jour-là, une plume poussée par un courant d'air manqua d'atterrir dans la boisson. Albert Lux la repoussa et renversa maladroitement la tasse de café dont le contenu se déversa sur ses genoux. La brûlure lui fit perdre le contrôle de son véhicule qui alla s'encastrer à faible allure dans un énorme tuyau vert. Aucune fuite n'étant à déplorer dans la canalisation déformée par le choc, monsieur Lux se garda bien de signaler l'accident. Un tuyau plié, ça n'était pas la fin du monde.

Sauf que cette canalisation transportait de la pâte Polyductimère. La diminution du diamètre du tuyau augmenta la pression à l'intérieur du circuit. Pression qui monta petit à petit au cours de la matinée.

À 11 heures, madame Petons étendait une lessive de draps dans sa chambre. Olivia se trouvait en cours et Peter somnolait dans son hamac. Le garçon fut soudain réveillé par un changement de ton dans le ronronnement du dragon. La note s'était modifiée, passant d'un *sol* à un *ré*. Une tonalité que Peter trouva menaçante. Il ouvrit les yeux et essuya les gouttes de sueur qui perlaient sur son front. Cette température aussi était suspecte. Depuis qu'il le connaissait, le dragon avait toujours été en sommeil. Pourquoi se réveillait-il maintenant ?

Peter se laissa glisser hors de son hamac. Il posa la main sur un tuyau mais la retira aussitôt. C'était brûlant. Il devait prévenir sa maman. Alors qu'il se glissait sous une première canalisation, il constata un fait étrange. Les tuyaux étaient en train de ramollir sous l'effet de la chaleur. Ils s'affaissaient à la manière de cette guimauve rose que vendent les marchands de friandises à la fête foraine. Pour sortir du labyrinthe, Peter se vit contraint de se frayer un chemin à travers les canalisations de plus en plus déformées. Mais il jugea mal un passage difficile et son épaule frôla un coude bouillant. La douleur fusa. Peter ne put retenir un cri.

Son hurlement alarma madame Petons. Elle voulut sortir de sa chambre mais en fut incapable. La porte ne s'ouvrait plus que de quelques centimètres. Le gros tuyau qui surplombait habituellement le passage ployait désormais devant le battant. Madame Petons, coincée dans sa chambre, appela son fils. Le petit répondit par un cri angoissé. Il était pris au piège dans la forêt de tuyaux, incapable de trouver une issue.

– La poignée ronde, Peter, répétait madame Petons. Tourne la poignée ronde pour décompresser la chaudière.

Le garçon voyait bien l'étrange manette dont parlait sa maman, mais elle était trop loin, glissée sous le flanc ramolli du dragon, impossible de l'atteindre.

À 11 h 15 passait tous les matins un petit camion de glace qui tintinnabulait chaque jour le même air à l'approche de l'usine. C'était toujours à cette heure précise que les ouvriers s'accordaient une pause. Quelques-uns se payaient même le luxe d'acheter une glace maison aux fraises des bois ou à la vanille de Madagascar.

À 11 h 15, l'usine était donc vide quand la chaudière dépassa sa température maximale et explosa. Le toit partit en morceaux et de la pâte Polyductimère se répandit partout dans le grenier. Madame Petons, protégée par le battant de la porte, s'en sortit indemne. Quelques ouvriers furent touchés par la chute de tuiles et de morceaux de bois, mais aucune blessure grave ne fut à déplorer.

Sous les décombres du toit, au milieu de la forêt de tuyaux déformés par la déflagration, on retrouva Peter allongé dans une mare de pâte brune solidifiée. Sa survie tenait du prodige. Le jeune garçon, sans connaissance, respirait normalement malgré la croûte de Polyductimère qui recouvrait la totalité de son corps.

Monsieur et madame Petons décollèrent délicatement, morceau par morceau, la substance caoutchouteuse. Dessous, les vêtements, les cheveux s'étaient consumés mais la peau dorée du garçon était miraculeusement intacte. Ils ne trouvèrent ni brûlure ni coupure, pas même un bleu. La chaudière avait épargné son protégé.

4

Peter sortit du coma vingt-quatre heures après l'explosion. À 11 h 15 précisément.

Le soulagement de monsieur Pantoufle fut tel qu'il paya sa tournée de doubles cornets glacés à toute personne se trouvant là, le glacier compris. Sa chaudière n'avait pas tué le petit Petons et c'était tout ce qui importait à cet instant. Le bonheur avait le goût savoureux de la glace banane-chocolat. Il décida même d'honorer ce jour en créant une nouvelle paire de chaussons-chaussettes rayée marron et jaune.

La famille Petons fut aussitôt accueillie chez les Pantoufle. Les dégâts de l'explosion furent réparés et une chaudière dernier modèle livrée en moins d'une semaine. De nouveaux tuyaux encore plus solides remplacèrent l'ancienne forêt de canalisation. Néanmoins, monsieur Pantoufle jugea trop risqué de loger à nouveau son concierge et sa famille dans l'environnement immédiat de la pâte de Polyductimère. Qu'à cela ne tienne, l'usine était grande et comptait de nombreux bâtiments. Dès le lendemain de la catastrophe, il fit démarrer des travaux visant à aménager les combles de la fabrique de feutre jusque-là destinés à stocker les archives administratives. De belles poutres permettaient d'accrocher le nouveau hamac de Peter fabriqué dans un épais coton rayé rouge et bleu. Les quatre petites pièces dévolues aux archives furent changées en trois chambres et une salle d'eau, l'espace restant accueillant la cuisine et le séjour.

Quelques jours plus tard, la famille Petons emménageait dans son nouveau logement généreusement meublé par le directeur en personne.

Le petit garçon recommença à gambader et à dessiner comme à son habitude. Il semblait que l'accident ne l'avait que peu marqué. Il y avait néanmoins un problème qui préoccupait essentiellement sa mère : Peter était désormais complètement dépourvu de pilosité. Plus aucun poil ni cheveu ne poussait sur sa peau dorée. Madame Petons avait beau le frictionner tous les matins avec la Potion miraculeuse du docteur Caboche, pas un cheveu ne pointait sur son crâne imberbe.

Comme toute mère qui se respecte, madame Petons redoutait que son fils ne prenne froid. Elle avait beau l'enrubanner d'écharpes et de bonnets, le printemps avait beau arriver à grand pas, elle n'était toujours pas rassurée. La grippe était une maladie redoutable, et mieux valait disposer de cheveux pour s'en prémunir.

Avec l'autorisation de monsieur Pantoufle, une fois la fabrique vidée de ses ouvriers, elle se mit à récupérer chaque soir au pied de la chaîne d'assemblage les chutes de laine destinées à former la doublure des pantoufles. Quand un sac était plein, elle le montait jusqu'à son appartement où elle mettait le tout à tremper dans une large bassine d'eau savonneuse. Le week-end était désormais consacré au foulage et au feutrage. Toute la famille, pantalons et jupes relevés jusqu'au genou, piétinait la laine imbibée d'eau au rythme de chansons traditionnelles.

Madame Petons ne disposait pas de moule à chapeau. Elle utilisa à la place une vieille casserole dont le diamètre correspondait parfaitement à la tête de Peter. Elle la recouvrit du mélange de laine foulée et fit sécher le chapeau près du feu, tandis que le restant du feutre humide était étalé à plat devant la cheminée et piétiné jusqu'à ce qu'il soit sec.

Ils en étaient à la dernière étape quand monsieur Pantoufle, muni d'un étui à violon, frappa à la porte de l'appartement des Petons. Jeanne, sa femme, s'était absentée pour sa réunion mensuelle des Amies du Bridge et il s'ennuyait ferme. Sa solitude avait été brisée par les rires et les chants qui descendaient en cascade du dernier étage de la fabrique. Les Petons avaient la joie communicative. Il fut invité à entrer à condition de participer à l'activité en cours. Le directeur ne demandait que ça. Il se mit donc à jouer un air entraînant tandis qu'Olivia et sa mère piétinaient allègrement le feutre en train de sécher.

Monsieur Pantoufle fut impressionné par l'ingéniosité de madame Petons. Son feutre était de très belle facture, épais et multicolore. Une fois sec, le chapeau de Peter avait fière allure sans qu'on puisse deviner que sa forme était tirée d'une casserole. En fait, il évoquait un peu les hauts-de-forme que portent les messieurs élégants.

L'étalage de feutre, piétiné toute la soirée, formait une étoffe épaisse dans laquelle madame Petons découpa de quoi assembler une besace pour Olivia.

Il germa dans la tête du directeur une nouvelle idée. Dès la semaine prochaine, il commanderait quelques moules de modèles en vogue et dégagerait assez d'espace dans l'usine pour installer une petite fabrique à chapeaux qui serait sous la responsabilité de madame Petons, qu'il engagerait officiellement comme chapelière à mi-temps. Il avait bien compris que les chutes de laine ne permettaient de fabriquer qu'une dizaine de chapeaux par mois. Il avait également remarqué que chaque chapeau était unique car fabriqué lentement et soigneusement à la main. Les créations de madame Petons seraient donc présentées comme des objets de luxe dans les vitrines des chausseurs de la ville.

Elles remporteraient immédiatement un franc succès, leur texture et leur couleur inimitable séduisant les plus coquettes. Au cours des mois suivants, on guetterait avec intérêt chaque nouvelle livraison des chapeaux-pantoufles comme on les appellerait désormais.

Un soir, Peter prononça son premier mot.

– Tasse.

Olivia leva les yeux de son livre en sursautant. Il était 21 heures et le repas était fini depuis longtemps. Cela faisait maintenant une heure que son frère fixait avec insistance sa tasse de lait chaud. Tasse. On avait l'impression que le mot avait parcouru un très long chemin semé d'embûches dans le cerveau de Peter avant de pouvoir être articulé par ses lèvres.

Ses parents voulurent lui faire répéter mais rien n'y fit. Une fois le mot lâché, l'objet tasse perdit tout intérêt. Peter but son lait, gagna son hamac et s'y endormit.

Le lendemain, à la même heure, au même endroit, il formula trois mots.

– Tasse de lait.

Le jour suivant, quatre.

– Tasse de lait chaud.

Il passait la journée enfermé dans son mutisme habituel. Puis, à 21 heures, il semblait franchir un palier. C'était une étape que sa famille guettait à présent sans en avoir l'air. Ils avaient compris qu'il ne fallait rien précipiter. Solliciter le garçon n'aurait eu pour effet que de le pousser dans ses retranchements.

Bientôt sa phrase fut complète.

– Merci maman pour ma tasse de lait chaud.

Cette fois, Peter n'attendit pas. Après avoir vidé sa tasse de lait, il enchaîna immédiatement sur une seconde phrase qui lui tenait vraiment à cœur.

– Je veux aller à l'école, réclama-t-il.

Toute la famille en resta coite. Madame Petons pleura, monsieur avala de travers sa tisane et Olivia se précipita pour lui taper dans le dos. Jamais, de toute sa vie, le garçon n'avait exprimé de volonté propre.

Les parents ne purent qu'accepter. Le lendemain matin, ils confièrent leur fils à l'école communale pour garçons.

Monsieur Pantoufle, dont le directeur se trouvait être une connaissance, avait tenu à les accompagner. Ce dernier, monsieur Marouette, accueillit avec circonspection le jeune garçon coiffé d'un chapeau d'adulte. Il prit la décision de lui faire d'abord intégrer le cours primaire de monsieur Gélinotte.

Le jeune Petons fut installé au premier rang face au bureau de l'instituteur. C'était la table que monsieur Gélinotte gardait habituellement pour ses élèves les plus indisciplinés. À cette place, on tournait le dos au reste de la classe et on était en permanence sous le nez du maître.

Les autres enfants observèrent avec curiosité ce nouveau au couvre-chef élégant.

– Dans ma classe, on retire son chapeau, jeune homme, gronda monsieur Gélinotte.

Peter se décoiffa. Un murmure de surprise parcourut la salle. Le nouveau n'avait pas de cheveux ! Pas de sourcils non plus ! Soudain, les élèves n'eurent plus qu'une hâte : que la récréation arrive pour interroger cet étrange garçon.

Dès le début de son cours, monsieur Gélinotte se demanda s'il n'y avait pas anguille sous roche avec le petit nouveau. Quoique avare en paroles, le garçon répondait juste à la moindre de ses questions et il savait parfaitement lire. Il n'avait rien à faire en cours primaire.

Quand la sonnerie libéra enseignants et élèves, monsieur Gélinotte en profita pour se plaindre auprès de monsieur Marouette. Celui-ci décida de changer Peter de classe. La pause terminée, il irait dans le cours élémentaire de monsieur Loriquet.

Pendant ce temps-là, Peter faisait sa première expérience de socialisation. Il était encerclé par un groupe plutôt compact d'élèves de sa classe qu'il dépassait tous d'une bonne tête. Les enfants ne cessaient de lui poser la même question.

– Pourquoi tu n'as plus de cheveux ?

Encore maladroit avec ses mots, Peter s'économisa.

– Brûlés, répondit-il.

– Tes cheveux ont brûlé ?! C'est dégoûtant ! s'exclama le plus âgé d'entre eux.

– Non, le contredit Peter, pensant que c'était une question.

– Je peux toucher ? demanda un autre garçon.

Peter hocha la tête et retira son chapeau. Une trentaine de doigts vinrent se poser sur son crâne.

– Ça chatouille, laissa-t-il échapper en rigolant.

– Tu connais quoi comme jeu ? l'interrogea un petit blond aux cheveux en bataille, décrétant du même coup que le nouveau avait réussi son examen de passage.

Peter haussa les épaules. Il ne connaissait aucun jeu car il n'avait jamais eu d'ami.

– Alors on va jouer à trappe-trappe, décida le petit garçon.

Ils passèrent les dix minutes suivantes à se courir après. Ce fut une expérience fascinante pour Peter, qui découvrit que les jambes pouvaient être beaucoup plus utiles qu'il ne pensait. Lorsque la récréation s'acheva, il fut séparé de ses nouveaux amis pour être présenté à la classe de monsieur Loriquet. Celui-ci le garda le reste de la journée et Peter crut qu'il avait enfin trouvé sa place.

Malheureusement, quand les enfants s'éparpillèrent à quatre heures et demie, l'instituteur confia à ses collègues qu'il ne pouvait garder Peter un jour de plus. Contrairement à ce que les parents avaient annoncé, le garçonnet n'était pas en retard pour ses neuf ans. Au contraire, il était curieux et avide d'apprendre. Il savait se repérer dans l'espace et dans le temps, maîtrisait parfaitement les mathématiques et résolvait les problèmes d'algèbre les plus complexes. Le seul véritable souci semblait venir de sa mémoire qui ne remontait qu'à deux semaines. Au-delà, les souvenirs de Peter étaient noyés dans le brouillard.

Le lendemain, Peter intégra le cours moyen de monsieur Marouette. Le directeur voulait constater par lui-même le niveau du jeune garçon. À la fin de la journée, il se rangea du côté de ses collègues. Peter était incontestablement doué. C'était même l'élève idéal car il ne bavardait pas et restait concentré tout au long de la leçon.

Le garçon fut bientôt connu de toute l'école. Ses camarades appréciaient son caractère doux et volontaire, même s'ils trouvaient qu'il ne parlait pas beaucoup. Quant à Peter, il était aux anges. Il buvait les enseignements de son instituteur pendant les cours et apprenait tout autant de ses camarades dans la cour de récréation. Les chansons, les rondes, les jeux de balle, le chat perché… Il y avait tant de variations qu'il avait l'impression de découvrir chaque jour une activité nouvelle.

5

Au cours de l'accident de chaudière, les produits chimiques qui composaient la pâte de Polyductimère avaient pénétré en grande quantité dans l'organisme de Peter. Dans un premier temps, ils lui avaient fait perdre toute pilosité, sans toutefois provoquer de brûlures. Puis ils avaient passé la barrière de la peau et s'étaient attaqués aux muscles, aux ligaments et aux tendons, les rendant plus solides. Peter l'ignorait mais il était capable de soulever plus de dix fois son poids sans grand effort. Enfin, ces mêmes produits chimiques avaient modifié la structure osseuse du garçon.

La pâte avait également agi sur son cerveau, son entourage le constatait tous les jours, et Peter avait rattrapé son retard à une vitesse phénoménale.

Mais les changements intervenus à l'intérieur de son corps étaient encore inconnus de tous. Quand la pulpe de ses os devint poreuse, il perdit une bonne dizaine de kilos. Il sentait bien que son corps pesait chaque matin moins lourd, mais il pensa que c'était ce qui arrivait quand le cerveau s'alourdissait de connaissances.

Deux semaines après son intégration scolaire vint le jour de la visite médicale. C'était un moment spécial dans l'établissement de monsieur Marouette, car il fallait faire traverser une bonne moitié de la ville à l'ensemble des élèves.

Dès la sonnerie du matin, on réunissait toutes les classes, on les alignait en rangs par deux, et l'école au grand complet prenait la route du Grand Hôpital. Chaque maître avait la responsabilité de sa classe et n'hésitait pas à hausser le ton pour garder le contrôle. Il avait rarement à le faire car la perspective de passer devant le médecin dissuadait les plus tumultueux de faire des bêtises.

À l'hôpital, on les fit se ranger dans un très long couloir. La classe de monsieur Marouette passait en dernier, aussi Peter dut-il attendre deux bonnes heures avant d'être appelé. Cela ne le dérangeait pas, il y avait tant à regarder dans un hôpital. Des infirmières ne cessaient de traverser le couloir, les bras chargés de toutes sortes de choses ; des brancardiers allaient et venaient en poussant de longs lits posés sur roulettes ; des malades défilaient, qui le bras cassé, qui en béquilles, qui en fauteuil roulant.

Puis ce fut son tour.

Une infirmière à la robe verte le fit entrer dans une pièce sans fioritures. Elle le poussa doucement jusqu'à un paravent en draps blancs et l'invita à se mettre torse nu. Le garçon obtempéra sans se plaindre du froid. Encore un effet de la pâte Polyductimère.

L'infirmière le mesura, nota sa taille sur son carnet puis l'invita à grimper sur une balance. Quand l'aiguille s'arrêta sur le chiffre onze, l'infirmière jeta sur Peter d'un œil étonné. Elle fit descendre l'enfant, vérifia la tare de la machine puis le pesa à nouveau. Onze kilos. Il n'y avait pas d'erreur. C'était impossible de peser aussi peu pour un enfant de presque un mètre cinquante. Elle entoura le chiffre à l'encre rouge et fit passer Peter dans la pièce attenante où l'attendait le médecin.

L'homme en blouse blanche, les cheveux grisonnants et les lunettes rondes, accorda un rapide regard au garçon avant de parcourir son dossier médical. Quand il lut son poids, il releva les yeux et considéra cet enfant qui ne pesait que onze kilos. Il était maigre mais ne présentait aucune trace de dénutrition. Il semblait en bonne santé, sa peau dorée ne montrait pas de bouton suspect ou de rougeur.

– Onze kilos, mon bonhomme ? interrogea-t-il. Est-ce bien ce que je lis ? C'est une plaisanterie des infirmières, n'est-ce pas ?

Peter resta figé sans savoir quoi répondre.

– Viens là que je t'examine.

Le docteur prit son stéthoscope et fit asseoir le garçon sur une table d'examen à laquelle on accédait après avoir monté deux marches. Il écouta son cœur et sa respiration. Il lui fit tirer la langue, ausculta ses oreilles et observa avec attention son crâne et ses sourcils imberbes. Enfin, avec des gestes doux, l'homme examina l'ossature de Peter : sa colonne vertébrale, ses omoplates et ses clavicules. Il palpa longtemps ses épaules, intrigué par ce qu'il sentait sous ses doigts, mais il ne dit pas un mot. L'examen terminé, il souleva Peter par la taille pour le descendre du lit avant de lui désigner un tabouret sur lequel s'installer. Le petit était en effet léger comme une plume.

Le médecin regagna son bureau et sortit une feuille bleu ciel d'un tiroir pour y écrire une lettre qu'il glissa dans une enveloppe de la même couleur. Quand il releva la tête, il constata que le garçon l'avait patiemment attendu. Il tendit le bras pour mettre en marche un tableau lumineux accroché au mur. Celui-ci était couvert d'une succession de lettres de plus en plus petites. Le docteur attrapa ensuite une longue baguette et s'en servit pour désigner la ligne du bas. Les lettres étaient énormes.

– Qu'est-ce qui est écrit ici ? interrogea-t-il.

– Z U, lut Peter.

Le docteur hocha la tête avant de passer à la ligne au-dessus, légèrement plus petite.

– Et là ?

– M C F.

– Et ensuite ?

– OHSUE, NLTVAR, OXPHBZD, YOELKSFDI, EXATZHDWN, RCYHOFMESPA, DLVATBKUERSN…

Peter déchiffra le reste du panneau sans effort.

Le docteur recula le tabouret jusqu'au fond de la pièce et lui demanda de lire à nouveau d'abord d'un œil puis de l'autre. Encore une fois, ce fut un sans-faute.

– Douze sur dix à chaque œil, jamais vu ça, grommela le docteur en remplissant le dossier médical.

L'homme n'en avait pas fini avec Peter. Il se dirigea vers une armoire réfrigérée d'où il sortit trois fioles contenant un liquide translucide.

– Je vais en profiter pour te faire une injection aujourd'hui même. Si tu es un peu fatigué cet après-midi, dis-toi que c'est bon signe. C'est ton organisme qui réagira à la vaccination.

Tout en parlant, il passa un coton imbibé d'alcool sur l'épaule de l'enfant puis se munit d'une seringue qui parut gigantesque à Peter. Avec des gestes expérimentés, le docteur remplit l'instrument du contenu des trois fioles, tapota le tube en verre pour chasser les bulles d'air et fit fuser un peu de liquide. Après un sourire à l'intention du garçon, il enfonça l'aiguille et injecta le mélange.

Peter se sentit bizarre. Lui qui n'avait plus ressenti le froid depuis l'accident fut soudain frigorifié.

– Allez, va te rhabiller. La torture est terminée, lança le docteur.

Peter repassa dans l'autre pièce et enfila ses vêtements aussi vite que le lui permettaient les tremblements qui secouaient ses mains. Il rejoignit le réfectoire où patientaient ses camarades. On y servait du jus d'orange et des biscuits mais il n'avait pas faim. Plus le produit progressait dans son corps, plus les frissons se succédaient. Il se surprit à claquer des dents sans pouvoir s'en empêcher. Il enfonça son chapeau sur sa tête et ferma son manteau jusqu'au dernier bouton mais c'était comme si le froid venait de l'intérieur de son corps.

Dans le sang de Peter, une véritable révolution avait lieu. Les substances actives de l'injection et les produits chimiques du Polyductimère étaient entrés en conflit. Ce fut d'abord l'anarchie et la température corporelle du garçon augmenta de façon alarmante. Puis les molécules trouvèrent un terrain d'entente et fusionnèrent en quelque chose de jamais vu. Cette toxine inédite se fondit tout entière dans l'organisme de Peter et accéléra l'étrange mutation déjà entamée par son corps. L'enfant ne se rendit compte de rien.

Alors qu'il rentrait chez lui, une grande fatigue s'abattit sur le jeune Petons. Épuisé, il refusa le goûter et alla se coucher. Il s'endormit aussitôt et resta ainsi plongé dans le sommeil jusqu'au lendemain midi.

Quand il se réveilla, il venait de dormir vingt heures d'affilée. Le calme régnait sur la bâtisse. Il sortit de son hamac pour constater que l'appartement était vide. Sa mère avait laissé un petit mot sur la table à son intention.

Peter,

Je me suis absentée quelques minutes le temps d'aller voir monsieur Marouette. Il a une lettre à me remettre de la part du docteur de la visite médicale. Je serai de retour vers 13 heures.

Je t'embrasse,

Maman

Peter gagna la cuisine et termina le pain un peu dur de la veille. Son regard passa sur la lucarne au-dessus de lui et il lui sembla brusquement que le ciel l'appelait. C'était une impression étrange, comme de se pencher au bord d'une falaise. Un vertige éblouissant. Il monta sur une chaise et ouvrit la fenêtre. Une bouffée d'air frais pénétra dans la cuisine. Il y avait une promesse de chaleur dans l'atmosphère, ça sentait le printemps.

Pris d'une soudaine impulsion, il grimpa sur le bord de la lucarne et posa le pied sur les ardoises du toit. Il portait ses chaussons-chaussettes dont la semelle antidérapante adhéra aussitôt. Il passa la seconde jambe et se mit debout sans glisser. La pente était douce, il parvint jusqu'au petit toit surmontant la lucarne et s'y assit.

Son arrivée fit fuir un couple de tourterelles qui avait bâti son nid contre la cheminée un peu plus loin. Les volatiles tournèrent trois fois au-dessus de la cour de l'usine avant de revenir, craintifs. Ils se posèrent d'abord au bout du toit et ne s'approchèrent qu'à pas timides, l'œil alerte. Constatant que rien de menaçant ne se dégageait de ce singulier bipède, ils s'habituèrent finalement à sa présence calme et finirent par reprendre leurs habitudes. C'est-à-dire roucouler et couver à tour de rôle trois petits œufs blancs tachetés de gris.

Peter resta ainsi une bonne heure, le dos contre l'ardoise tiède, à observer le vol des moineaux et le ballet des tourterelles en quête de nourriture. Il se sentait parfaitement à sa place, en accord avec cet étrange appel qui résonnait au fond de lui.

Soudain, un cri sortit Peter de sa rêverie. On l'appelait depuis la cour de l'usine en contrebas. Il grimpa jusqu'au faîte du toit et se pencha au bord pour voir. Tout en bas, sa sœur, les mains en porte-voix, répétait son nom d'un air paniqué. Que lui voulait-elle donc ? Peter n'aimait pas crier, il avait l'ouïe trop sensible pour ça. Plutôt que d'effrayer les tourterelles et de s'égosiller à répondre, il préféra descendre prudemment le long du toit et repasser par la lucarne de la cuisine. La chaise était là où il l'avait laissée. Il ferma la fenêtre et redescendit. Puis il prit l'escalier pour rejoindre le rez-de-chaussée. Sa sœur était toujours dans la cour extérieure à l'appeler. Il alla jusqu'à elle d'un pas tranquille.

– Peter ! s'exclama Olivia. Mais où étais-tu ?

– Là-haut.

Peter montra le toit d'un air innocent. Sa sœur crut qu'il désignait leur appartement.

– À la maison ? Mais je t'ai cherché. Il n'y avait personne !

Peter haussa des épaules sans préciser l'endroit où il s'était tenu pendant une heure. Olivia avait mal cherché, voilà tout. À aucun moment il ne pensa qu'il était interdit de monter sur le toit. Après tout, ce n'était pour lui qu'une pièce supplémentaire de l'appartement.

Madame Petons rentra peu après. Elle écouta Olivia d'une oreille distraite sans paraître affectée par la disparition temporaire de Peter. En fait, elle avait d'autres priorités concernant son fils. Elle fit venir son mari pour un conseil de famille des plus urgents. Dans sa main, elle serrait une lettre bleu ciel un peu chiffonnée.

Monsieur Petons était occupé à changer une série d'ampoules hors service. Il suspendit son travail et rejoignit l'appartement familial. Sa femme et ses enfants étaient déjà installés autour de la table à manger. Il prit place, à mi-chemin de l'agacement et de l'inquiétude. Qu'y avait-il donc de si urgent pour que sa femme l'interrompe ainsi dans son travail ?

– Je reviens de l'école, commença à expliquer madame Petons. J'étais en rendez-vous avec monsieur Marouette. Il m'a transmis une lettre de la part du médecin de la visite médicale.

Elle montra l'enveloppe bleue dont elle sortit une feuille de la même couleur qui disait la chose suivante :

Monsieur et madame Petons,

Je me permets de vous écrire car je viens de déceler chez votre enfant des anomalies qui me laissent circonspect. Celles-ci concernent en premier lieu l'inhabituelle masse de son squelette ainsi que la forme de certains de ses os. Je vous conseille vivement de vous adresser à un orthopédiste dans les plus brefs délais.

Salutations respectueuses.

Docteur Rotule

Le silence revenu, tous tournèrent la tête vers Peter. Celui-ci leur rendit leur regard en souriant gentiment. Il ne comprenait pas pourquoi le docteur inquiétait ses parents ainsi. Il se sentait très bien. Il avait été un peu faible hier après l'injection, mais tout était rentré dans l'ordre à présent.

La famille Petons ne disposait pas du téléphone. Monsieur Petons se rendit donc jusqu'au bureau de monsieur Pantoufle. Il lui exposa les nouveaux problèmes de santé de son fils et demanda l'autorisation de se servir de son téléphone pour prendre rendez-vous. Le directeur fut catastrophé d'apprendre que son protégé était souffrant. Il insista pour se charger lui-même du rendez-vous à condition de pouvoir accompagner Peter. Il contacta alors un ancien camarade de classe devenu un grand ponte en orthopédie, le docteur Radius.

6

Le lendemain après-midi, Peter patientait en compagnie de ses parents et de monsieur Pantoufle dans une salle étroite remplie de chaises vides serrées dos au mur. Dans une vitrine trônait un squelette humain. Peter le regardait avec fascination, impressionné par la beauté de son architecture osseuse. Au bout de dix minutes, un homme en blouse blanche pénétra dans la salle d'attente et se dirigea vers monsieur Pantoufle avec un sourire bienveillant.

– Marcel, salua le médecin en serrant chaleureusement la main de son ami. Qu'est-ce qui t'amène dans mon cabinet ?

– Ce gamin, répondit Marcel Pantoufle en désignant Peter. C'est mon protégé. Et voici ses parents.

Monsieur Radius fit entrer tout ce petit monde dans son bureau. Une fois installé, il parcourut rapidement la lettre bleue que lui tendait madame Petons. Le docteur Radius était un grand homme qui cachait, sous un léger embonpoint, une musculature solide. Son visage était calme et ses yeux souriants. Sa lecture terminée, sans un mot, il attrapa le garçon par la main, le guida jusqu'à sa table d'auscultation et lui demanda de se mettre torse nu. Avec les mêmes gestes que le médecin de la visite médicale, il s'appliqua à palper le haut du dos et le sternum de Peter. Plus son auscultation se prolongeait, plus ses sourcils se fronçaient. Il regagna son bureau avec un air préoccupé.

– Il faut passer une radio, annonça-t-il aux parents et à Marcel.

– C'est grave ? demanda monsieur Petons.

Le médecin n'osa répondre directement à cette question, mais la grimace qui déforma ses lèvres le fit pour lui.

– Certains os sont en train de se souder tandis que d'autres changent de forme, expliqua-t-il. Je n'ai jamais vu ça. Et puis il y a ses omoplates…

– Comment ça ? insista le père de famille.

Le docteur Radius appela Peter et l'attrapa par les épaules pour montrer son dos à ses interlocuteurs.

– Regardez-vous même.

Il n'était pas besoin d'être médecin pour constater que quelque chose clochait. Là où les omoplates forment une surface plane chez tout être humain, deux bosses apparaissaient sous la peau dorée de Peter.

– Mais qu'est-ce donc ? s'effraya madame Petons.

– Je l'ignore. C'est pourquoi j'ai besoin d'une radio.

Le docteur Radius remplit une ordonnance et leur donna rendez-vous pour le lendemain après-midi même heure.

– J'ai précisé à mes collègues radiologues que c'était urgent. Allez-y maintenant.

Une heure plus tard, Peter se retrouva à nouveau à l'hôpital. Une infirmière vêtue d'un tablier de plomb le fit déshabiller et le positionna devant une grande machine où il dut arrêter de bouger et de respirer. L'appareil gronda pendant que l'infirmière se cachait dans une petite cabine. Ce fut tout. Il n'y eut ni flash ni bruit de cliché. Il se rhabilla et rentra à la maison avec une enveloppe brune contenant des photos de ses os qu'il n'avait pas le droit de toucher car c'était pour le docteur.

L'ambiance à l'appartement était sombre. Monsieur Petons était retourné travailler, Olivia faisait ses devoirs dans sa chambre et madame Petons pliait et repassait du linge dans la salle. Alors que l'après-midi touchait à sa fin, Peter sentit à nouveau l'appel du ciel. Il approcha une chaise de la fenêtre de la cuisine pour sortir. Sa mère le surprit alors qu'il posait un premier pied sur le toit. Elle se précipita pour le tirer violemment en arrière et le poser sans ménagement au sol. Elle le regarda comme s'il était fou.

– Mais qu'est-ce qui te prend en ce moment, Peter ? Je ne te reconnais plus !

Elle se mit à pleurer et il se précipita dans ses bras pour la serrer fort. Il s'abstint de parler de l'attirance qu'il ressentait pour les hauteurs. Maman n'aurait pas compris. Sa mère se calma et effleura les bosses qu'on devinait sous son pull.

– Ça fait mal ? demanda doucement sa maman.

Il fit non de la tête avant de finalement acquiescer.

– Parfois c'est juste sensible, mais d'autres fois la douleur me réveille la nuit. Et ma peau tire comme si elle était trop petite. Mais ce qui est vraiment embêtant, c'est que je ne pense pas pouvoir dormir encore longtemps dans le hamac.

– Pourquoi ne m'as-tu rien dit ?

Il haussa les épaules. Tant de choses avaient changé dans sa vie ces derniers temps, il n'avait plus de repères.

– Nous allons te trouver un bon matelas. Tu te passeras du hamac tant que ton dos ne sera pas guéri.

Alors qu'il s'apprêtait finalement à lui parler du ciel, monsieur Petons rentra à la maison pour annoncer que monsieur Pantoufle les invitait à dîner chez lui. Le reste de la soirée fut plus léger pour chacun d'entre eux. Jeanne Pantoufle était une hôtesse chaleureuse et le directeur avait un don pour raconter des histoires saugrenues qui déclenchaient le rire chez son auditoire.

Le lendemain, le docteur Radius ouvrit l'enveloppe brune et en sortit un étrange cliché noir et blanc qu'il posa sur la partie gauche d'un écran lumineux. Puis il appliqua sur la partie droite de l'écran une seconde radio récupérée sur son bureau et observa les deux avec une fascination non feinte.

– À gauche, vous pouvez observer la radio de Peter. La radio que j'ai posée à droite est celle d'un enfant du même âge. Vous pouvez comparer vous-mêmes les différences, elles sont assez évidentes.

Il laissa les parents Petons et monsieur Pantoufle approcher. Avec la pointe d'un crayon à papier, il pointa les différentes articulations de l'épaule ainsi que l'excroissance de l'omoplate.

– On dirait un os supplémentaire, fit remarquer le directeur.

– Mon cher Marcel, c'est exactement ça, confirma le médecin. Le corps de Peter est en train de fabriquer de nouveaux os ainsi que du cartilage, des tendons et des muscles. J'ignore pour quelle raison, mais les omoplates se modifient. Une articulation qui n'existe pas sur un corps humain est en train de se former. C'est comme si son organisme s'adaptait pour accueillir une paire de bras supplémentaire.

– Des bras dans le dos ? s'inquiéta monsieur Petons. Je ne veux pas que mon enfant devienne un monstre de foire ! Est-ce que vous pouvez stopper cette… (il lutta pour trouver un mot qui ne fût pas trop blessant pour son fils)… chose !

– Malheureusement, non. Je peux opérer mais je dois d'abord attendre que le corps de Peter ait terminé sa mutation. J'aimerais soumettre le cas de votre enfant à mes collègues. Cela vous dérangerait-il ?

Les parents Petons secouèrent la tête. Plus il y aurait de médecins qui se penchaient sur le cas de Peter, plus ils auraient de chance de trouver une solution à son problème.

7

Une semaine plus tard, monsieur et madame Petons se rendirent donc avec leur fils au Grand Collège de médecine orthopédique. Monsieur Pantoufle et Olivia les accompagnaient. Quand le docteur Radius leur avait demandé l'autorisation de montrer Peter à ses collègues, ils s'étaient attendus à un groupe de deux ou trois médecins. Ils pénétrèrent dans l'amphithéâtre du Collège en réalisant qu'ils s'étaient trompés. Dans la grande salle ornée de tentures pourpres et de bustes de professeurs célèbres, une cinquantaine de médecins était assemblés.

On installa les parents Petons, leur fille et monsieur Pantoufle au premier rang, tandis que Peter était conduit sur l'estrade.

– Messieurs, annonça le docteur Radius non sans une certaine fierté. Je vous remercie d'avoir répondu présent à ma convocation. J'aimerais aujourd'hui vous soumettre un cas tout à fait exceptionnel. Mets-toi torse nu, s'il te plaît, mon garçon, demanda-t-il doucement à Peter avant de reprendre d'une voix forte : Le patient est âgé de dix ans.

– Neuf trois quarts, précisa Peter en déboutonnant sa chemise.

– Que dis-tu, mon garçon ? interrogea Radius en se penchant vers lui.

– Je n'ai pas encore dix ans, insista Peter. Je suis âgé de neuf ans trois quarts.

– Très bien. Le patient est âgé de neuf ans trois quarts, reprit-il d'un ton amusé (ce qui déclencha plusieurs rires dans l'assemblée). Et ses capacités intellectuelles sont supérieures à celles d'un garçon de son âge. C'est le médecin chargé de sa visite médicale qui a repéré une anomalie dans le développement de cet enfant. Son poids ainsi que la forme de ses os l'ont alerté et il a réclamé un avis supplémentaire. J'ai reçu le patient pour la première fois il y a une semaine. Il présentait des difformités au niveau des épaules, du sternum et des omoplates...

Peter écoutait attentivement. Il avait l'impression de n'être qu'un simple spectateur alors que son corps était au centre de la scène. Comme s'il n'était plus humain mais plutôt le squelette de la salle d'attente du docteur Radius exposé aux yeux de tous. Quand l'orthopédiste projeta sa radio sur l'écran blanc prévu à cet effet, il y eut des exclamations de surprise. Radius continua à parler avec des mots compliqués puis il demanda à Peter de tourner le dos à l'assistance. Le garçon s'exécuta. Un murmure de consternation s'éleva et de nombreux docteurs se levèrent pour s'approcher de l'estrade. Il faut dire que le dos du garçon était impressionnant. En une semaine, l'excroissance de chair et d'os avait continué à pousser. Elle atteignait aujourd'hui la longueur d'une main. Il semblait que deux arbres avaient pris racine dans son dos. Peter ne voyait rien de tout ça. Il se sentait juste plus fatigué que d'habitude. Il était aussi pris par d'immenses fringales. Pour autant, il ne grossissait pas. Il grandissait seulement. Il le sentait dans sa poitrine, son dos et ses épaules dont les muscles semblaient chaque jour plus nombreux.

Dans l'amphithéâtre, tout le monde s'invectivait et contredisait le voisin. Le docteur Radius dut élever la voix pour rétablir l'ordre. Il invita ses collègues à donner leur avis chacun leur tour. Il y eut un peu de tout et beaucoup de n'importe quoi. Des dizaines de noms de maladie fusèrent, plus atroces les unes que les autres ; certains docteurs avancèrent la colonisation par un corps étranger, d'autres théorisèrent la chute d'une graine vorace qui avait pénétré la peau pour germer à présent sous elle ; il y eut même quelques personnes pour suggérer l'apparition d'une seconde paire de bras. La moitié de l'assemblée était pour l'amputation d'urgence, l'autre pour la surveillance attentive.

Seul un vieil homme n'avait pas encore parlé. Les

plus jeunes ignoraient s'il avait encore toute sa tête. Il est vrai qu'il parlait peu, si peu qu'ils étaient nombreux à le suspecter de dormir pendant les assemblées. Cet orthopédiste était Augustin Atlas, mais bien peu s'en souvenaient encore. Augustin Atlas attendit que les discussions retombent pour s'avancer dans l'allée centrale, le dos courbé sur une canne lustrée par les ans. Il se hissa avec précaution sur l'estrade et s'approcha de Peter pour lui palper le dos. Sa longue barbe pointue chatouilla les épaules nues du garçon qui laissa échapper un petit rire. Le vieillard lui envoya un clin d'œil discret avant de se tourner vers le public avec un sourire mystérieux.

– Mes chers confrères, commença-t-il en appuyant sur chaque mot d'une voix plus puissante que sa carrure ne le laissait imaginer. Vous manquez cruellement d'imagination. L'explication est pourtant simple. Vous observez ce jeune homme, mais vous n'y voyez qu'un corps composé d'os. L'un de vous a-t-il seulement eu l'idée d'interroger ce garçon ?

– Nous savons déjà tout ce qu'il y a besoin de savoir, protesta une voix dans l'assemblée. Inspection, palpation, percussion, auscultation. Que pourrions-nous vouloir de plus ?

Augustin Atlas frappa de sa canne le bois de l'estrade.

– Mais enfin, bougre d'imbécile, je ne vous parle pas d'examen clinique ! Cet enfant n'est pas qu'un corps, il est aussi un esprit.

Le vieux savant posa une main décharnée sur l'épaule de Peter.

– Comment te sens-tu, mon garçon ?

– Bien, répondit Peter d'une petite voix.

– Est-ce que tu rêves ?

Peter hocha vigoureusement la tête.

– Et quel est le dernier rêve que tu as fait ?

– La nuit dernière, j'ai rêvé que je volais, raconta Peter avant d'ajouter : Ça m'arrive souvent en ce moment.

Le médecin barbu haussa ses sourcils fournis comme si c'était une évidence.

– L'un de vous se passionne-t-il pour l'ornithologie ? questionna-t-il en se tournant vers l'assistance.

Trois mains apparurent dans la forêt de têtes.

– Levez-vous, s'il vous plaît, les invita Augustin Atlas. Il se trouve que je partage également cette passion. Et je n'ai pu m'empêcher de remarquer chez ce garçon plusieurs analogies avec nos amis volatiles. Cet enfant est léger parce que ses os sont creux. De plus, le coracoïde est séparé de la scapula, les muscles pectoraux se sont renforcés…

– Non ! s'exclama le premier médecin debout.

– Impossible ! ajouta le deuxième.

– Ce serait du jamais-vu, confirma le troisième.

– Monsieur Petons, madame Petons, reprit le vieux médecin d'un ton qui se voulait réconfortant. Votre enfant va très bien. Il ne souffre d'aucune difformité handicapante. Il serait plutôt à classer parmi les prodiges. Car ce qui pousse sur le dos de votre fils, ce ne sont ni des bras ni des végétaux : ce sont des ailes.

Une bonne partie de l'assemblée de médecins se leva en protestant. On n'avait jamais entendu pire diagnostic. Les trois passionnés d'oiseaux gardaient, quant à eux, le silence, analysant la radio toujours projetée à l'écran et décryptant les principaux symptômes de l'enfant. Ils devaient bien admettre que le vieux fou avait mis dans le mille. C'était un cas exceptionnel, inédit, et faire d'un homme ailé son sujet d'étude pouvait valoir un prix de médecine.

Les deux parents s'étaient précipités sur la scène pour rhabiller leur fils et s'excuser de l'avoir ainsi traîné devant cette bruyante assemblée. Monsieur Pantoufle applaudissait tandis qu'Olivia, à son côté, regardait ce frère aux manchons d'ailes comme si elle le découvrait pour la première fois. Où était passé son petit Peter un peu idiot mais si aimant ? Pourquoi avait-il cédé la place à ce grand garçon chauve à la croissance complètement improbable ?

Le docteur Radius tenta de rétablir le calme autour de lui. Il n'y parvint qu'au bout de cinq minutes, après s'être égosillé jusqu'à en tousser. Augustin Atlas était toujours debout sur l'estrade, amusé.

– Messieurs, chacun a le droit d'exprimer ici son

opinion. Même le professeur Atlas. Pour ce qui est de sa théorie, je ne sais quel crédit lui accorder.

– Si ce sont des ailes, aboya l'un des médecins, alors où sont les plumes !

– Il a raison, renchérit son voisin. Elles devraient apparaître en même temps que la peau.

– Nous savons que le poussin est pourvu de plumes quand il sort de l'œuf, mais ce qui arrive à ce jeune homme est différent, expliqua le professeur Atlas. Nous devons attendre et observer.

– Le corps humain est incapable de fabriquer de la plume, s'exclama un autre docteur aux lunettes épaisses comme des loupes.

– Pas sûr, le contredit un de ses collègues. Les poils et les plumes sont tous deux composés de kératine.

– Mais regardez-le, avisa un petit scientifique en blouse blanche. Cet enfant est complètement glabre. Son corps ne peut synthétiser ce qu'il ne possède pas.

Augustin Atlas se sentit obligé d'acquiescer.

– Vous avez malheureusement raison, cher collègue. Je crains que ce garçon ne possède des ailes nues.

– Quand bien même il aurait des plumes, qui nous dit qu'il sera apte à voler ?! s'écria une voix du fond de la salle.

– Chaque chose en son temps, fit remarquer le professeur Atlas. Attendons d'abord la fin de sa croissance avant de voir plus loin.

Les parents Petons quittèrent la salle en poussant Peter devant eux. Ils ne savaient trop que penser de cette rencontre. Un enfant ailé était une chose inédite. Aucun manuel d'éducation ne donnait d'instruction pour un pareil cas. Olivia les suivait de près en jetant des coups d'œil contrariés à son frère. Elle avait beau remporter des prix d'excellence et avoir les meilleures notes, c'était toujours sur lui que l'attention de ses parents finissait par se diriger. De Peter le simplet il était devenu Peter le rescapé d'un accident de chaudière. Et le voilà qui passait maintenant au stade de Peter le futur prodige ailé. Elle se rendit soudain compte qu'elle était jalouse.

Monsieur Pantoufle fermait la marche en lissant d'un geste machinal ses moustaches. Décidément, il avait eu du nez quand il avait choisi la famille Petons. Jeanne lui avait conseillé de faire confiance à son instinct et, encore une fois, elle avait eu raison. Un enfant avec des ailes, voilà qui s'annonçait passionnant. Il allait suivre chaque étape de cette histoire comme on lit un bon livre et qu'on tourne chaque page avec un plaisir anticipé. Mais c'était encore mieux qu'un livre puisque lui-même faisait partie de l'histoire.

8

Le lendemain, alors que Peter était à l'école, madame Petons reçut enfin le matelas qu'elle avait commandé. Elle détacha le hamac et installa le nouveau lit dans la chambre du fond. Jusque-là, cette pièce servait peu à Peter. Il préférait faire ses devoirs à la table de la cuisine, dormir dans le salon et jouer dans le couloir. C'était pourtant une belle chambre équipée de sa lucarne personnelle et d'un petit bureau offert par monsieur Pantoufle. Peter y stockait ses livres et ses jouets, mais n'y allait quasiment jamais.

En voyant son fils ainsi exposé aux regards sur l'estrade de l'amphithéâtre, madame Petons s'était rendu compte qu'il avait grandi. Son corps n'était plus celui d'un petit garçon, il entrait dans l'âge adolescent. Il était donc temps qu'on le traite comme tel et qu'il dispose d'un peu d'intimité. Elle dépoussiéra la chambre inutilisée, l'aménagea et prépara un beau lit bordé de draps frais à l'odeur de lavande. Quand Peter rentra de l'école, sa mère l'accueillit chaleureusement et l'invita à déposer son cartable dans sa chambre. Peter eut quelques secondes d'hésitation. Sa chambre ? Puis il se rappela que c'était ainsi que ses parents avaient désigné la pièce du fond le jour de leur emménagement. Il suivit le couloir jusqu'au bout et eut la surprise de découvrir que quelqu'un avait inscrit son prénom en belles lettres entourées de deux ailes sur le bois de la porte. Cela lui plut. Sa mère se tenait à l'autre extrémité du couloir, dans la cuisine, guettant sa réaction. Il lui décocha un sourire ravi.

Peter ouvrit la porte. Jusqu'alors, cette pièce ne l'avait jamais attiré. Toute sa vie, il avait vécu dans une pièce commune et il n'avait pas modifié ses habitudes en emménageant à l'usine Pantoufle. Pourquoi l'aurait-il fait ? Vivre au milieu des autres était rassurant. S'endormir au son de la voix de ses parents et de sa sœur le calmait, faire ses devoirs dans le bruit de la cuisine l'aidait à se concentrer.

Cependant, les choses avaient un peu changé depuis. Il n'était plus le même. En posant le pied dans sa nouvelle chambre, Peter leva les yeux vers la lucarne. Il ne vit rien du bureau soigneusement rangé par sa mère ou du lit tendrement bordé et parfumé. Il ne vit que le ciel et un accès direct au toit.

– Alors ? demanda sa mère en passant la tête par la porte. Ta chambre te plaît ?

Peter lui sauta dans les bras. Évidemment, madame Petons se trompa sur la vraie raison du bonheur de son fils. Son cœur de mère se serait affolé si elle avait compris. Rassurée et satisfaite de son idée, elle retourna à la cuisine.

Peter ne grimpa pas tout de suite. Il savait que disparaître maintenant sur le toit l'exposerait aux foudres de sa mère. Il risquait même de ne plus avoir le droit de monter ou de voir sa fenêtre condamnée. Il se comporta donc comme un garçon normal. Malgré les appels incessants du ciel, il attendit. Il fit ses devoirs, aida sa mère à la préparation du repas, prit une douche et passa un pyjama adapté à sa nouvelle morphologie (deux ouvertures avaient été pratiquées pour laisser passer ses ailes en formation). Il mangea d'un appétit normal pour ne pas alerter sa mère alors que l'impatience lui coupait la faim. Même après s'être couché sur le confortable matelas, il patienta. Grand bien lui en avait pris car, avant d'aller se coucher, ses parents ouvrirent la porte de sa chambre et passèrent la tête. Il fit semblant de dormir profondément, enroulé dans ses couvertures, pendant que son père et sa mère chuchotaient. Enfin, ils se retirèrent et fermèrent la porte avant de gagner leur propre chambre.

Peter attendit encore une bonne heure avant de s'éclipser au cœur de la nuit. Pendant que tout le monde dormait, il se hissa à pas de velours sur son bureau et ouvrit la lucarne avec précaution. Il ne fallait pas risquer de faire craquer le plancher ou grincer une huisserie récalcitrante. La hauteur était parfaite pour se glisser dehors. Il enjamba le bord et posa ses pieds sur l'ardoise fraîche avec un réel soulagement. Le ciel était clair, une lune à moitié pleine estompait de son éclat le scintillement des étoiles. Peter s'installa sur le toit de la lucarne et s'y endormit, couché sur le ventre.

Le jour le réveilla tôt. Avant le lever du soleil, il quitta son perchoir, regagna sa chambre et s'allongea dans son lit froid. Par chance, la maison était encore silencieuse, personne n'était debout.

Le garçon prit rapidement l'habitude de passer ses nuits sur le toit et de rejoindre sa chambre au petit matin. Seules les pluies de printemps l'empêchaient de se hisser par la lucarne. Ces nuits-là, il laissait tout de même la fenêtre ouverte pour faire entrer les sons du dehors auxquels il s'était habitué : hululement des chouettes, cris des chauves-souris, miaulement des chats errants, claquement des sabots ferrés des chevaux, souffle du vent, gémissement des sirènes de pompiers, grincement du tramway…

Le printemps s'écoula calmement. La nature verdit, les martinets firent leur apparition. Ils installèrent leur quartier général au sommet des bâtiments de l'usine, nichant dans les fissures des murs en brique. Leur ballet incessant était un ravissement pour Peter, qui repoussait l'heure de regagner sa chambre le matin, rien que pour les voir un peu plus longtemps virevolter et siffler.

Une seule ombre au tableau, une ombre visqueuse, gâcha la sérénité du jeune Petons. C'est à l'école que tout dérapa.

Quand les proéminences dans son dos étaient devenues trop voyantes, les camarades de classe du garçon avaient commencé à poser des questions. Plutôt que d'inventer des histoires, Peter avait préféré leur montrer. Pendant une récréation, il s'était mis torse nu dans un coin de la cour en veillant à être à l'abri du regard des institutrices. La réaction des élèves n'avait pas été celle escomptée. Les garçons avaient été décontenancés par les étranges bras qui poussaient dans son dos. À l'école, on tolérait la bizarrerie de Peter parce qu'il avait toujours été un peu hors norme. Les choses auraient donc pu continuer ainsi si Boris ne s'en était pas mêlé. Ce dernier était influent au sein de l'école. Il régnait à la tête d'une bande d'une dizaine de sales gosses, et son intelligence perfide faisait trembler les plus faibles dans la cour de récré.

– T'es un garçon-poulet ! s'était exclamé Boris.

Cette expression plut à l'auditoire, tous reprirent le mot. On ne l'appela bientôt plus que Peter Poulet. Si les choses s'étaient arrêtées là, Peter aurait pu le supporter et même s'y habituer. Mais la cruauté de Boris avait trouvé une cible parfaite pour s'épanouir. Les idées fusaient déjà sous sa caboche blonde.

Le lendemain, à son arrivée en classe, Peter s'assit sur un œuf. Son voisin de derrière l'avait traîtreusement glissé sous ses fesses au moment où le garçon allait se poser sur sa chaise. Peter ressentit un craquement puis une substance froide et collante traversa son pantalon. Il se releva précipitamment. Sa chaise, couverte de bris de coquille, dégoulinait de jaune et de blanc d'œuf. Des ricanements s'élevèrent autour de lui. « Poulet a pondu un œuf ! » s'exclama Boris. Les rires redoublèrent. Le maître haussa le ton et disputa Peter avant de comprendre ce qui venait réellement de se produire. Il envoya le garçon au pantalon souillé à l'infirmerie. On lui prêta un vêtement de rechange et il retourna piteusement en classe. Après avoir sermonné la classe et avoir rappelé l'importance du respect de la différence, l'instituteur reprit le cours de mathématiques comme si de rien n'était. Pour lui, l'affaire était close. Peter aurait aimé qu'il en fût de même pour ses camarades.

Ce fut une mauvaise journée pour l'élève Petons. La récréation du matin fut une belle occasion de répandre l'histoire de l'œuf entre les classes, si bien qu'on commença rapidement à le montrer du doigt et à l'appeler Poulet. Manque de chance, à midi, la cantine servait des œufs mimosa et des cuisses de poulet. Peter s'assit seul à sa table, exposé aux quolibets de ses camarades, honteux. C'était la première fois qu'il expérimentait un tel sentiment. Il n'aimait pas ce goût amer dans sa bouche, cette tristesse qui lui donnait envie de pleurer. Il ne comprenait pas pourquoi ses amis ne voulaient plus l'approcher. Avait-il fait quelque chose de mal ?

Il rentra à la maison, dépité, mais décida de ne rien dire à ses parents. Les choses allaient s'arranger d'elles-mêmes, il en était certain.

Il retourna à l'école le lendemain, la tête haute. Les premières heures se déroulèrent sans incident, ce qui le soulagea grandement. À la récréation, l'ambiance était légère, on ne faisait plus attention à lui. Il surprit bien quelques regards mais rien d'inquiétant. Alors que la récréation était déjà largement entamée, un petit garçon aux joues rouges vint à sa rencontre. Avec un sourire innocent, il l'invita à le suivre, prétextant que son voisin d'hier voulait présenter ses excuses. Il lui emboîta le pas, content de ce retournement de situation. Le garçon l'emmena dans une petite impasse de la cour située entre le bâtiment des toilettes et le mur d'enceinte de l'école. C'était le coin des secrets échangés et des trafics de billes. Peter n'y avait encore jamais mis les pieds. Le garçon lui demanda d'attendre là et s'éloigna en sautillant.

Peter n'eut pas longtemps à patienter. Quelques secondes après que son émissaire eut disparu, il reçut une goutte sur la main. Il crut qu'il se mettait à pleuvoir et s'apprêta à l'essuyer quand il constata qu'elle était jaune. Au même moment, un liquide visqueux s'abattit sur sa tête, aussitôt suivi d'une chute d'objets légers. Il leva les yeux, horrifié. Boris et ses acolytes, perchés sur le toit des toilettes, le regardaient, hilares. Ils tenaient encore les seaux qu'ils venaient de vider sur le pauvre Peter : des œufs battus et des plumes.

Peter était incapable de bouger, trop sidéré par ce qui venait de lui arriver. Le mélange dégouttait de ses vêtements en épaisses coulures poisseuses. Il avait envie de courir loin, de fuir la cour et la petite foule qui se pressait dans l'impasse pour assister à son humiliation. La plupart de ses camarades de jeux se tenaient là, certains gênés par le spectacle, la plupart hilares. Personne ne vint l'aider.

La cloche dispersa tout ce petit monde. Peter resta où il était, bien décidé à ne pas se montrer aux instituteurs. Il guetta les bruits de l'école et ne sortit de l'impasse qu'une fois assuré que la cour était déserte. Rasant les murs, il se dirigea vers la grille d'entrée et sortit dans la rue. Certaines plumes avaient réussi à s'envoler, mais la majorité était engluée dans le mélange d'œufs qui séchait sur sa peau et ses vêtements.

Il parvint à l'usine en moins de dix minutes et réussit à grimper chez lui sans attirer l'attention. Certains ouvriers le virent de loin et le saluèrent sans remarquer ni l'heure ni son accoutrement. Il jeta ses vêtements souillés dans le lavabo, enfila son pyjama et se roula en boule dans son lit.

Il entendit sa mère rentrer à midi pour sa pause déjeuner mais n'esquissa pas un geste. Aujourd'hui était un jour à chapeau. Madame Petons était occupée à l'étage en dessous à mouler et décorer sa nouvelle collection de feutres pour dames. Elle retourna travailler une demi-heure plus tard sans avoir remarqué la présence de son fils. Peter fut effroyablement déçu. Il avait toujours imaginé que les mères possédaient le pouvoir de percevoir la détresse de leur enfant. Pour lui, cela allait de soi, sa terrible tristesse ne pouvait qu'être ressentie par sa mère. En esprit, il la voyait se précipiter dans sa chambre, ouvrir la porte à la volée, le cheveu décoiffé et le sourcil froncé, enragée que quelqu'un ait voulu du mal à son fils. Elle le prendrait dans ses bras et lui assurerait que tout allait bien. Malheureusement, il découvrait aujourd'hui avec aigreur qu'il s'était toujours trompé. Les mères ne possédaient pas de détecteur à enfant malheureux.

En fait, ce n'est pas son instinct qui alerta madame Petons, mais la question anodine d'un ouvrier dont la femme travaillait à la cantine. Celle-ci s'inquiétait de ne pas avoir vu Peter au déjeuner et avait demandé à son mari de s'enquérir de l'état de santé du garçon La maman eut l'heureuse intuition d'aller voir dans la chambre. Peter était bien là, prostré sur son lit. Elle chercha à avoir des explications, mais le garçon gardait la mâchoire serrée. Depuis combien d'heures était-il allongé ainsi ?

Elle s'inquiéta, vit qu'il était en pyjama et chercha ses vêtements. Quand elle les trouva dans la salle d'eau, elle comprit. Elle revint dans la chambre de son fils. Peter s'était assis et la regardait d'un air sévère.

– Je ne veux plus aller à l'école.

Elle tenta de le raisonner.

– Je vais parler au directeur, on punira le coupable. Les choses vont s'arranger.

– Tu sais bien que non, se défendit Peter. Mes ailes vont continuer à pousser et tout va empirer, encore et encore.

Il lui raconta dans le détail ses deux derniers jours, et madame Petons, ne sachant que répondre, le prit dans ses bras et le serra fort. Elle attendit le retour de son mari et de sa fille pour les consulter, puis fit venir le directeur et sa femme pour avoir leur avis. Les adultes étaient partagés. Fallait-il épargner Peter ou combattre la bêtise de certains élèves ? Jeanne Pantoufle, ancienne institutrice, fit pencher la balance en expliquant qu'elle connaissait bien la famille de ce fameux

Boris pour avoir eu autrefois sa grande sœur en cours. Les parents étaient des gens influents fréquentant des milieux peu recommandables. Pour résumer, Boris était malheureusement intouchable. Madame Pantoufle suggéra néanmoins une solution alternative. Elle se proposait de donner quotidiennement des cours particuliers à Peter. De toute façon, les ailes en pleine croissance du garçon devenaient jour après jour un frein à sa vie en collectivité.

On fit venir Peter et on lui exposa les possibilités. Soit il retournait à l'école sans espérer de solution immédiate, soit Jeanne Pantoufle lui dispenserait des cours particuliers.

Peter n'hésita pas un instant. Depuis qu'il l'avait rencontrée, il appréciait Jeanne, sa discrétion et sa gentillesse. Il opta pour les cours particuliers.

Les choses se déroulèrent encore mieux qu'il ne l'avait espéré. Jeanne Pantoufle était une excellente préceptrice ravie de trouver en Peter un élève aussi avide d'apprendre. Ils trouvèrent facilement leur rythme. Ils consacraient leur matinée à une visite : les collections de plantes du jardin botanique, la galerie de l'évolution du muséum d'histoire naturelle, le parc zoologique, l'observatoire astronomique, plusieurs musées d'art (Jeanne appréciait par-dessus tout les peintres impressionniste), des châteaux du Moyen Âge et de la Renaissance, quelques cabinets de curiosités et même le cinématographe. Puis ils rentraient pour déjeuner et s'accordaient ensuite une sieste de vingt minutes avant de passer à la théorie. Les cours de Jeanne, comme Peter devait désormais l'appeler, s'appuyaient sur ce qu'ils avaient appris dans la matinée. On parlait de sciences naturelles, d'histoire, de technologie, de courants littéraires, de géographie... Invariablement, à seize heures, le cours s'arrêtait qu'ils aient terminé ou non. Ils se réfugiaient alors dans la cuisine autour de deux bonnes tasses de chocolat chaud, deux parts de gâteau et du poste de radio qui diffusait de la musique classique.

Jeanne en profitait pour lire à Peter le nouvel épisode de leur feuilleton favori : *Les Explorateurs*. Le journal publiait quotidiennement les aventures de voyageurs célèbres dans des pays lointains. Ces hardis découvreurs s'enfonçaient dans les forêts d'Amérique du Sud à la recherche de trésors incas, ils naviguaient sur des mers paralysées par les glaces jusqu'à l'autre bout du globe, ils parcouraient les montagnes d'Asie à la recherche de créatures fantastiques. D'Amérique en Asie, d'Afrique en Océanie, Peter découvrait la richesse de la planète narrée par la voix envoûtante de Jeanne tout en sirotant la plus délicieuse des boissons chocolatées.

Peter découvrit chez Jeanne ce même appel des grands espaces qui résonnait en lui. Hélas, l'ancienne institutrice savait que son rêve de voyager en resterait un, son corps perclus de rhumatismes n'étant plus en âge de lui faire gravir des sommets. Ses seuls grands voyages restaient les croisières fluviales que Marcel lui offrait chaque année. Deux semaines de vacances calmes et romantiques sur des fleuves mythiques : le Rhin, le Danube, la Volga...

Peter, lui, imaginait déjà l'avantage que lui procureraient ses ailes. Il avait enfin trouvé quel métier il voulait faire. Il serait explorateur et vendrait le récit de ses voyages aux journaux pour financer ses expéditions.

9

L'été arriva. Les ailes de Peter atteignaient désormais une longueur respectable, même si elles n'étaient d'aucune utilité puisqu'elles étaient toujours nues. Le garçon avait rapidement découvert qu'il pouvait les faire bouger comme n'importe quelle autre partie de son corps. C'était aussi naturel que d'ouvrir la main.

Les parents avaient délaissé le docteur Radius pour privilégier les consultations d'Augustin Atlas. Au cours du premier rendez-vous, le vieux médecin suggéra une idée saugrenue mais à la hauteur de son génie : la possibilité de greffer des plumes à Peter.

Avec l'autorisation de la famille Petons, l'homme de science se lança dans une étude poussée du cas Peter Petons. Il radiographia le corps du garçon sous toutes les coutures et fit procéder à un moulage de ses os pour reproduire son squelette à l'identique. Il possédait maintenant un Peter-squelette fort utile puisqu'il lui permettait de ne pas harceler l'enfant avec d'incessantes auscultations. Enfin, il plongea le nez dans ses livres d'ornithologie. Il était certain d'une chose : quitte à greffer des plumes, encore fallait-il que ce soit les bonnes. Il devait déterminer la forme de ses futures ailes d'après la structure de leur squelette.

Ce n'était pas chose aisée.

Il mit d'abord de côté les manchots et les autruches, incapables de voler. Les os de Peter étaient suffisamment développés pour qu'on puisse le classer dans la catégorie des êtres volants. Au moins Augustin Atlas avait-il cette certitude.

Il existait, dans le monde des oiseaux, quatre formes d'ailes différentes qu'on pouvait répartir entre quatre familles types : corbeau, martinet, mouette et aigle. Le corbeau possédait un vol lent et précis qui nécessitait des ailes courtes et larges, tandis que le martinet était le spécialiste des vols à longue distance. La mouette était équipée d'ailes qui faisaient cinq fois la longueur de son corps pour permettre le vol plané à haute vitesse. Enfin, l'aigle déployait de longues ailes larges et cambrées idéales pour se laisser porter par les courants d'air chauds.

Augustin Atlas noircit des pages entières de schémas et de calculs savants, plié en deux devant la lumière tamisée des lampes vertes de sa bibliothèque. À ses yeux, il était indispensable de déterminer quel type de squelette présentait Peter et quel plumage serait le mieux adapté à sa morphologie.

Au final, après des heures d'études et de prise de notes, le médecin dut se rendre à l'évidence : malgré son érudition, il n'était pas le mieux qualifié pour répondre à cette question. La solution était de s'adresser à un spécialiste des plumes. Par chance, monsieur Pantoufle lui apprit qu'il existait en ville une plumassière de renom. Il se proposa même de faire le premier pas pour vérifier le sérieux de l'adresse.

La boutique de plumes de madame Roucoule fournissait principalement les cabarets et autres salles de music-hall. Plus les tenues des danseuses étaient légères, plus on les couvrait de plumes, et toute une panoplie de couleurs et de textures était destinée à rehausser le charme des plus belles femmes. Mais le commerce approvisionnait également des clients plus « sérieux ». Le Cercle des amis de la littérature comptait parmi les plus fidèles. Ils achetaient tous les mois les plus belles plumes d'oie du marché. Elle travaillait aussi avec les chapeliers en vue du secteur, les coiffeurs spécialisés en chignons de mariage, les fabricants de costumes et, bien sûr, les chasseurs. Ces derniers ne pouvaient s'adresser qu'à madame Roucoule, la meilleure plumassière de tout le pays, quand il s'agissait de faire naturaliser leur plus belle prise.

Quand monsieur Petons pénétra à la suite de monsieur Pantoufle dans la boutique de madame Roucoule, il fut soudain pris d'une crise d'asthme. Malgré un entretien journalier, les plumages attiraient la poussière comme un aimant et indisposaient les allergiques. Les yeux pleurant, le nez coulant et la gorge serrée par une toux rauque, monsieur Petons se résolut à attendre dehors, laissant monsieur Pantoufle gérer la transaction en personne.

Venu à la demande du docteur Atlas, le directeur ne put s'empêcher de penser comme un commerçant en admirant les plumes à chapeau présentées sur une étagère près de l'entrée. C'était exactement ce qu'il manquait aux chapeaux Pantoufle pour toucher un public toujours plus exigeant. Une ultime touche de féminité.

Puis surgit la propriétaire des lieux. Madame Roucoule. Une femme aussi austère que ses plumes étaient excentriques. Les cheveux châtains tirés en un chignon bas, elle était habillée d'une robe brune serrée à la taille et recouverte d'un tablier bleu marine. Pourtant, cette fadeur apparente ne pouvait cacher sa beauté. Un nez aquilin donnait du caractère à son visage, et de beaux yeux en amande apportaient une touche de séduction.

– Monsieur ? demanda-t-elle sans sourire.

– Je cherche des plumes, répondit monsieur Pantoufle avant de se flageller mentalement pour la bêtise de sa phrase.

Évidemment qu'il cherchait des plumes, il était dans une boutique de plumes.

– Vous êtes au bon endroit, ajouta madame Roucoule, pince-sans-rire. Que cherchez-vous ?

– Je... euh... bredouilla le petit homme moustachu.

– En ce moment, sont disponibles dans notre stock des plumes d'autruche, de bécasse, de bernache, de canard, de coq, de cygne, de dinde, de dindon, d'émeu, de faisan, de geai, de grue, d'oie, de paon, de perdrix, de pintade, de poule...

– En fait, je voudrais des plumes un peu spéciales... tenta-t-il d'expliquer en interrompant l'énumération de la plumassière.

– Aucun souci. En plumes spéciales, nous disposons actuellement de plumes de faisan colchyde, de plumes de dindon ocellé, de plumes d'éperonnier chinquis, de mèches et de rachis d'autruche, de plumets de héron mandarin, de couronnes de paon saphir, de lames d'oie frisée du Danube...

– Non, en fait... je cherche des plumes d'aile.

– De quelle taille ? C'est pour un déguisement ?

– Non, c'est pour voler.

– Comment ça ? interrogea madame Roucoule sans comprendre.

– Quelle taille d'aile faudrait-il pour faire voler un enfant d'un mètre cinquante ?

– C'est pour un spectacle, c'est ça ? crut comprendre la plumassière. Je travaille souvent avec des chefs costumiers pour le théâtre, vous savez. Alors si vous pouviez vous montrer plus explicite…

Monsieur Pantoufle soupira profondément en secouant la tête de droite à gauche.

– Écoutez, le mieux c'est que je revienne demain, ajouta-t-il d'un ton évasif car une idée toute simple était en train de germer dans sa tête. Oui, nous allons faire comme ça. À demain !

Sur ce, le petit homme sortit d'un pas plus léger. Il avait trouvé la solution, il devait convaincre Augustin Atlas et Peter de venir avec lui. Monsieur Petons patientait justement devant la boutique. Sa crise d'asthme s'était calmée dès qu'il avait quitté la pièce remplie de plumes. Monsieur Pantoufle lui annonça en quelques mots l'échec de son entretien et lui expliqua la raison. Monsieur Petons ne put qu'acquiescer. Sans Peter, difficile de se faire comprendre.

Le lendemain, madame Roucoule ouvrit son rideau de fer à 10 heures comme tous les matins. Trois hommes attendaient déjà devant sa vitrine. Ils étaient accompagnés d'un garçon bossu coiffé d'un chapeau d'homme un peu ridicule pour son âge. Ils entrèrent tandis que la commerçante se glissait derrière le comptoir. Elle reconnut le petit monsieur moustachu de la veille et se souvint qu'il cherchait des plumes d'ailes. Le deuxième homme avait couvert son nez et sa bouche d'un foulard pour se protéger des allergènes qui flottaient en nombre dans l'air ambiant, tandis que le troisième, avec ses cheveux hirsutes et sa barbe pointue, avait tous les attributs du savant fou. Le petit garçon ouvrait de grands yeux en tournant la tête de tous les côtés, il n'aurait pas eu l'air plus fasciné dans un magasin de bonbons.

Madame Roucoule n'aimait pas les enfants. Ils étaient trop bruyants et leurs mains collantes n'avaient pas leur place dans une boutique de choses aussi fragiles que des plumes. Elle garda donc celui-ci à l'œil, espérant le dissuader de toucher à tout.

– Messieurs ?

Le savant fou prit un air de conspirateur.

– Madame, nous nous adressons à vous parce que vous êtes la meilleure plumassière de tout le pays. Votre réputation n'est plus à faire. Nous souhaitons néanmoins vous proposer aujourd'hui un travail des plus délicats. Je comprendrais que vous refusiez.

Elle ne dit rien. Elle croisa simplement les bras et attendit la suite. L'homme au foulard demanda d'une voix étouffée par le tissu.

– Possédez-vous un atelier ou un bureau où nous pourrions disposer d'un peu de discrétion ?

– C'est une demande un peu inhabituelle, rétorqua-t-elle, le sourcil froncé.

– La commande que nous nous apprêtons à passer l'est également, plaida le moustachu. La rémunération sera en conséquence de votre dérangement.

Elle hocha la tête et leur fit signe de la suivre. Ils contournèrent le comptoir et longèrent un couloir où de soyeuses plumes d'autruche formaient comme un dôme au-dessus de leur tête. Ils bifurquèrent ensuite sur la gauche et traversèrent un rideau de perles pour se retrouver dans un vaste atelier. L'endroit était chargé des plus belles réalisations de la plumassière. Une longue coiffe de chef indien en plumes d'aigle accrochée près de l'entrée attirait d'abord le regard. Mais l'attention déviait vite vers le mur de gauche où des mannequins alignés rivalisaient de costumes plus colorés les uns que les autres : il y avait là trois parures légères pour danseuses brésiliennes rehaussées de plumes d'autruche et de paon ainsi qu'une robe de mariée ornée d'ailes de cygne. Sur le mur de droite, une haute grille supportait une douzaine de masques et de chapeaux destinés au carnaval de Venise. Au centre, trônait l'établi de la plumassière, un long meuble à tiroirs appuyé contre un mur couvert d'instruments de découpe et de couture.

Madame Roucoule se retourna et posa une main sur le plan de travail tandis qu'elle considérait les quatre étrangers qui se tenaient là.

– Je vous écoute, déclara-t-elle d'une voix autoritaire.

– Le plus simple est que nous vous montrions, se contenta d'annoncer le savant en tendant le bras vers le garçonnet.

Peter se décoiffa d'abord. Son crâne chauve fit sourciller la femme. Puis il retira la veste d'adulte qui lui couvrait le dos, la confia à l'homme au foulard avant de déboutonner sa chemise et de l'ôter. À la vue de ce qui se cachait dessous, la femme ne put retenir une exclamation de surprise. Elle n'en croyait pas ses yeux. Le garçon n'était pas bossu comme elle l'avait cru au premier abord, il était pourvu d'ailes aussi imberbes que le reste de sa personne. Ces ailes nues et dépourvues de plumes faisaient irrémédiablement penser à celles d'une carcasse de poulet.

– Est-ce qu'elles fonctionnent ? demanda-t-elle d'une voix étranglée.

Le savant invita le garçon à déplier une aile. Peter s'exécuta. Son aile droite s'ouvrit.

La plumassière se pencha sur le garçon d'un air médusé. Elle tâta la poitrine et les épaules pour sentir des muscles et des os habituellement inexistants chez l'être humain.

– Son sternum est renforcé ! Et il a un os coracoïde séparé de l'omoplate !

– Vous noterez également la présence d'un bréchet, ajouta le savant en tournant autour de la plumassière comme pour observer ses réactions.

– Pourriez-vous être plus explicite ? grommela l'homme au foulard d'une voix étouffée par le tissu.

– Le corps humain n'est pas assez solide pour recevoir des ailes, expliqua madame Roucoule. La traction exercée sur le dos serait trop importante et les muscles trop peu nombreux pour empêcher la dislocation du squelette. Mais les oiseaux possèdent des os spécialement destinés au vol. Quelle est cette tromperie ?

– Ce n'en est pas une, rétorqua le savant. Je vous présente Peter et son père, monsieur Petons. Ce monsieur à l'élégante moustache est son employeur, monsieur Pantoufle. Quant à moi, je me présente : docteur Atlas, orthopédiste et ornithologue à mes heures perdues.

– Qu'attendez-vous de moi ? questionna la plumassière.

Elle s'était redressée, le sourcil froncé, et avait croisé les bras contre sa poitrine. Augustin Atlas frappa trois coups de sa canne sur le sol parqueté.

– Enfin, madame ! Ça ne se voit pas ? Que vous donniez des plumes à ce garçon !

La femme secoua la tête d'un air renfrogné.

– Même si je les couds ou les colle, les plumes ne résisteront pas longtemps. Ce sont des objets de décoration, pas des jouets.

– Non, madame. Vous ne comprenez pas, répliqua le docteur Atlas en posant les mains sur les épaules de

Peter. Je ne souhaite pas un joli plumage, mais deux ailes parfaitement fonctionnelles et aptes à voler. J'attends de vous que vous greffiez des plumes sur ce garçon.

Madame Roucoule eut un mouvement de recul et buta contre son établi.

– Quoi ? Êtes-vous devenus fous ? Je ne suis pas chirurgien !

– Moi je le suis, précisa Augustin Atlas en souriant. Je vous propose une coopération. Vous êtes la seule spécialiste du plumage que je connaisse, j'ai besoin de vous.

– Vous n'aurez pas deux fois ce genre de proposition, ajouta monsieur Pantoufle, l'œil complice.

Il avait raison, comprit la plumassière. Ces ailes humaines étaient un véritable défi à son génie. Malgré ses a priori, il lui était impossible de refuser.

– Très bien. J'accepte. Mais je ne peux promettre que ce garçon volera.

L'homme moustachu la rassura en posant la main sur le crâne chauve de l'enfant.

– Vous faites votre part du travail, Peter fera la sienne.

Monsieur Petons rentra à la maison rassuré. Il résuma à sa femme et à sa fille l'essentiel de leur visite, fier qu'une personne aussi importante qu'Augustin Atlas prenne en main la santé de son fils. Peter s'était installé sur son tabouret (les chaises avec leur dossier étaient désormais devenues trop inconfortables pour son dos) et écoutait le récit d'une oreille distraite. Son regard ne cessait d'être attiré par la lucarne et le ciel de l'autre côté. Il avait hâte d'être à ce soir. Leur logement avait beau être vaste, il étouffait entre ses quatre murs.

10

La première partie du travail se fit sans Peter. Augustin Atlas avait décidé de l'épargner tant que madame Roucoule et lui n'auraient pas établi précisément, et conjointement, le déroulé des opérations. L'orthopédiste avait apporté à la boutique le dernier Peter-squelette en date, et ils travaillèrent plusieurs jours de suite à la sélection des plumes.

Quand les deux spécialistes se furent mis d'accord, ils convoquèrent Peter, son père et le mécène de l'opération, monsieur Pantoufle, au cabinet de l'orthopédiste. Madame Roucoule commença par dessiner sur un tableau noir une aile d'oiseau dépliée. Puis elle prit des craies de couleurs différentes et distingua neuf parties dans son schéma avant de prendre la parole à la façon d'une maîtresse d'école entamant un nouveau cours particulièrement compliqué.

– Les ailes des oiseaux sont composées de deux types de plumes : les tectrices, qu'on appelle communément duvet, et les rémiges, destinées plus spécialement au vol. Mais vous constaterez sur mon dessin que j'ai délimité neuf zones dans le plumage. C'est parce qu'il existe cinq sortes de tectrices et trois sortes de rémiges.

– Cela ne fait que huit sortes de plumes, fit remarquer Peter.

Madame Roucoule accueillit les mots du garçon avec un discret sourire. C'était la première fois qu'elle entendait sa voix.

– En effet, il manque l'alula, ce sont quelques plumes destinées à stabiliser le vol. Pour que l'ensemble soit efficace, il devra être greffé dans un ordre précis. Augustin et moi allons d'abord t'implanter une dizaine de plumes et voir si la greffe prend.

– Venez-en au fait. De quel oiseau allez-vous tirer ces plumes ? interrogea monsieur Pantoufle en balayant les explications d'un revers de main.

– J'y viens, monsieur Pantoufle, j'y viens. Considérant la taille, le poids, l'envergure des ailes à nu ainsi que la structure du squelette de Peter, il nous est bien sûr apparu nécessaire de choisir pour lui le plumage d'un grand oiseau. Dans l'idéal, j'aurais aimé lui greffer des plumes de condor parce que c'est le rapace le plus grand qu'on puisse trouver. Malheureusement, les Andes sont beaucoup trop loin pour espérer s'en procurer et le condor est un oiseau sacré pour les populations d'Amérique du Sud.

– S'il n'y a que ça… commença monsieur Pantoufle.

– J'ai dit *sacré*, monsieur le grand directeur d'usine, le rabroua madame Roucoule.

Le ton autoritaire de monsieur Pantoufle et sa propension à tout régler avec de l'argent excédait la plumassière. Pour monsieur Pantoufle, rien n'était impossible. Il suffisait juste de mettre la main au porte-monnaie. Elle tenait à clarifier les choses.

– Vous êtes ici en tant que mécène et je tolère votre présence. Mais sachez que je ne recourrai à aucun moyen illégal pour obtenir des plumes. Jamais. Et ceci est un sujet clos, compris ?

– Compris, madame, marmonna monsieur Pantoufle.

– Et si nous utilisions les plumes d'un autre rapace ? suggéra le père de Peter. Pourquoi pas un aigle ? Ou un vautour ?

– L'aigle est un oiseau trop léger, ça ne va pas non plus. Ce sera la même chose pour le vautour. En fait, nous y avons longuement réfléchi et nous pensons, le professeur Atlas et moi, que l'oiseau qui convient le mieux est le cygne.

Pour appuyer ses paroles, madame Roucoule se dirigea vers le Peter-squelette jusqu'alors dissimulé sous un drap et le découvrit. L'assemblée poussa une exclamation étonnée. Les os du dos disparaissaient sous une couverture dense de plumes blanches. Le résultat était troublant. La plumassière déplia une des ailes pour exposer la totalité du plumage et terminer son explication.

– Nous avons calculé qu'il faudra l'équivalent de deux ailes pour chaque côté.

– Alors ? intervint Augustin Atlas en concluant l'exposé de madame Roucoule d'un coup de canne au sol. Quel est votre avis ?

– C'est… incroyable ! s'exclama monsieur Pantoufle bouche bée.

– Magnifique ! s'émut monsieur Petons au bord des larmes.

Peter leva la main.

– Ça va faire mal ? demanda-t-il, inquiet.

Une grimace gênée vint remplacer le sourire orgueilleux du docteur Atlas. Il n'avait même pas pensé à cet aspect de la greffe. Après tout, c'était un jeune garçon qu'il s'apprêtait à opérer, pas un cobaye dépourvu de parole.

– Je l'ignore, avoua le scientifique. Ce serait mentir que d'affirmer que tu n'auras pas mal, car les ailes sont en général des zones très innervées. Mais nous pratiquerons une anesthésie.

Peter hocha sobrement la tête avant de reprendre son attitude passive. Un peu en retrait du groupe, il s'était installé sur un haut tabouret, les jambes repliées, les talons calés sur le bord de l'assise et les bras posés sur ses genoux. En fait, il ressemblait à un oiseau ainsi juché sur son perchoir. Augustin Atlas réalisa que le garçon était bien solitaire au milieu de cette assemblée d'adultes. Tous prenaient son sort très à cœur, mais qui avait pensé à lui demander son avis ?

– Vous tous. Sortez, s'il vous plaît, ordonna le docteur. Peter, tu restes là.

Monsieur Pantoufle bomba le torse, monsieur Petons bafouilla et madame Roucoule prit un air intrigué.

– Sortez ! insista l'orthopédiste en frappant le parquet de sa canne.

Les trois adultes obtempérèrent et madame Roucoule claqua la porte derrière elle. Le médecin approcha un second tabouret de Peter et s'y installa maladroitement. Ces acrobaties n'étaient plus de son âge. Le garçon l'observa patiemment, attendant qu'il ait retrouvé son équilibre. Son visage imberbe ponctué d'un nuage de taches de rousseur donnait une impression de fragilité qui expliquait sûrement la façon dont les adultes le couvaient. Tous le voyaient comme un poussin tombé du nid, un être simple et extraordinaire qu'il fallait protéger.

– Que penses-tu de toute cette histoire, mon garçon ?

Peter haussa ses sourcils invisibles sans répondre.

– Que désires-tu vraiment ? insista le docteur Atlas.

– Voler, répondit simplement Peter d'une voix vibrante.

– Explique-moi.

– Depuis que mes ailes ont commencé à pousser, je ne pense plus qu'à ça. Le ciel m'appelle. J'ai du mal à me concentrer tellement c'est fort. Je ne vais plus à l'école, alors je passe mes journées chez madame Pantoufle. Mais j'arrive de moins en moins à me concentrer. Quand l'appel est là, dans un coin de ma tête, tout le reste devient secondaire. Parfois, c'est tellement fort que je résiste difficilement à l'envie de me jeter dans le vide. C'est comme une soif que rien ne vient soulager, une soif dévorante.

Le docteur Atlas posa sa main sur l'épaule de Peter pour calmer les tremblements qui avaient commencé à secouer le garçon.

– Nous pouvons démarrer demain, si tu te sens prêt.

– Oui, lâcha Peter. Oui, s'il vous plaît.

Les choses furent donc décidées ainsi. Le lendemain matin, Peter était de retour au Grand collège de médecine orthopédique. Le docteur Atlas avait réservé une petite salle d'opération à l'écart des grandes démonstrations de chirurgie et avait organisé les lieux avec madame Roucoule. Ils avaient soigneusement sélectionné les plumes destinées à être implantées dans le corps du garçon. Toutes étaient parfaites, leurs barbes et leur tige ne comportaient aucun défaut. L'opération allait être de courte durée car il s'agissait d'un test. Ils inséreraient une quinzaine de plumes sur chaque aile et attendraient une semaine pour voir si la greffe prenait.

Le médecin et la plumassière revêtirent des blouses vertes et une infirmière fit enfiler à Peter une curieuse chemise bleue qui se nouait dans le cou et couvrait son torse tout en laissant son dos nu. Puis la même femme lui fit une petite injection dans le creux du bras. Enfin, le docteur Atlas tapota la table d'opération en souriant au garçon. Il était temps.

Peter s'allongea avec un petit pincement d'appréhension. Son destin se jouait maintenant. Soit son corps acceptait les plumes et son avenir s'annonçait radieux, soit il rejetait la greffe et tout était perdu pour lui. Il sentit qu'on dépliait ses deux ailes de chaque côté de son corps et qu'on les attachait pour éviter qu'elles ne se replient intempestivement. Ce simple geste suffit à lui mettre les nerfs à vif.

– Nous allons t'implanter du duvet et des rémiges, expliqua madame Roucoule pendant que l'infirmière et elle-même appliquaient un liquide désagréablement froid sur sa peau. Pour l'instant, nous délimitons le champ opératoire en te badigeonnant de teinture d'iode.

– Et nous t'endormons localement. Néanmoins tu ressentiras sans doute une piqûre chaque fois que je grefferai une plume, compléta le docteur Atlas en se penchant vers lui.

Il avait chaussé des lunettes à fort grossissement, emprisonné son épaisse chevelure sous une charlotte et sa barbe sous un masque. Il haussa les sourcils à destination du garçon. L'accoutrement du docteur et cette petite attention firent sourire Peter.

– Nous pouvons augmenter l'anesthésie si nécessaire, continua Augustin Atlas en disparaissant à nouveau de son champ de vision. Imagine que tu quantifies la douleur avec un barème qui va de zéro à dix. Zéro est l'absence de douleur, tandis que dix est le plus grand mal que tu aies jamais ressenti. Compris ?

Peter hocha la tête. L'opération commença.

Dès le début, la souffrance fut terrible. Le docteur avait raison quand il affirmait que la peau de ses ailes était hypersensible. En revanche, il avait tort concernant le pouvoir de l'anesthésie, car Peter ne ressentait aucun soulagement. La première plume insérée lui fit souffrir le martyre. Il pleura et serra les dents, espérant résister avec la seule force de sa volonté. Mais dès la deuxième plume, il craqua et appela à l'aide. L'infirmière lui fit une nouvelle injection qui devait agir immédiatement. Malheureusement, la curieuse physiologie de Peter, sensible à certaines substances, se révéla très résistante au produit utilisé pour l'anesthésie. Le docteur Atlas dut revoir ses calculs et demander l'administration d'une nouvelle dose, bien plus concentrée.

La troisième injection fut enfin efficace. Peter se sentit étrangement distant de son corps. La douleur était toujours là, mais elle semblait éloignée, comme si son esprit était soudain trop grand pour être contenu dans sa tête. Il avait la curieuse sensation de flotter à travers la pièce tandis que son enveloppe de chair et d'os restait attachée en bas.

L'opération fut rapidement terminée. Les mains douces de madame Roucoule libérèrent ses ailes le temps de les attacher en position fermée. L'engourdissement provoqué par l'anesthésie continuait à agir, Peter était toujours incapable de bouger. Il resta donc allongé sur la table tandis que le docteur Atlas faisait entrer ses parents, sa sœur, monsieur et madame Pantoufle. Ils envahirent l'espace comme une volée de moineaux, meublant le silence de leurs questions, furetant de-ci, de-là autour du garçon, du chirurgien et de l'infirmière. Cette dernière dut élever la voix pour les ramener à la raison. Une salle de chirurgie était comme une église, on devait y parler à voix basse et peser ses mots.

Peter ne faisait que peu attention aux nouveaux arrivés. De toute façon, il aurait été bien incapable de leur parler. Son corps n'avait aucune force, il semblait peser des tonnes comme si ses os étaient faits d'acier. Il entendit Olivia demander pourquoi son frère ne bougeait pas et l'orthopédiste répondre en bougonnant. Ce dernier était contrarié d'avoir fait souffrir le garçon. Il avait fallu une telle dose de produit anesthésiant pour soulager sa douleur qu'il était probable que les effets durent encore une bonne heure. Peter était décidément un cas à part dans l'histoire de la chirurgie.

Alors que chacun y allait de sa remarque, madame Roucoule apparut dans le champ visuel de Peter et s'accroupit devant lui pour le regarder droit dans les yeux. Elle se mit à parler à voix basse pour que le garçon soit le seul à entendre.

– Il est encore un peu tôt pour l'affirmer, mais il me semble que la greffe fonctionne déjà. Ton organisme a accueilli chaque plume comme un élément manquant. Nous n'avons même pas eu besoin de suture. C'est très bon signe.

Peter réussit à cligner des yeux pour remercier la plumassière. Celle-ci caressa doucement son crâne nu avant de s'éloigner. Son père apparut à son tour pour le prendre dans ses bras. Il l'emmena dans une autre pièce et le déposa à plat ventre sur un lit moelleux avant de le recouvrir d'un drap.

– Repose-toi, mon petit garçon, murmura-t-il. Mon Peter, tu as fait preuve d'un grand courage. Ton papa est fier de toi.

Les plumes tinrent bon. Ainsi que l'avait auguré madame Roucoule, la greffe avait fonctionné et Peter avait cicatrisé à une vitesse phénoménale. Le docteur Atlas n'en revenait toujours pas. Une semaine après l'intervention-test, ils étaient prêts pour l'opération finale.

Les choses se déroulèrent de la même façon. Peter s'installa sur la table puis reçut une dose massive d'anesthésiant qui le fit dormir. Madame Roucoule avait disposé les plumes sur deux chariots distincts : un pour l'aile gauche, l'autre pour la droite. Elle allait assister le docteur Atlas et lui passer une par une les rémiges avant de passer au duvet qui recouvrait le tout.

Ils travaillèrent pendant des heures, manipulant chaque plume avec précaution. Sous leurs yeux, les ailes prenaient forme. D'abord la gauche, ensuite la droite. Il faisait nuit quand ils greffèrent la dernière plume. Étourdis par la concentration et la fatigue, ils contemplèrent les magnifiques ailes blanches de Peter puis s'étreignirent mutuellement, satisfaits de leur travail.

Madame Roucoule attacha les ailes de Peter en position de repos à l'aide de deux ceintures molletonnées. La première passait sous ses aisselles, l'autre au-dessus de son nombril. Afin de parfaire la greffe, les ailes ne devaient ni bouger ni encore moins servir pendant plusieurs jours. Le garçon allait encore devoir patienter avant de tenter quoi que ce soit.

11

Quand Peter se réveilla le lendemain, il était allongé sur le matelas de sa chambre. Son père avait dû le ramener dans la nuit. La première chose qu'il sentit fut une immense et rassurante chaleur dans son dos. Les nouvelles plumes de ses ailes lui tenaient agréablement chaud. Il se leva, légèrement déséquilibré par le poids inhabituel sur ses épaules. Une plume ne pesait rien mais un bon millier faisait sûrement la différence dans la balance.

Il gratta machinalement son torse avant de comprendre ce qui le gênait. Deux ceintures lui enserraient la poitrine et le dos. Madame Roucoule l'avait prévenu à ce sujet, expliquant qu'il fallait patienter et laisser cicatriser. Il mourait pourtant d'envie de les détacher et d'étendre ses ailes ankylosées. Il sortit de sa chambre, le pas encore mal assuré. Ses ailes frottaient presque le sol tellement elles étaient longues. Encore une sensation nouvelle pour lui. Nues, elles n'avaient jamais occupé beaucoup de place mais ainsi couvertes de plumes, et même repliées, leur superficie était presque trois fois plus importante. Il allait devoir apprendre à se déplacer avec elles.

Petit à petit, la vie reprit son cours dans la famille Petons. Monsieur Petons retourna à son activité de concierge, sa femme à ses chapeaux, sa fille à ses études et Peter descendit chez Jeanne. La vieille dame observa avec respect le splendide plumage blanc du garçon.

– Crois-tu qu'elles seront capables de voler ? demanda Jeanne.

– Je le sens à l'intérieur de moi, répondit Peter, la voix vibrante d'émotion. Il n'y a pas que mes ailes, tout mon corps s'impatiente. Je suis fait pour voler.

Jeanne ne lui avoua pas ses doutes à ce sujet. Elle en avait longuement parlé avec l'entourage de Peter quand le garçon était encore endormi. Tous s'interrogeaient : avaient-ils entrepris cette aventure avec l'intention de donner des ailes à Peter ou avec celle de lui donner l'opportunité de voler ? Les deux professionnels, la plumassière et l'orthopédiste, étaient partagés. Si le squelette du garçon semblait adapté au vol, ils gardaient une réserve sur son plumage. Après tout, ce n'étaient pas les vraies plumes de Peter. Elles avaient beau être esthétiquement parfaites, tous ignoraient si les ailes allaient résister aux contraintes imposées par le vol. Pression de l'air, souffle du vent, tensions musculaires, même avec les plus savants calculs on ne pouvait obtenir de réponse certaine. Ils avaient décidé de mettre le garçon au courant le jour où on libérerait ses ailes.

Ils n'en eurent pas le temps. Trois jours après son opération, Peter grimpa sur le toit. Ses parents et sa sœur avaient quitté la maison pour leur journée de travail et il était censé rejoindre Jeanne. Il n'en fit rien. Le torse et les pieds nus, simplement vêtu d'un pantalon, il passa par la fenêtre de sa chambre et alla s'asseoir à cheval sur le faîte. Ainsi installé, il entreprit de détacher les deux ceintures qui le compressaient comme un carcan. Celle qui passait sous ses aisselles fut un peu plus dure à défaire mais, en vidant entièrement ses poumons, il réussit à créer assez de jeu pour ouvrir la boucle. Les sangles glissèrent sur l'ardoise jusqu'au bord de la toiture. Leur poids les emporta au-delà de la gouttière et elles chutèrent d'une quinzaine de mètres avant d'atterrir au milieu d'un groupe d'ouvriers qui prenaient leur pause. Les hommes s'interrogèrent du regard avant de lever la tête et d'identifier le problème. L'un d'eux se précipita à la recherche de monsieur Petons pour l'avertir.

Pendant ce temps-là, Peter explorait de nouvelles sensations. Il déploya doucement ses ailes et les étira plusieurs fois. Des fourmillements étaient apparus quand il avait desserré les ceintures, et il fit jouer ses articulations pour les dissiper. L'envergure de ses nouveaux membres était impressionnante. Ses ailes étaient peut-être deux ou trois fois plus longues que ses bras. Il toucha ses plumes sans ressentir la moindre douleur. Chacune d'elles était sensible comme si elles avaient toujours fait partie de lui. Pour lui, il n'y avait aucun doute, la greffe était un succès.

Une douce brise soufflait. Peter se leva et commença à tester sa prise au vent, les ailes déployées. Il comprit rapidement comment offrir la plus large surface portante face au courant d'air. Tout se rapportait en fait à une question d'inclinaison et d'écartement. Il ne put s'empêcher de rire tellement tout cela lui paraissait simple et naturel. Un jeu d'enfant ! Il entreprit ensuite d'esquisser quelques battements lents. Des muscles qu'il n'avait jamais sentis auparavant se mirent en action. Il était fasciné par son propre corps et le changement qui s'était opéré depuis plusieurs mois. À cet instant, le petit Peter simplet lui parut terriblement éloigné de l'être hybride qu'il était devenu. Un garçon avec des ailes. Il ne lui restait plus qu'une ultime étape.

Tout en suivant la ligne formée par le faîte, il s'approcha du bord. Avec ses trois étages, le bâtiment n'était pas le plus grand de l'usine. Il estima sa hauteur à moins de vingt mètres. Cela lui laissait assez d'espace pour décoller. Du moins, c'est ce que son instinct lui soufflait.

Soudain, une voix horrifiée lui parvint d'en bas. Son père était au milieu de la cour, les yeux agrandis par la peur. Il vit la petite silhouette de sa mère le rejoindre et lever la tête vers lui. Elle porta la main à ses lèvres pour étouffer son cri. Autour d'eux, un attroupement se formait, à chaque minute plus nombreux. Beaucoup d'hommes et de femmes en bleu de travail. En tant que fils du concierge et protégé du directeur, il les connaissait quasiment tous. Il fit un salut de la main à ses spectateurs.

– Non, Peter ! s'écria son père. Non, c'est encore trop tôt !

Peter se laissa tomber, les ailes déployées.

Aussitôt, la résistance de l'air appuya fermement sous ses ailes. Néanmoins ce n'était pas suffisant pour vaincre la pesanteur. Son poids était trop important pour qu'il lui suffise de planer. Le sol se rapprochait très vite. Il sollicita alors l'ensemble de ses muscles et battit une première fois des ailes. Sa chute ralentit. Deux autres battements stoppèrent sa descente et le portèrent vers l'avant. Tout en continuant à battre des ailes, il passa au-dessus des visages ébahis de la foule assemblée dans la cour. Après avoir trouvé un courant assez puissant pour le soutenir, Peter reprit de l'altitude et se posa tout en haut de la cheminée de l'usine.

Sitôt que ses pieds touchèrent la brique rouge du conduit, Peter fut submergé par l'allégresse. C'était donc ça, voler ! Prenant à peine le temps de réfléchir, il se retourna face au vide et se laissa à nouveau tomber. Comme il partait cette fois de beaucoup haut, la pression sur ses ailes fut plus importante. Il chercha des yeux ses parents et se laissa planer jusqu'à leur hauteur. Puis il battit des ailes presque à la verticale pour arrêter sa course et réussit à se poser sans encombre à quelques mètres de sa mère. Il fit le reste du chemin à pied pour se jeter dans ses bras. Elle était en pleurs, il sentait de gros sanglots lui secouer la poitrine. Son père s'avança et Peter quitta sa mère pour l'étreindre à son tour, au comble du bonheur.

Ils furent vite rejoints par monsieur et madame Pantoufle, essoufflés. Peter releva soudain la tête, étonné du bruit qui l'entourait. Des applaudissements. Dans toute la cour, des ouvriers en bleu de travail frappaient dans leurs mains en clamant de temps en temps un bravo enthousiaste.

– Oh, mon Dieu, Peter ! réussit enfin à prononcer sa mère dans un souffle ému. J'ai eu tellement peur !

– Tu aurais pu te briser le cou ! ajouta son père, tiraillé entre la colère et le soulagement.

Monsieur Pantoufle était secoué par un rire nerveux qui l'empêchait de s'exprimer. Dès que ses ricanements semblaient cesser, une nouvelle salve le reprenait. Tout en désignant de temps en temps la cheminée et le toit de la fabrique de feutre, il avait des larmes hystériques qui roulaient le long de ses joues. Jeanne posa une main tremblante sur l'épaule de Peter et le garçon lut sur son visage combien elle avait eu peur.

– Je suis désolé si je vous ai tous effrayés, mais il fallait que j'en aie le cœur net.

– C'était merveilleux, Peter, le rassura Jeanne. Tu étais magnifique.

– Il me reste une chose à vérifier, avoua Peter.

– Déjà ? s'exclama son père, désabusé. Mais tu viens à peine…

Peter n'écoutait plus personne. Plongé dans une intense concentration, il s'écarta de quelques pas et déplia à nouveau ses ailes. Ce qu'il s'apprêtait à faire n'allait pas être aisé car la manœuvre demandait de s'arracher à l'apesanteur sans élan. Il ignorait s'il possédait la force suffisante. Il se mit à battre des ailes de plus en plus vite. Le souffle qu'il provoqua dégagea un nuage de poussière dans la cour et les hommes autour se détournèrent en se protégeant les yeux. Puis il sentit que son corps s'arrachait enfin à la terre. Le sol s'éloigna mètre après mètre et, au prix d'un grand effort, il réussit à s'élever assez pour rejoindre le toit de sa maison. Il posa le pied sur le faîte en ardoise, essoufflé et un peu engourdi. Il avait trop sollicité ses muscles aujourd'hui, il sentit qu'il était temps de se reposer. Il vérifia l'intégrité de son plumage avant de regagner sa chambre et de s'écrouler sur le matelas, le corps fourbu mais l'esprit rayonnant. Alors même qu'il entendait ses parents grimper quatre à quatre les escaliers menant à leur appartement, il s'endormit.

Monsieur et madame Petons se précipitèrent dans sa chambre et le crurent évanoui avant de capter son souffle profond et paisible. Rassurés, ils se jetèrent dans les bras l'un de l'autre, mi-pleurant, mi-riant. Ils étaient désormais les parents d'un garçon ailé et ils commençaient seulement à comprendre tout ce que cela impliquait.

Peter se réveilla quelques heures plus tard, affamé. Il était justement l'heure de déjeuner. Madame Petons avait reçu l'aide de Jeanne pour préparer un petit banquet. Leurs maris les avaient rejointes, ainsi que le professeur Atlas et madame Roucoule, conviés pour l'occasion. Tous étaient ravis de fêter la réussite de la greffe et de ce premier vol. Ils acclamèrent Peter quand celui-ci quitta sa chambre, attiré par l'odeur alléchante de la nourriture et les bruits de voix. Il y eut quelques accidents d'aile, comme sa mère les appela. Comme quelqu'un écarte les bras quand il est surpris, toute émotion violente chez Peter provoquait le tressaillement de ses ailes. C'était autant de verres et d'assiettes renversés, de coups portés aux invités.

L'appartement des Petons devenait bien étroit en compagnie d'un garçon ailé, d'autant que Peter n'aimait pas qu'on le frôle de trop près ou qu'on cherche à toucher ses ailes. C'était le même agacement que ressentent les enfants quand les adultes ne cessent de passer leurs mains dans leurs cheveux. Il éprouvait également une peur terrible à l'idée de perdre ses plumes. Chaque main qui s'aventurait sur son plumage était autant de risque d'une plume abîmée ou arrachée par mégarde. Il savait qu'il était entouré de gens de confiance, pourtant il ne pouvait s'empêcher de prendre ses distances. Il se posta donc petit à petit en retrait de la fête, embarrassé par ces sentiments, partagé entre l'énervement et la joie d'être ainsi au centre de l'attention.

II
LE FANTASTIQUE CIRQUE DES MERVEILLES

1

Les journées de Peter étaient désormais consacrées à voler et à explorer ses propres capacités. Le garçon gagna en endurance et en puissance. De malingre il devint finement musclé. Son torse ressembla bientôt à celui d'un nageur professionnel aux épaules taillées par l'exercice. Il se déplaçait désormais pieds nus car il trouvait que les chaussures le coupaient des sensations nécessaires au vol. Un comble pour quelqu'un qui habitait l'usine Pantoufle. Le directeur avait bien essayé de le faire changer d'avis en lui offrant ses plus belles créations. Rien n'y fit. Peter Petons tenait à rester pieds nus. Par ailleurs, il évitait de décoller du sol car il avait découvert que c'était un exercice qui brûlait presque toutes ses réserves d'énergie. Il le réservait pour les envolées d'extrême urgence et privilégiait désormais les déplacements d'un point élevé à un autre point élevé. Les clochers d'église, les cheminées d'usine, les châteaux d'eau devinrent ses perchoirs favoris. Chaque jour, il poussait un peu plus loin et rentrait un peu plus tard.

Les premiers soirs, les parents Petons se rongèrent les sangs en attendant de voir leur fils rentrer. Il pouvait arriver tellement de choses à un jeune garçon de onze ans, surtout quand il avait des ailes. Ils avaient dressé chacun une liste de risques, beaucoup trop longue à leur goût. Voler au-dessus de l'usine était une chose, voler au vu et au su de toute la population en était une autre. Fatigués de s'inquiéter à longueur de temps, ils décidèrent d'établir des règles de vol. Ils commencèrent par délimiter l'espace aérien. Derrière l'usine Pantoufle s'étendait une vaste parcelle de terres cultivées qu'ils désignèrent comme terrain de jeux pour le garçon. Ils ajoutèrent en outre toute une série de consignes visant à protéger leur rejeton. Peter avait l'obligation de toujours prévenir avant de sortir, de donner une idée approximative de sa destination, et de rentrer pour le déjeuner et le goûter. Il avait aussi l'interdiction formelle de sortir par jour d'orage ou de grand vent, de passer à côté des lignes électriques et de voler à très grande altitude. Ils lui défendirent également de survoler toute zone habitée entre huit heures du matin et huit heures du soir. Il valait mieux éviter pour le garçon de se donner en spectacle, même s'il était vain de croire que quiconque ignorait l'existence d'un enfant ailé dans la région.

Peter avait gardé l'habitude de prendre le goûter avec madame Pantoufle devant la radio. Un mercredi, après la lecture de Jeanne, Peter feuilletait tranquillement le journal quand il tomba sur un curieux encart au milieu des articles.

« Bientôt dans votre ville, le cirque des Merveilles recrute. Vous sortez de l'ordinaire ? Vous possédez un don hors du commun, une aptitude exceptionnelle ? Vous rêvez de voyager à travers le monde et de découvrir des contrées exotiques ? Alors rejoignez la troupe du cirque des Merveilles ! Venez nous montrer vos talents ce dimanche en journée au cirque municipal de votre ville. »

Peter glissa le journal vers Jeanne, les yeux brillants.

– Vous croyez que j'aurai ma chance ?

Jeanne parcourut l'annonce en pinçant les lèvres. Elle savait quelle réputation entourait généralement ce genre de cirques. Les merveilles étaient souvent plus un étalage de difformités, un carnaval ambulant qu'une véritable source d'enthousiasme. Toutefois, elle ne connaissait pas ce cirque-là. Il n'y avait qu'une façon d'en avoir le cœur net. Elle feuilleta le journal jusqu'à la page des spectacles et trouva les horaires de représentation de ce fameux cirque.

– Il y a un spectacle vendredi soir. Je te propose que nous allions y assister avant de nous poser la question.

– Merci, Jeanne, s'exclama-t-il en l'embrassant sur la joue.

Le vendredi soir, les familles Petons et Pantoufle se rendirent au cirque municipal. C'était un édifice tout en rond construit par l'élève d'un certain Gustave Eiffel. Le polygone formé par la convergence de seize poutres d'acier offrait la hauteur de plafond d'un chapiteau traditionnel mais avec tout le confort d'un théâtre. Le cirque disposait en effet du chauffage central, de l'eau courante et même de l'électricité. Les gradins se composaient de fauteuils aussi confortables qu'au cinéma.

Petons et Pantoufle arrivèrent tôt et s'installèrent au dernier rang au-dessus de l'entrée principale. Peter avait enfilé une cape suffisamment longue pour cacher ses ailes même si on aurait dit un bossu. Incapable de s'asseoir, il s'installa au sommet du dossier et posa ses pieds nus sur l'assise. Ses ailes pendaient derrière lui sans frotter par terre ni gêner l'assistance.

C'était la première fois que le garçon entrait dans une salle de spectacle. Il ne savait où poser les yeux tellement le décor était luxueux. Le sol des couloirs était pavé de mosaïques colorées dont on trouvait un rappel tout là-haut dans la verrière de la coupole. Les murs en marbre se couvraient de tentures en velours rouge brodé de fils d'or, les fauteuils semblaient écarlates et même le tapis qui couvrait la piste au centre affichait une flamboyante couleur vermeille.

En face d'eux, un vrai orchestre prit place alors que

la salle se remplissait toujours. Les musiciens s'installèrent silencieusement, étalèrent leurs partitions sur leur pupitre puis ouvrirent leur étui pour en sortir qui un violon, qui une trompette, qui une clarinette. En quelques gestes rompus par l'habitude, ils se mirent à accorder leur instrument, en s'unissant sur une unique note. Leur harmonie était parfois brisée par une envolée de trilles aigus, si bien qu'on aurait dit à ces moments-là les cris d'une volière peuplée d'oiseaux inconnus.

Alors que le public presque au complet échangeait murmures et cornets de pop-corn, la salle plongea dans le noir. Un homme seul apparut sur la piste dans un rayon de lumière. Il semblait tout droit sorti du décor tant sa mise rappelait les tentures du cirque. D'une extrême élégance, il était vêtu d'une veste à queue-de-pie rouge ornée de brandebourgs dorés et d'une culotte de cheval blanche rentrée dans des bottes d'équitation noires et lustrées. Il lissa ses moustaches en croc de ses gants blancs et abaissa son chapeau claque pour saluer les spectateurs.

– Voici monsieur Loyal, souffla Jeanne en se penchant vers Peter. C'est le régisseur du cirque.

Elle s'était installée au côté du garçon pour lui expliquer sommairement le fonctionnement d'un cirque. Peter hocha la tête pour signaler qu'il avait compris, puis il reporta son attention sur l'homme au centre de la piste.

– Mesdames, mesdemoiselles, messieurs, je vous souhaite la bienvenue pour cette représentation du cirque des Merveilles, commença monsieur Loyal qui roulait les *r* avec un exotique accent espagnol. Ce soir, notre spectacle ravira vos sens et touchera profondément votre âme. Je vous emmène en voyage... Les êtres que vous vous apprêtez à rencontrer ce soir viennent des quatre coins de la planète. Certains ont traversé les mers pour être présents parmi nous, d'autres sont descendus des étoiles ou encore sont remontés des entrailles de la Terre. Ils ont emmené avec eux un peu de magie et beaucoup de mystère.

L'orchestre avait commencé à jouer un air lent et mystérieux mené par un violon et une clarinette. Monsieur Loyal poursuivit.

– Notre premier duo d'artistes descend directement des cieux. Imaginez un peuple qu'on ne voit jamais mais qui nous regarde de là-haut. Il s'agit des Sélénites, les habitants de la Lune. Leur peau est couleur ivoire car ils se nourrissent de poussière d'étoiles. Deux sœurs ont posé le pied sur notre planète bleue et n'en sont jamais reparties. Plus légères et habiles qu'aucun d'entre nous, voici les jumelles de la Lune : Séléné et Moon !

Les lumières basculèrent sur des teintes azur tandis que deux jeunes filles entraient. Elles avaient de longs cheveux blancs et la peau d'une telle pâleur que Peter ne put mettre en doute leurs origines sélénites. Leur justaucorps bleu clair renforçait cette impression d'opalescence tout en soulignant la finesse de leur corps. Elles se mirent à faire des exercices d'équilibre de plus en plus compliqués, marchant sur les mains, sautant sur les épaules l'une de l'autre, enchaînant pirouettes, acrobaties et jonglage au rythme de la musique. Le numéro s'acheva sous un tonnerre d'applaudissements. Monsieur Loyal apparut à nouveau et la musique jusqu'alors enjouée prit un ton plus calme.

– Le pays du Soleil-Levant. C'est ainsi que notre prochain artiste nomme l'archipel oriental où il est né. Nous le connaissons sous l'appellation de Japon, un pays aux antipodes du nôtre et aux mœurs bien différentes. Il se nomme Kyôbô, et c'est la lame acérée de notre cirque.

Un homme aux traits asiatiques entra sur la piste. Il portait un kimono noir fermement ceinturé à la taille et prolongé par un pantalon ample. L'homme mania avec une même dextérité son sabre et de courtes lames de lancer. Il se servit de spectateurs pour leur faire tenir des fruits et des bûches qu'il coupait ou transperçait avec une prodigieuse rapidité.

Ce ne fut pas monsieur Loyal qui apparut ensuite mais un clown qui tentait de se faire passer pour lui. À l'unisson de l'assistance, Peter rit de bon cœur à ses pitreries. C'était une façon agréable de se débarrasser de la tension accumulée avec le numéro précédent. Quand le vrai monsieur Loyal débarqua quelques minutes plus tard pour accuser le clown de tromperie, il s'ensuivit une course-poursuite qui fit pleurer de rire le public. Enfin, le farceur s'éclipsa et le cours normal du spectacle reprit.

– Dans son pays, un froid intense règne. C'est le royaume des géants des glaces et des neiges éternelles. Là-bas, les hommes se déplacent en traîneaux tirés par des chiens-loups et s'abritent dans des peaux d'ours blancs. Fille d'un roi et d'une reine, elle possède la grâce du cygne, la légèreté du vent et la délicatesse d'un flocon. Laissez-vous ensorceler par Olga, la princesse des neiges !

Les lumières éclairèrent le balcon de l'orchestre. Sur le bord, se tenait une jeune fille en tutu blanc. De l'âge de Peter, elle avait des cheveux blonds tirés en arrière pour former un chignon élégant et le front cerné d'une fine couronne d'argent et de pierres précieuses. Peter eut le souffle coupé quand elle s'élança dans le vide. À son grand soulagement, elle ne chuta pas mais atterrit juste un peu plus bas sur un câble tendu depuis le balcon. Elle marcha en équilibre sans paraître incommodée par ce qui ne semblait pourtant pas plus épais qu'un fil. Le spectacle était enivrant, elle n'avait pas d'ailes et pourtant elle évoluait en altitude sans sembler craindre la chute fatale.

Le numéro fut trop court au goût de Peter qui n'avait pas quitté des yeux la princesse de peur qu'elle ne tombe. Celle-ci se laissa descendre le long d'une corde et se plaça au centre de la piste pour saluer le public avant de s'éclipser d'une démarche souple de danseuse. Les lumières s'estompèrent et un seul rayon lumineux éclaira monsieur Loyal, posté sur le bord de la piste. Derrière lui, dans l'ombre, des garçons de piste s'activaient.

– Mesdames, mesdemoiselles et monsieur, commença l'homme en rouge et or. Je m'adresse maintenant aux âmes sensibles qui peuplent le public. Si vous vous sentez le cœur fragile, peut-être est-il plus judicieux pour vous de quitter temporairement cette salle car le prochain artiste va vous faire trembler d'effroi. L'être qui s'apprête à entrer sur cette piste est un démon. Il est remonté des entrailles de la Terre pour s'immiscer parmi les mortels. Laissez-moi vous présenter le plus diabolique de nos artistes : Astaroth.

Un cercle de feu s'éleva soudain sur la piste, provoquant un sursaut de surprise dans le public. Un homme torse nu et couvert de tatouages traversa les flammes pour se présenter. Sur le sommet de son crâne chauve, l'artiste portait deux cornes qui avaient tout l'air d'être vraies. Peter échangea un regard avec Jeanne qui ne put que lui renvoyer le même air interrogatif. Puis l'homme cracha un jet de feu qui provoqua un petit affolement dans les premiers rangs et quelques évanouissements dans le reste du public. Le numéro qui suivit stupéfia Peter. Comme on l'attendait d'un démon, l'homme semblait se jouer des flammes. Après avoir jonglé avec des bâtons ardents et craché du feu à de nombreuses reprises, il marcha sur des braises répandues au sol. Quand le cercle enflammé s'éteignit faute de carburant, l'homme salua en crachant une dernière et gigantesque boule de feu.

Comme pour laisser au public le temps de souffler, monsieur Loyal annonça l'entracte. Les spectateurs disposaient de vingt minutes pour se désaltérer, manger, acheter des affiches du cirque disponibles à l'accueil. Un jeune garçon de piste muni d'un large panier plat attaché autour de son cou passa entre les alignements de fauteuils en annonçant pop-corn et confiseries. Jeanne se déplaça pour lui acheter un cornet qu'elle partagea avec tous. C'était la première fois que Peter goûtait du maïs soufflé, il trouva cela délicieux.

Autour de lui, tous restaient silencieux, plongés dans le souvenir des numéros déjà passés. Peter n'était pas en reste, mais ses pensées étaient d'une autre nature. Tout en mâchant des pétales de pop-corn, il s'imagina sur la piste, au centre de l'attention. Tous les enfants de l'école seraient là. Ils le montreraient du doigt, non pas pour se moquer cette fois mais pour s'enthousiasmer et s'émerveiller. Même Boris serait présent. Il aurait les yeux écarquillés par la surprise. Peter volerait un peu, éclairé par les lumières féeriques du cirque. Il esquisserait quelques cercles aériens, quelques figures risquées qui feraient frémir le public. Puis il se poserait pour recevoir les applaudissements de ses anciens camarades. Leur rivalité serait oubliée car Peter n'était pas revanchard, il pardonnerait à ceux qui n'avaient pas compris et s'étaient amusés à ses dépens. Ils l'avaient pris pour un vilain petit canard et ils s'étaient trompés. Cela pouvait arriver à tout le monde.

Une sonnerie retentit pour inciter le public à regagner sa place et tirer les rêveurs de leurs songes. Peu après, la salle s'obscurcit et le spectacle reprit.

Le clown apparut sur le bord de la piste. Toujours aussi drôle, il était accompagné d'un petit chien qu'il fit passer pour un fauve. Puis monsieur Loyal introduisit de nouveau les jumelles de la Lune, cette fois pour un numéro de trapèze étourdissant. Un magicien leur succéda, monté sur un chameau et vêtu comme un prince arabe. Les numéros se succédaient, plus impressionnants les uns que les autres. Peter n'en ratait pas une miette, les yeux brillants de plaisir. Le clown déguisé en chef d'orchestre refit une apparition. Il sema la pagaille parmi les musiciens pour le plus grand plaisir du public avant d'être chassé par le régisseur. Entre-temps, des hommes en bleu avaient œuvré sur la piste pour assembler une cage géante dans laquelle un dresseur et ses panthères évoluèrent gracieusement.

Quand les fauves disparurent dans les coulisses, Peter crut le spectacle terminé. Mais les lumières éclairèrent un point situé sous le dôme du toit. Olga était là-haut, suspendue à deux bandes de tissu bleu. La musique changea et le ciel se colora d'azur tandis que la princesse des neiges entamait une danse aérienne en enroulant et déroulant les écharpes bleues autour de son corps.

Enfin, le spectacle s'acheva. Accompagnés d'une musique triomphante et sous de fracassants applaudissements, tous les artistes se présentèrent devant le public, précédés par monsieur Loyal.

– Merci d'avoir assisté à cette représentation du cirque des Merveilles. J'espère que vous avez aimé rêver et trembler en notre compagnie. Nous nous produirons également demain soir si vous souhaitez revenir. Je lance également un appel aux artistes qui seraient dans le public. Nous recherchons des candidats pour de nouveaux numéros extraordinaires alors n'hésitez pas, si vous avez un don, à venir nous faire une démonstration de vos capacités dimanche, ici même, entre dix heures et dix-huit heures.

Sur une musique enjouée, les artistes saluèrent plusieurs fois avant de s'éclipser. Les applaudissements retombèrent et la salle se vida tranquillement. Seules restèrent bientôt dans les gradins les deux familles Petons et Pantoufle.

– Alors ? interrogea Jeanne.

– C'était… commença Olivia.

– Magnifique ! termina Peter, des étoiles dans les yeux.

– Étrange, compléta sa sœur.

– Envoûtant, ajouta monsieur Pantoufle.

– Terrifiant ! trembla madame Petons. Vous croyez que ce démon était un vrai ?

– Papa ? appela Peter quand il constata que son père gardait le silence.

Monsieur Petons ne savait que dire. Cette représentation l'avait soufflé. Il n'avait jamais assisté à un spectacle d'une telle richesse. Les artistes, les costumes, les lumières, la musique, tout fonctionnait à la perfection. Indubitablement, Peter avait sa place parmi eux, mais il était encore bien jeune pour se mêler à une troupe de saltimbanques.

– Je vais revenir demain, répondit-il finalement. J'ai besoin d'une seconde impression avant de prendre ma décision. Quelqu'un veut m'accompagner ?

Sans se concerter, tous levèrent la main avant de rire de leur enthousiasme. Ils achetèrent le soir même leurs billets pour la représentation du lendemain.

2

Le samedi soir, ils arrivèrent encore une fois très en avance. Ils firent bien car la salle fut tellement bondée que les plus jeunes enfants durent s'asseoir à même le sol tout autour du petit rebord protégeant la piste. Le spectacle, similaire à celui de la veille, fut à la hauteur de leurs espérances.

Après le défilé final des artistes et une fois le public parti, monsieur Petons prit la parole.

– Je suis d'accord, lâcha-t-il dans un souffle.

Il était inutile de demander de quoi il parlait. Peter ressentit un profond soulagement à recevoir ainsi l'aval de son père.

– Mais, reprit monsieur Petons (Peter sentit son cœur se serrer), il est hors de question que tu fasses la queue demain avec tous les candidats à l'embauche. Tu es précieux, Peter, et ce monsieur Loyal le constatera rapidement. Je propose que nous allions le voir dès maintenant.

– Tous ensemble ? s'enquit Olivia, qui voulait les accompagner.

– Tous ensemble, confirma son père. C'est une bonne façon de montrer comme Peter est entouré. Nous sommes sa famille.Vous aussi, monsieur et madame Pantoufle.

Jeanne faillit dire quelque chose avant d'être interrompue par Peter qui se jeta dans ses bras pour la convaincre que son père avait raison. Ils se réunirent donc dans le hall d'entrée du cirque et demandèrent à rencontrer monsieur Loyal.

– Le spectacle est fini pour ce soir, objecta la guichetière. Revenez demain à dix heures.

Tous campèrent sur leur position, envahissant l'espace de leur seule présence.

– Nous ne partirons pas d'ici car nous sommes là pour une bonne raison, argumenta monsieur Pantoufle d'une voix posée. Épargnez-vous une longue discussion inutile et allez plutôt chercher monsieur Loyal.

Le directeur savait être particulièrement convaincant quand il le voulait. C'était même l'une de ses principales qualités. La guichetière cessa de protester et s'éclipsa avec une mine renfrognée. Elle revint au bout de dix minutes et les invita à la suivre. Le régisseur du cirque les attendait sur la piste et il était loin d'être d'humeur cordiale.

Peter et sa famille reprirent le chemin de mosaïque bordé de tentures rouges. La nervosité du garçon était telle qu'il ne pouvait empêcher son dos d'être traversé de petits tressautements. Si l'on faisait exception de ses ailes, il était lui-même un garçon tout à fait banal. Il ne possédait aucune aptitude particulière, il ne savait ni danser, ni jongler, ni jouer la comédie. Il craignit soudain que les gens du cirque ne se moquent de lui comme les enfants de l'école l'avaient fait. Après tout, ils avaient un démon, une princesse et des enfants de la Lune. Un garçon ailé n'avait peut-être rien d'exceptionnel pour eux.

Monsieur Loyal avait déboutonné le haut de sa veste rouge. Il attendait, campé sur ses jambes, les mains ramenées dans le dos et les lèvres pincées de contrariété. Petons et Pantoufle foulèrent la sciure pour le rejoindre tandis que Peter restait en retrait, debout sur le large bord rouge de la piste. Dans la salle, comme trois points bleus sur fond rouge, des garçons de piste étaient occupés à ramasser les cornets de pop-corn entre les alignements de fauteuils.

– Merci d'avoir bien voulu nous rencontrer, commença monsieur Pantoufle.

L'homme ignora sa main tendue et fronça les sourcils.

– Ici, monsieur, c'est moi qui commande et je n'apprécie pas qu'on me dicte ce que je dois faire ni qui je dois voir. Ne croyez pas qu'une fois le spectacle fini mon travail soit terminé. J'ai bien d'autres choses plus intéressantes à faire qu'écouter les doléances des spectateurs.

– Laissez-moi vous expliquer, tenta à son tour monsieur Petons. Vous comprendrez assez tôt pourquoi nous préférons ne pas venir dimanche.

– C'est donc de ça qu'il s'agit ? Écoutez, si j'ai fixé une date et des horaires, c'est pour qu'on s'y...

Peter n'écoutait pas la discussion des adultes. Sa nervosité était à son comble. La cape frottait contre ses plumes d'une façon qui devint brusquement insupportable. Il avait l'impression d'étouffer. Il ôta le tissu sombre d'un geste irrité et ses ailes se déplièrent instinctivement comme un noyé reprend sa respiration. Monsieur Loyal l'aperçut du coin de l'œil et s'étrangla avant d'avoir fini sa phrase. Il sortit une paire de lunettes de la poche intérieure de sa veste et la chaussa, la bouche béante.

– Je vous présente mon fils, Peter, reprit monsieur Petons. Il a lu votre annonce dans le journal et il souhaitait vous rencontrer.

Mais le père de famille comprit vite qu'il n'était plus écouté.

Monsieur Loyal contourna le groupe et s'approcha de Peter d'un pas lent comme s'il craignait de le voir s'envoler. Le régisseur tourna autour de l'enfant qui ne portait en tout et pour tout qu'un pantalon à bretelles. Tout ça était trop beau pour être vrai.

– Hep, toi ! appela-t-il en claquant des doigts pour attirer l'attention du garçon de piste le plus proche.

Ce dernier leva la tête et lâcha son sac rempli de gobelets collants pour rejoindre le régisseur, presque au garde-à-vous. Une casquette bleue trop grande pour lui tombait sur son nez en dissimulant une bonne moitié de son visage.

– Va me chercher Astaroth, ordonna Loyal.

– Oui, monsieur, s'exclama le garçon avant de partir en courant.

– Ainsi, la rumeur disait vrai, lâcha le régisseur.

– Je vous demande pardon ? interrogea Jeanne sans comprendre de quoi parlait l'homme en rouge et or.

– Cela fait plusieurs semaines que circule la rumeur d'un garçon ailé. J'avoue que j'accordais peu de foi à cette histoire. Mais il faut croire que je me suis trompé.

– Une rumeur, répéta madame Petons, soudain inquiète, en se serrant contre son mari.

– C'est ce que nous redoutions, avoua celui-ci en la prenant dans ses bras pour la rassurer. Les gens parlent, c'est normal.

– Difficile de garder inaperçu un tel prodige, concéda monsieur Loyal.

Monsieur Petons sentit sa femme tressaillir contre lui. Il tourna la tête pour voir la raison de son trouble. L'homme-démon approchait à grands pas, le garçon de piste à ses côtés. Les deux parents se crispèrent quand il s'arrêta à la hauteur de leur fils et se mit à lui tourner autour. Sur son crâne, les cornes étaient toujours en place.

– Ne le touchez pas, s'exclama madame Petons d'une voix angoissée. Il n'aime pas ça.

– Je n'en avais pas l'intention, répondit posément Astaroth.

Tous furent étonnés d'entendre sa voix. Sur la piste, c'était une des règles du cirque, les artistes ne parlaient pas. Le démon possédait un timbre grave et rassurant bien éloigné des sonorités d'outre-tombe que son physique laissait imaginer.

– Tu peux ouvrir les ailes ? demanda Astaroth à Peter, qui s'exécuta.

L'homme cornu se pencha un peu plus pour observer l'articulation de l'épaule puis se tourna vers son patron.

– Pas de doute. Ce sont des vraies.

– Est-ce que tu peux t'en servir ? interrogea Loyal. Est-ce que tu peux voler ?

– Je peux monter là ? demanda Peter en désignant le balcon de l'orchestre.

Le régisseur hocha la tête.

– Capucine, montre-lui le chemin, ordonna-t-il au garçon de piste, qui n'avait pas bougé.

– Suis-moi ! l'invita l'enfant en veste bleue.

Peter replia ses ailes et traversa la piste aux côtés du garçon avant de s'enfoncer dans les couloirs des coulisses.

Sitôt caché du regard des adultes, son guide se mit à parler.

– Bravo, tu as fait sensation !

– Comment ça ? questionna Peter sans comprendre.

– Si tu savais depuis combien de temps Loyal et Astaroth cherchent quelqu'un pour leur numéro de l'ange !

– Un ange ?

– Et toi, tu arrives avec tes ailes blanches et ton air innocent. Ça ne se voit pas, mais Papa est sur un petit nuage ! s'enthousiasma le garçon de piste.

– Papa ? répéta Peter.

Il trouvait décidément cette conversation bien étrange.

– Bah oui, monsieur Loyal est mon père. Je sais que ça n'est pas flagrant comme ça (le garçon ôta sa casquette et secoua la tête pour laisser retomber ses longs cheveux bruns), mais on est du même sang.

Peter stoppa net sa course, soufflé par la surprise.

– Tu es une fille !

– Tu as déjà rencontré beaucoup de garçons qui s'appelaient Capucine ? Évidemment que je suis une fille. Tu es bizarre, toi. Viens, c'est par là.

Elle se mit à gravir une volée de marches étroites qui débouchaient sur le balcon arrondi de l'orchestre. Les lieux étaient vides mais encombrés de chaises que Peter dut pousser pour atteindre la balustrade.

– Besoin d'un coup de main ? proposa Capucine. Tu ne vas pas t'écraser, hein ? C'est le moment de l'avouer si tu ne sais pas vraiment voler.

– Merci, répondit sobrement Peter.

Il se hissa en équilibre et déplia à moitié ses ailes tout en analysant le décor. Il allait devoir se montrer prudent car c'était la première fois qu'il volait en intérieur. Même si le toit était large et haut, les obstacles étaient nombreux. Des câbles filaient d'un bout à l'autre du plafond et les bandes de tissu utilisées par Olga pendaient toujours au milieu du chapiteau.

– Sois prudent, mon chéri, cria sa mère tout en bas. Ne prends pas de risques inconsidérés.

Peter se laissa tomber tout en battant des ailes. Il fit une fois le tour du chapiteau avant de manœuvrer pour atterrir au centre de la piste. Dans la loge, Capucine applaudissait et criait des bravos ravis. Monsieur Loyal se précipita vers Peter en lançant son chapeau en l'air.

– Engagé ! hurla-t-il. Tu es engagé !

Avec l'aval des parents Petons, monsieur Pantoufle prit rendez-vous avec le régisseur pour discuter des clauses du contrat. Il ne laisserait partir son protégé que quand il serait certain de son bien-être. Monsieur Pantoufle eut la bonne surprise de découvrir en son confrère du cirque un habile débatteur. Les deux hommes palabrèrent pendant une journée entière, s'égarant souvent vers d'autres sujets que celui du garçon ailé. Au coucher du soleil, après un bon repas et une visite complète du cirque, monsieur Pantoufle quitta monsieur Loyal totalement rassuré. Sous son vernis d'autorité se cachait un homme honnête, profondément respectueux de ses artistes et de leurs talents. Le directeur d'usine avait obtenu pour Peter une roulotte privée pour la totalité du voyage, un salaire acceptable versé pour moitié à ses parents et surtout l'assurance que le garçon serait traité comme un membre à part entière du cirque.

3

Le cirque quittait la ville le lundi matin pour une nouvelle destination. La tournée d'été avait commencé. Elle allait durer presque huit mois et traverser le continent européen. Ils se déplaçaient à allure de cheval, les cirques stables ayant le grand avantage de disposer d'écuries. Le fait de ne pas avoir de chapiteau à monter et démonter leur permettait de voyager léger. Quelques roulottes pour les hommes et le matériel, et le tour était joué.

Peter eut peu de temps pour se préparer. Ses possessions étaient, de toute façon, limitées. Son bien le plus précieux, ses ailes, ne le quittait pas. Pour le reste, il avait posé son chapeau sur sa tête et rangé ses deux pantalons de rechange ainsi que quelques sous-vêtements dans une petite valise en carton offerte par Jeanne.

Peter se présenta devant les roulottes du cirque le lundi matin avec des papillons dans le ventre. La perspective du départ le rendait si léger qu'il avait l'impression de flotter alors que ses pieds touchaient encore terre. Ses ailes, sûrement satisfaites du voyage à venir, se tenaient sagement dans son dos, détendues comme après un long vol.

Il n'en était pas de même pour ceux qui l'accompagnaient. Sa mère n'arrêtait pas de répéter que tout allait bien se passer, tandis que son père, trop nerveux pour parler, gardait les lèvres pincées. Sa sœur avait exceptionnellement manqué les cours de la matinée pour être présente. Monsieur Pantoufle avait sorti son mouchoir avec lequel il ne cessait de tamponner ses yeux humides en prétextant une allergie. Seule Jeanne souriait d'un air si ravi qu'on avait l'impression qu'elle s'apprêtait elle-même à partir. Comme pour un jour de fête, elle avait passé une élégante robe fleurie gonflée de jupons et préparé quelques gâteaux soigneusement emballés dans un petit panier en osier.

Capucine arriva à leur rencontre en courant, les cheveux retenus par deux tresses. Elle avait l'air beaucoup plus fille même si elle était encore habillée à la garçonne. Elle portait une tenue masculine d'équitation : pantalon moulant, bottes et veste beige cintrée.

– Salut Peter ! Mesdames, messieurs. Suivez-moi, je vais vous montrer la roulotte.

Ils traversèrent le terrain encombré de véhicules, d'hommes et d'animaux. Les conducteurs menaient de lourds chevaux de trait harnachés jusqu'à leur voiture respective, des débardeurs chargeaient des malles d'accessoires et de matériel tout en hélant joyeusement leurs compagnons. La matinée était belle. Le printemps déjà bien entamé avait la douceur de l'été. Peter se sentit gagné par les émotions de ses nouveaux camarades, la fébrilité du départ, l'appel du voyage. Il se retourna pour envoyer un regard lumineux à Jeanne qui lui sourit en retour. Pas besoin de parler, ils se comprenaient.

Capucine s'arrêta devant une roulotte à la peinture verte écaillée.

– Bon, ce n'est pas la plus belle de la caravane. En fait, jusqu'à hier elle servait à entreposer du matériel. On l'a vidée, dépoussiérée mais il faudra que tu aménages le reste toi-même. Je t'aiderai à la repeindre, si tu veux. De toute façon, on aura le temps d'en discuter parce qu'on va voyager ensemble. C'est moi qui vais conduire ta roulotte. J'imagine que tu ne sais pas mener un cheval ?

Peter secoua la tête. Il n'avait même jamais vraiment approché de cheval de sa vie. Il voyait des chevaux tous les jours dans la rue mais, ainsi que la plupart des gens, il n'était pas familier de ces animaux. Capucine l'attrapa par la main pour l'emmener en tête de la maison roulante. Un immense équidé à la robe gris pommelé était attaché à l'avant de la voiture, patientant calmement. Capucine tira la main de Peter pour la poser sur le museau de l'animal. La peau à cet endroit était molle et chaude. Une petite couche de poils tendres la couvrait. Il imita le geste de la fille et écarta les doigts pour caresser le nez rose du cheval.

– Je te présente Rhiannon, c'est une jument. Elle est très douce, tu verras.

Entre-temps, madame Petons était déjà montée dans la roulotte. Elle poussa la fenêtre qui s'ouvrait sur le flanc de la voiture pour passer la tête à l'extérieur.

– C'est un peu sommaire, constata-t-elle, le sourcil froncé.

– Nous n'avons eu qu'une journée pour préparer la venue de votre fils, s'excusa d'une voix forte le régisseur à peine arrivé. Mesdames, messieurs, je vous salue. Peter…

Monsieur Loyal, habillé dans un style identique quoique moins luxueux que pour le spectacle, se tenait aux côtés de sa fille. Il se découvrit pour saluer le garçon. Peter enleva son chapeau pour l'imiter.

– Je constate que nous avons les mêmes goûts en matière de couvre-chef, plaisanta l'homme avant de se tourner vers madame Petons. Nous disposons de trois jours de voyage avant d'arriver à notre prochaine destination. Ce sera amplement suffisant pour aménager la roulotte de Peter, ne vous inquiétez pas. De toute façon, c'est juste pour dormir et ranger ses costumes de scène. Le reste du temps il le passera avec nous.

– Mes costumes ? s'étonna Peter.

Monsieur Loyal sourit mystérieusement.

– Bien sûr, tu auras un costume comme n'importe quel artiste de ce cirque. Je ne peux décemment pas te laisser aller sur la piste avec ton pantalon à bretelles.

Capucine s'avança pour se saisir de la valise de Peter.

– Allez, viens voir ta maison.

Elle grimpa le petit escalier à l'arrière de la roulotte. Le garçon voulut la suivre, mais l'étroitesse de la porte lui posa problème. Il dut serrer ses ailes tout contre lui et se glisser de côté pour passer par l'ouverture.

– Papa ! Il faudra penser à élargir la porte d'entrée ! cria Capucine en observant Peter d'un œil amusé.

– C'est noté, répondit son père.

La roulotte était sobrement meublée d'une couchette et de deux chaises dépareillées. Dans une petite alcôve, un broc et une bassine émaillés étaient destinés à la toilette, dans une autre une lampe tempête attendait d'être allumée pour la nuit. Avec des gestes amples de magicienne en plein tour, Capucine déplia un panneau dissimulé dans le mur et montra à Peter comment fixer les deux pieds pour le stabiliser à l'horizontale.

– Une table ! s'exclama-t-elle avec emphase avant d'ouvrir deux battants en hauteur. Un placard !

Elle désigna une barre le long de la paroi de droite.

– Une penderie ! Et ce crochet au plafond est destiné à accrocher la lanterne. Voilà ! Bienvenue chez toi !

Peter, gagné par la bonne humeur de la jeune fille, rit de bon cœur. La roulotte était plutôt lumineuse avec ses trois fenêtres disposées sur chaque côté. Madame Petons s'empara de la valise et vida son contenu. Elle rangea les vêtements dans le placard puis déplia les draps pour faire le lit de son fils. Tout en s'activant, elle ne cessait de prodiguer des conseils inquiets.

– Tu n'oublieras pas de te laver les dents et les pieds tous les soirs. Et tu prendras soin de tes affaires parce que je ne serai plus là pour te raccommoder tes pantalons. J'aurai dû ajouter une écharpe à ta valise, les soirées peuvent être fraîches en été. Pense aussi à te couper régulièrement les ongles, tu sais comme ils se salissent vite quand ils sont trop longs. Et s'il te plaît, fais attention à tes ailes. Trouve quelqu'un de soigneux pour lisser tes plumes une fois par jour.

Capucine s'était discrètement esquivée pour laisser Peter et sa mère ensemble. Madame Petons avait sorti son mouchoir pour dépoussiérer les lieux autant que possible. Elle ne voulait plus partir. Elle repensait à son fils encore bébé, si fragile, et à la culpabilité qu'elle avait ressentie quand on avait diagnostiqué son retard mental. Elle s'était résolue à devoir s'occuper de lui pour le restant de sa vie. Puis l'accident de chaudière avait tout changé. Le garçon avait commencé à parler, et sa voix était la plus belle chose que sa mère avait jamais entendue. Quand son dos avait commencé à se déformer, madame Petons avait courbé l'échine, vaincue par cette nouvelle calamité qui venait remplacer l'ancienne. Mais les événements l'avaient aidée à redresser la tête et à espérer de nouveau. Son fils n'était pas malade, il n'était pas non plus difforme. Il était juste très différent. Un prodige.

Dehors, une sirène retentit.

– C'est le signal du départ ! clama la voix de Capucine du dehors.

Peter s'apprêtait à sortir quand sa mère l'appela. Il eut à peine le temps de se retourner avant de se trouver plaqué entre les bras de sa mère. À cause de ses ailes, elle était obligée de passer ses mains autour de son cou.

– Je t'en prie, mon petit Peter, sois prudent. Au moindre problème, vole vers nous d'une seule traite. Et écris-moi, s'il te plaît. Toutes les semaines si tu peux. Mais si l'occasion se présente de pouvoir téléphoner, monsieur Pantoufle nous fera prévenir.

– Tout ira bien, maman, la rassura-t-il en respirant une dernière fois son odeur sucrée avant de se dégager.

Ils sortirent. Dehors, les roulottes commençaient déjà à se mettre en branle, s'alignant lentement à la queue leu leu.

– Allez ! s'exclama Capucine en le voyant apparaître. Le convoi ne va pas nous attendre !

Peter descendit et enlaça son père avant d'étreindre rapidement sa sœur.

– Tu pourras m'envoyer des cartes postales ? demanda Jeanne en l'embrassant affectueusement. Ainsi je suivrai ton voyage ville par ville. Cela me ferait tellement plaisir.

Il se souvint que sa préceptrice collectionnait les timbres. Il lui promit de ne pas oublier. Enfin, il serra la main de monsieur Pantoufle qui sortit à nouveau son mouchoir.

– Oh là là, ces allergies ! se plaignit-il en épongeant une larme.

Peter monta aux côtés de Capucine déjà installée à la tête de la roulotte, les rênes dans les mains. Elle était assise sur le banc de conduite appuyé contre le mur de l'habitacle. La voiture devant eux démarra. Entraînée par l'élan et habituée à la manœuvre, la jument se mit en marche à son tour. La roulotte verte tangua sur ses essieux avant de s'ébranler. Penché sur le garde-fou qui fermait le plus grand côté du balcon, Peter resta debout le temps de faire ses adieux à sa famille et au couple Pantoufle qui lui faisaient signe. Puis la caravane tourna à l'angle d'une rue et il eut un pincement au cœur en les voyant disparaître.

Cette fois, ça y était, le garçon faisait officiellement partie de la troupe du cirque des Merveilles. Le rêve éveillé qu'il avait eu pendant la première représentation lui revint en mémoire. Combien d'enfants de l'école vivraient ce qu'il était en train de vivre ? Bien peu si ce n'est aucun. Peter regarda les immeubles puis les maisons cossues défiler avec un sentiment de justice accomplie. Enfin, le vilain petit canard partait en compagnie des cygnes.

La ville vue de la roulotte paraissait sans fin, en tout cas bien plus étendue que vue du ciel. Au bout d'un moment, Peter fut fatigué de rester debout. Il y avait cependant un problème.

– Je ne peux pas m'asseoir sur le banc avec toi, expliqua-t-il, embarrassé, à la conductrice. Il n'y a pas de place pour mes ailes.

– Mince, je n'avais pas pensé à ça, s'inquiéta Capucine. Où vas-tu t'installer alors ? (Elle prit le temps de réfléchir avant de trouver la solution.) Je sais ! Attends-moi là.

La caravane circulait au pas. Capucine transmit les rênes à Peter et sauta de la roulotte pour se précipiter vers une voiture un peu plus haut dans la file. Le garçon considéra avec nervosité les deux harnais de cuir qui le reliaient à la jument. Il ne savait ni comment ça se tenait ni comment s'en servir. Il espérait juste que Rhiannon ne bougerait pas. Malheureusement, son trouble gagna ses ailes qui eurent un tressautement énervé. Ce geste brusque à l'extrémité de son champ visuel effraya la jument. Elle piétina le sol de ses gros sabots et leva violemment la tête, arrachant les rênes de la main du garçon. Capucine revint au moment où Rhiannon partait au petit trot dans l'intention de doubler la roulotte de devant. Posant le tabouret qu'elle tenait dans la main, elle se mit en travers du chemin de la jument qui s'arrêta en renâclant et en secouant sa crinière. La jeune fille parla à voix basse au cheval tout en le caressant entre les naseaux.

– Désolé, s'excusa Peter quand elle vint finalement à sa hauteur. Un coup d'ailes.

– Pas de souci. C'est ma faute, j'aurais dû lui mettre des œillères. Tiens, voilà ton siège de voyage.

Elle lui tendit le tabouret avant de ramasser les rênes et de remonter à bord.

– Allez ! Hue, ma cocotte, lança-t-elle à l'adresse de Rhiannon en l'encourageant d'un petit coup de rênes.

La roulotte s'ébranla de nouveau. Peter installa son tabouret à côté de Capucine et y grimpa. Ses ailes retombèrent sans dommage derrière son dos. La jeune fille l'observa des pieds à la tête avant de s'intéresser à nouveau à la route.

– Nous allons passer les prochaines heures ensemble, alors j'espère que tu es bavard.

– Pas vraiment, grimaça Peter.

– Ce n'est pas grave, tu n'auras qu'à répondre à mes questions, rétorqua-t-elle malicieusement. J'en ai plein.

Quelques heures plus tard, quand ils s'arrêtèrent pour la pause déjeuner, Capucine connaissait son histoire dans les grandes lignes. Ils cheminaient à présent dans la campagne, croisant un vol de martinets et dépassant des troupeaux de vaches en pâture. La route n'était empruntée que par quelques véhicules motorisés qui les doublaient ou les croisaient dans une grande pétarade de bruits et de fumée. Le reste du temps, ils profitaient du piétinement des chevaux ferrés, du crissement des épis de blé dans les champs battus par la brise et de l'odeur du foin fraîchement coupé.

Peter déjeuna en compagnie de la famille de monsieur Loyal. Il découvrit que le régisseur s'appelait en fait Léon Zapatilla, que le vrai nom de Capucine était Capuchina et qu'elle n'était pas enfant unique. Il rencontra Carlos et Martial, ses deux grands frères, aux cheveux aussi bruns que leur père, ainsi que leur mère, Carmen. La nourriture était simple et délicieuse. Carmen sortit de sa roulotte une salade de tomates, du pain frais, du jambon fumé d'Espagne ainsi qu'une tomme de fromage de brebis. Peter offrit un des gâteaux préparés par Jeanne pour le dessert. Au cours du repas, il parla peu mais écouta avec plaisir les échanges de la famille. Si les deux frères occupaient pour l'instant le rôle de garçons de piste, ils travaillaient à un grand projet. Avec Capucine pour troisième larron, ils mettaient sur pied un numéro inédit avec les chevaux de la caravane. Monsieur Loyal les encouragea à s'entraîner autant qu'ils le pouvaient, car il fallait qu'ils soient au point pour leur passage dans la capitale dans deux semaines.

Après avoir englouti une part de gâteau, Peter demanda quand ils repartaient.

– D'ici une demi-heure, annonça monsieur Loyal en consultant sa montre gousset.

– Est-ce que je peux voler un peu ?

– Bien sûr ! Tu n'es pas obligé de me demander l'autorisation. Tant que nous sommes en pleine campagne, il n'y a rien à craindre. Il faudra juste éviter de faire la même chose en ville. Le but est que les citadins paient pour te voir.

Peter grimpa sur le toit de sa roulotte par une petite échelle sur le côté et décolla. Le ciel, chargé de quelques nuages, était traversé de courants ascendants. Il prit de l'altitude presque sans effort, montant le long d'une colonne d'air en tournoyant comme un aigle. La caravane se réduisit bientôt à de toutes petites voitures alignées le long d'une route qui filait depuis sa ville natale jusqu'à une autre cité dissimulée parmi les collines. D'où il se trouvait, il pouvait encore discerner la haute cheminée de l'usine Pantoufle. Il eut un pincement au cœur en pensant à ceux qu'il laissait là-bas. Puis il se rappela l'émission de seize heures qu'il écoutait avec Jeanne et il comprit pourquoi son amie était si heureuse pour lui. Il avait quitté la maison pour parcourir le monde, il était lui aussi devenu un explorateur.

4

Le convoi s'arrêta en fin d'après-midi. La caravane entra dans un champ où séchaient de grosses meules de foin et forma un grand cercle fermé par la dernière roulotte, la leur. Le garçon demanda pourquoi on s'arrêtait si tôt. Après tout, le soleil était encore haut. Capucine expliqua que les artistes avaient besoin de ces heures de jour pour travailler leur numéro et se maintenir en forme.

– Un cirque, c'est d'abord de la rigueur et de l'entraînement, la magie vient après, déclara-t-elle en imitant la voix et l'accent de son père.

Capucine lui apprit la marche à suivre à chaque étape de la caravane. Il fallait glisser des cales sous les roues de la voiture, libérer Rhiannon de son harnais et lui passer un licol. Pour cet arrêt, une partie du champ avait été transformée en pré grâce à une clôture temporaire. Plusieurs chevaux y broutaient déjà.

– Ils passent le plus clair de leur temps dans les écuries des cirques stables, alors ça leur fait du bien d'être un peu dans la nature, commenta Capucine en regardant Rhiannon se rouler avec plaisir dans l'herbe. Comme nous, non ?

Il fallait encore nettoyer grossièrement le harnachement de la jument et le mettre à sécher correctement pour éviter que le cuir ne s'abîme. Enfin, Capucine proposa à Peter de faire le tour du convoi. Il était temps de faire connaissance. Certains avaient entendu parler de lui, mais beaucoup ne l'avaient pas rencontré. En dépassant les deux roulottes qui les avaient précédés sur la route, elle expliqua que la caravane respectait un ordre précis.

– Tout comme il y a une logique dans l'enchaînement des numéros, il y a également un sens dans la mise en place de la caravane. Quand le convoi défile en ville, il doit donner envie aux passants d'en voir plus.

Les voitures étaient peintes comme des œuvres d'art. Peter avait déjà pu en admirer certaines. Chacune mettait en scène l'artiste qu'elle abritait. Seules les trois dernières, dont celle de Peter, étaient sobres car elles ne transportaient que du matériel.

– Mais ne t'inquiète pas, le rassura Capucine. Tu auras bientôt ta place dans la première partie de la caravane.

Ils remontèrent le cercle du convoi, qui comptait seize roulottes. Après les voitures de matériel, les deux suivantes accueillaient les garçons de piste, les « pistards », comme les appelait Capucine. Leurs flancs se paraient d'hommes musclés montrant leurs biceps ou soulevant des haltères sur un fond bleu roi qui rappelait la couleur de leur veste. Il n'y avait presque personne autour des roulottes. Le groupe muni de seaux était parti en direction de la ferme la plus proche pour se procurer de l'eau. Seuls restaient deux jeunes hommes qui s'occupaient des chevaux. Capucine leur présenta Peter. Tous deux suspendirent leur occupation le temps de lui serrer amicalement la main et de lui souhaiter la bienvenue. Les pistards en débardeur, tout en muscles, ne faisaient pas mentir la publicité de leurs voitures. Peter s'étonna que Capucine porte la même veste qu'eux.

– Il y a deux catégories de pistards, se justifia-t-elle, un peu gênée. Les hommes costauds destinés aux travaux de force et à l'assemblage du matériel, et puis nous, les enfants. Nous avons plutôt un rôle d'aides. Moi, par exemple, je place le public, j'apporte le petit matériel sur la piste et je nettoie la salle après le spectacle.

Peter et Capucine continuèrent leur chemin. La roulotte suivante comptait une voiture avec une cage en remorque. C'était celle d'Anubis, le dresseur, et de ses panthères. L'homme à la peau noire était justement en train de sortir une de ses protégées. Tout en faisant signe à Capucine et à Peter de l'attendre, il mena une magnifique panthère tachetée dans un coin du champ où poussaient quelques arbres et accrocha sa chaîne à une longue entrave fixée au sol par un pieu. Deux autres fauves étaient déjà installés à l'ombre du feuillage. On aurait dit des gros chats heureux de prendre le frais. Le dresseur revint à grands pas pour écraser la main de Peter d'un air ravi.

– *Salam alekoum*, petit homme ailé. Très content de te rencontrer.

– Bonjour, répondit Peter d'une toute petite voix.

C'était la première fois qu'il rencontrait un homme d'un autre continent. Le garçon était impressionné par la carrure du dresseur, la couleur de sa peau et son accent chantant.

– Il est timide, l'excusa Capucine.

– Je te fais peur ? demanda Anubis d'un sourire amusé.

– Non. C'est juste que… je vous trouve très beau, lâcha le garçon le plus sincèrement du monde.

L'homme éclata d'un rire franc avant de lui serrer à nouveau la main pour le remercier du compliment.

– Ne crains pas mes panthères, ajouta-t-il en surprenant le regard prudent que Peter leur lançait.

– Je ne suis pas rassuré, avoua le jeune homme. Ce sont des animaux sauvages.

– Elles sont bien nourries. Même si elles t'attrapaient, elles ne te mangeraient pas.

– Non, elles te garderaient pour plus tard, railla la jeune fille.

– Exactement. Le plus simple, si un jour tu te trouves entre leurs pattes, c'est de faire le mort. Tu perdras tout intérêt à leurs yeux.

– Elles doivent quand même avoir un sacré coup de patte, s'inquiéta Peter.

– Je leur coupe régulièrement les griffes pour éviter les accidents. Même pour moi, c'est préférable. Sans quoi, il y a bien longtemps que je serais couvert de cicatrices.

Un grondement résonna dans la cage.

– Je dois sortir les autres, sinon il va y avoir des jalouses.

– Viens, laissons Anubis travailler, déclara Capucine avant de tirer son compagnon par le bras.

Ils saluèrent le dresseur et foulèrent l'herbe coupée jusqu'à revenir à l'intérieur du cercle formé par la caravane. On avait dressé une tente carrée pavée de tapis orientaux devant la roulotte suivante. Un chameau en liberté paissait à proximité. Il les regarda approcher sans leur accorder beaucoup d'attention. Entre les pans de tissu qui formaient les murs, Peter devina la silhouette d'une femme.

– Abdallah ! Najmah ! C'est Capucine, on peut entrer ?

Un homme écarta une paroi de toile et les invita à pénétrer à l'intérieur de la tente. Peter eut l'impression de passer en un clin d'œil dans un autre monde. Le sol était doux sous ses pieds nus et des odeurs d'encens et de menthe flottaient dans l'air. Capucine fit les présentations en quelques mots. Abdallah était le magicien du cirque et Najmah, son assistante.

– Tu savais que Najmah signifie « étoile » ? ajouta Capucine. C'est joli, hein ?

Peter hocha la tête sans savoir que dire. Soudain, deux garçons firent irruption en courant, suivis de près par une petite fille. De surprise, Peter écarta légèrement ses ailes. Les trois nouveaux venus se plantèrent devant lui, médusés.

– Ouah, dit le premier. Capucine, tu disais vrai !

– Des ailes ! s'exclama le second. Il a vraiment des ailes !

– Un garçon-zoiseau, s'émerveilla la petite fille.

Les présentations furent faites. Les enfants d'Abdallah et de Najmah se nommaient respectivement Ali, Simbad et Schéhérazade. Najmah fit signe à Peter d'approcher. Elle lui montra un berceau où dormait un bébé aux poings serrés. C'était Dounia, la dernière de la famille. Ali, du haut de ses treize ans, faisait partie de l'orchestre tandis que Simbad, dix ans, était garçon de piste avec Capucine. Ils insistèrent pour les accompagner. La petite Schéhérazade voulut venir aussi.

Ils quittèrent la tente à cinq et se rendirent vers la roulotte du clown. Devant une voiture couverte d'un arc-en-ciel et d'une grosse tête d'auguste hilare, un homme somnolait dans une chaise longue. À côté de lui, une femme était installée à une table de jardin, occupée à tendre les crins d'un archet. Un petit chien blanc était couché entre eux. Si Capucine ne l'avait pas présenté ainsi, Peter n'aurait jamais reconnu le clown dans les traits de l'homme devant lui. Il s'était attendu à un pitre aux vêtements flamboyants et il se retrouvait devant un trentenaire discret en maillot blanc. Pépé, comme les enfants l'appelaient, se leva pour lui serrer la main. Il n'était pourtant pas vieux, lui fit remarquer Peter.

– C'est italien, lui expliqua l'homme avec un sourire. Mon vrai nom est Giuseppe, mais personne ne s'en sert. Pour tout le monde, je suis le clown Pépé.

– Et moi, je suis sa femme, Helena, ajouta la musicienne à l'archet. Je joue du violon dans l'orchestre.

Comme pour illustrer ses propos, elle se mit à tester la tension de son archet en entamant un air enthousiaste.

– Je crois que Peter te trouve très sage pour un clown, confia Capucine.

Peter hocha la tête pour appuyer les dires de son amie.

– Le vrai clown ne prend vie que quand je mets mon nez rouge. Sans maquillage, sans costume, je suis comme tout le monde : un homme ordinaire fatigué par le voyage.

Le garçon ailé remercia Pépé et continua sa visite de la caravane. La roulotte suivante était peinte en noir et couverte de flammes rouges. Les lieux étaient déserts.

– Astaroth doit être en train d'allumer le feu, devina Ali en montrant l'amas de bois au centre du cercle formé par la caravane.

– Mais alors, ses cornes ? Ce sont des vraies ? ne put s'empêcher de demander Peter.

– Autant que le sont tes ailes, résonna la voix du démon dans leur dos.

Les enfants sursautèrent de concert.

– Ah, c'est malin ! Tu m'as fichu la frousse, râla Capucine, une main sur la poitrine.

– Je fais souvent cet effet-là, s'amusa l'homme cornu avant de se tourner vers Peter. Nous nous sommes déjà rencontrés mais nous n'avons pas eu l'occasion d'être présentés.

L'homme était tout de noir vêtu, sa chemise largement ouverte au col laissait apparaître ses tatouages enflammés. Peter répondit à son sourire engageant. En pleine lumière, il n'était pas si impressionnant, abstraction faite des deux excroissances soudées à son crâne.

– Je t'ai vu voler ce midi, c'était incroyable, le congratula Astaroth.

Peter haussa les épaules avant de répondre.

– Une fois qu'on a compris comment utiliser les courants ascendants, c'est facile.

– Et en plus ce garçon est humble, plaisanta l'homme cornu. Tu mérites amplement ton nom de scène : « l'ange ».

– Oh non ! Tais-toi, Astaroth ! protesta Capucine. On avait dit qu'on parlait du numéro ce soir. Tu vas gâcher la surprise !

– Quelle surprise ? s'inquiéta Peter.

– Rien, le rassura la jeune fille. Attends ce soir.

– Bon, on va voir Olga ? s'impatienta Schéhérazade.

Ils laissèrent Astaroth à sa préparation du feu et gagnèrent la roulotte bleu et or juste à côté. Un câble avait été tiré entre une roue de la voiture et le tronc d'un arbre à trente centimètres du sol. Olga évoluait dessus, légère et délicate.

Schéhérazade gambada jusqu'à la jeune fille.

– Ma sœur veut devenir funambule plus tard, confia Ali. Elle s'entraîne de temps en temps avec Olga.

Voyant arriver le groupe, l'équilibriste descendit souplement du fil pour les accueillir. Peter ressentit une brusque bouffée de chaleur quand le regard de la fildeferiste croisa le sien. Même hors du spectacle, la jeune fille conservait une mise impeccable. Ses cheveux étaient tirés en chignon serré et elle était vêtue d'un justaucorps et d'une jupette bleus.

– Eh, Olga ! salua Capucine. Le dragon n'est pas là ?

– Chut, elle va t'entendre, chuchota la belle blonde en portant un doigt à ses lèvres.

– Je te présente Peter, notre nouvel artiste.

– Le fameux garçon ailé, sourit Olga. Je suis sûre que tu dois être doué pour marcher sur un fil.

– Je n'ai jamais fait ça, la contredit Peter en rougissant. J'ai vu ton numéro. Deux fois. C'était féerique. Tu es vraiment une princesse ?

– Oh là ! s'exclama Capucine d'un air malicieux. Peter le timide est soudain devenu bavard ! Aurais-tu un faible pour notre danseuse de corde ?

Peter rougit jusqu'aux oreilles, mais Olga fit comme si elle n'avait pas entendu.

– Je suis de sang noble, effectivement. En des termes plus exacts, je serais plutôt une comtesse. Mais nous avons quitté la Russie depuis quelques années déjà, aujourd'hui je suis juste une funambule, et le cirque est ma nouvelle maison. Merci pour ton compliment, termina-t-elle en esquissant une révérence.

– Olga ! rugit une voix non loin d'eux.

– Attention ! avertit Simbad. Voilà le dragon !

Une femme d'une vingtaine d'années surgit de derrière la roulotte.

– Olga, répéta-t-elle avec un très fort accent slave. Pourquoi as-tu arrêté tes exercices ! Tu n'as pas le temps de discuter ! Tu as du travail !

Olga répondit quelque chose en russe. La femme

accorda enfin de l'attention à ceux qui l'entouraient. Elle haussa les sourcils en voyant Peter.

– Oh, pardonnez-moi, je ne vous avais pas vus. (Elle vint serrer la main de Peter.) Je suis Natacha, la sœur d'Olga.

– Je ne voulais pas déranger, s'excusa Peter, gêné.

– Ce n'est rien, le tranquillisa Natacha d'un ton peu sincère. Mais il faut qu'Olga travaille tous les jours pour garder le niveau.

– Je comprends. On se verra plus tard alors, ajouta-t-il à l'intention d'Olga.

Déjà juchée sur le fil, la jolie funambule lui envoya un discret sourire qui fit chavirer son cœur.

– Les relations sont un peu compliquées entre les deux sœurs, lui raconta Capucine à voix basse pendant qu'ils s'éloignaient. Natacha était autrefois une funambule réputée. Mais une mauvaise chute a définitivement stoppé sa carrière. Olga a pris la relève et s'est avérée plus douée encore que sa sœur. Il y a eu quelques troubles en Russie. J'ignore de quel ordre. Toujours est-il que ses parents ont fait promettre à Natacha de veiller sur Olga avant de les envoyer chez des proches en France. Ils projetaient de les rejoindre plus tard quand leurs affaires seraient réglées. Les sœurs les attendent toujours. La famille chez qui elles étaient logées ne pouvant les prendre en charge éternellement, les deux sœurs ont fini par se faire embaucher dans notre cirque.

– C'est triste, s'apitoya Peter.

– Il y a ce genre d'histoires dans toutes les familles, le consola la jeune fille. Parmi nous elles ont trouvé une nouvelle maison. Le vrai problème vient de Natacha, qui attend trop de sa sœur. Elle l'oblige à des entraînements interminables et elle la dispute si une figure de son numéro n'est pas parfaite.

– La pauvre.

– Nous la verrons sûrement ce soir, ne t'inquiète pas, intervint Ali. Depuis que sa sœur flirte avec Kyô, Olga est bien plus souvent avec nous.

– Kyô ?

– Le Japonais. Natacha est tombée sous son charme.

Justement, ils arrivaient devant sa roulotte décorée d'un soleil levant aux rayons rouges sur fond blanc et agrémentée d'une silhouette de samouraï. Dans l'herbe, un homme vêtu d'un kimono noir et blanc était agenouillé, immobile, les paupières baissées. Deux sabres étaient posés au sol à côté de lui.

– On dérange peut-être, chuchota Peter. Il vaut mieux revenir plus tard.

– Vous ne me dérangez pas, intervint Kyôbô en ouvrant les yeux. Je suis heureux que tu viennes te présenter.

Il se leva dans un mouvement fluide et s'inclina face à Peter.

– *Konichiwa*. Honoré de faire ta connaissance.

– De même, répondit Peter en se baissant de la même façon. J'ai été très impressionné par votre numéro.

– Kyô est un samouraï, se gaussa Capucine.

– En fait, non, la contredit le Japonais. À proprement parler, je suis un ronin mais vous, Occidentaux, ne savez pas ce que c'est. Ton père a trouvé préférable de dire que j'étais un samouraï.

– Ah bon ? s'étonna Ali d'un ton déçu.

– Et qu'est-ce qu'un ronin, alors ? interrogea Peter, qui sentait qu'une douloureuse histoire se cachait derrière cette subtilité de langage.

– Dans mon pays, quand un samouraï commet une faute, il doit se faire seppuku. C'est-à-dire mettre fin à ses jours selon un rituel précis. Pour des raisons qui ne regardent que moi, j'ai refusé de me donner la mort. Mon maître n'a eu d'autre choix que de me condamner à l'exil, car sinon ma honte allait rejaillir sur lui. Je suis devenu un ronin, un samouraï sans maître.

– Mince alors, la vie au Japon ne doit pas être drôle tous les jours, constata Simbad d'un air impressionné.

– Cette histoire est triste. Je suis désolée, je ne savais pas, s'excusa Capucine.

– Tu n'as jamais posé la question. Je n'avais aucune raison de te mettre au courant.

– On va voir le feu maintenant ? s'impatienta Schéhérazade.

Peter refusa. Il lui restait les jumelles à rencontrer.

– Nous les verrons plus tard. Elles ne sortent qu'à la tombée de la nuit, expliqua Capucine en désignant leur roulotte aux volets fermés. À cause de leur peau blanche, elles ne tolèrent pas le soleil.

– À plus tard, salua Ali avant d'être imité par les autres enfants.

– Kyô est très à cheval sur la politesse, glissa Capucine à l'oreille de Peter.

– Enchanté de vous avoir rencontré, ajouta le garçon ailé en s'inclinant à nouveau.

L'homme en kimono lui rendit son salut avant de retourner à sa position initiale. Tout en se dirigeant vers le centre du cercle où flambait à présent un beau feu, Peter essaya de se souvenir de tous les gens dont il avait fait la connaissance. Il en avait la tête qui tournait. La caravane abritait bien plus de personnes qu'il ne l'imaginait. Il ralentit la marche, submergé par une vague de fatigue.

– Tout va bien ? l'interrogea Capucine.

– Je suis un peu étourdi, avoua-t-il.

– Le cirque est une grande famille. Tu vas t'habituer.

5

La nuit tomba doucement dans un coucher de soleil flamboyant. Les membres du cirque convergèrent les uns après les autres vers le feu. Quelques femmes apportèrent des salades de légumes ainsi que des brochettes et des saucisses qu'Astaroth mit à griller au-dessus des braises. L'ambiance était calme et bon enfant. L'équipe des pistards débarqua à son tour. Tous vinrent serrer la main de Peter avec un sourire ravi. Certains parlaient russe ou encore espagnol ou italien. Autour du feu commença à résonner un nombre incalculable de sonorités de langues différentes, c'était un véritable tour du monde de l'oreille.

Peter avait récupéré le tabouret donné par Capucine. Il s'installa en retrait, le plus loin possible du feu, qu'il redoutait plus que tout. Les flammes étaient un ennemi, la moindre escarbille pouvait provoquer des dommages irréparables dans son plumage. Il profitait donc de la soirée tout en veillant à rester du bon côté du vent. Ali et Simbad le fournissaient à tour de rôle en brochettes et en assiettes de salade.

Enfin, les jumelles sortirent de leur roulotte pour rejoindre l'assemblée. Elles étaient accompagnées de deux femmes dont l'une se présenta à Peter comme leur mère et l'autre comme leur grand-mère. Séléné et Moon s'approchèrent ensuite timidement pour lui faire la bise et il put les observer de près sans paraître impoli. Ce n'était pas du maquillage, les deux sœurs, copie conforme l'une de l'autre, avaient bel et bien la peau d'une pâleur inexplicable. Leurs cheveux, leurs sourcils, leurs ongles étaient blancs. Elles lui indiquèrent l'unique façon de les différencier. Il suffisait de les regarder dans les yeux : Séléné avait les iris violets tandis que ceux de Moon étaient orange. Peter jugea qu'elles étaient un peu plus jeunes que lui.

Puisqu'elles étaient avec leur famille, Peter eut la confirmation que l'histoire du peuple des Sélénites était bien un conte. Même s'il savait grâce à Jeanne que la Lune n'était qu'un satellite sans vie, il avait aimé l'histoire inventée par monsieur Loyal. Peut-être existait-il tout de même quelque part un peuple à la peau d'albâtre ? Mais cette théorie ne tenait pas la route, car la mère et la grand-mère des jumelles étaient brunes à la peau très mate.

– Je peux vous poser une question ? demanda-t-il aux deux sœurs.

– Uniquement si tu réponds d'abord à la nôtre, rétorqua Moon.

Il hocha la tête. Ce fut Séléné qui prit la parole. Visiblement, les filles avaient déjà parlé de lui entre elles.

– Est-ce que tu es né avec des ailes ou est-ce qu'elles ont poussé après ?

– Après.

Les filles se détournèrent pour parler entre elles. Puis Moon revint à la charge.

– Tu as eu mal ?

– Ça fait deux questions, objecta Peter. À moi : pourquoi avez-vous…

– … la peau si blanche ? l'interrompit Séléné en terminant la phrase à sa place.

Peter se tortilla sur son tabouret, embarrassé d'avoir posé la question qui taraudait tout le monde.

– Désolé. Apparemment, je ne suis pas le seul à être intrigué.

– Mais tu es un des seuls à nous interroger directement, le rassura Séléné.

– C'est courageux, approuva Moon.

– Nous souffrons d'albinisme, expliqua Séléné.

– Depuis notre naissance, précisa Moon.

– C'est une maladie, une dépigmentation de la peau, reprit Séléné.

– Ça signifie que nous ne sommes pas protégées contre les rayons du soleil, compléta Moon.

Avoir deux interlocutrices parlant presque de concert désarçonnait un peu Peter, mais il ne voulut rien dire de peur de vexer les jumelles. Elles semblaient avoir l'habitude de fonctionner ainsi.

– Un jour, Séléné a pris un coup de soleil... s'amusa Moon.

– Oh non, ne raconte pas cette histoire-là, la coupa sa sœur en se cachant derrière ses mains.

– Elle était tellement brûlée qu'elle a pelé. C'était étrange à voir.

Séléné retira ses mains, toute gêne disparue. En fait, elle avait visiblement l'air ravie que sa sœur la mette ainsi en avant.

– Tu as déjà vu une mue de lézard ? J'étais pareille, avoua-t-elle.

– Ça faisait mal ? voulut savoir Peter.

– Les coups de soleil sont terriblement douloureux. Comme une brûlure. Mais la mue ne fait pas mal. C'est juste de la peau morte qui se décolle.

– Donc, si j'ai bien compris, vous n'avez pas de couleur, résuma Peter.

Séléné et Moon hochèrent la tête de concert. Leur ressemblance était d'autant plus troublante qu'elles étaient habillées et coiffées de la même façon.

– Dis, Peter, demanda Séléné, soudain intimidée, une nuit de pleine lune, tu voudras bien voler en plein air pour nous ?

– S'il te plaît ? ajouta sa sœur.

Peter ne put qu'accepter. Elles le remercièrent d'un air enchanté. Une voix près du feu les appela.

– C'est grand-mère, expliqua Séléné.

– Il faut qu'on aille manger, compléta Moon.

– On se voit demain soir ? lancèrent-elles toutes les deux comme un au revoir avant de s'éloigner du garçon.

Ainsi que l'avait averti Ali, Natacha ne quittait pas Kyô. Ils échangeaient sourires et regards en s'efforçant d'être discrets, mais il semblait que personne n'était dupe. Olga en profita pour échapper à la surveillance de sa sœur et rejoindre Peter d'une démarche légère. Elle tenait dans sa main un sablé aux amandes qu'elle lui offrit.

– Quand tu marches, on dirait que tu ne pèses pas plus lourd qu'une plume, lui fit remarquer le garçon ailé en croquant dans le biscuit.

Olga étouffa un petit rire.

– C'est parce que avant d'être funambule j'étais danseuse. Tu as déjà vu un ballet russe ?

Le garçon secoua la tête. La jeune fille lui fit une démonstration en effectuant quelques arabesques et deux ou trois sauts.

– Le but d'un danseur de ballet est de donner l'impression de voler. Il faut pour cela avoir des gestes extrêmement gracieux et être très souple sur ses jambes. Tu vois, mes ailes à moi sont invisibles.

– À côté de toi, j'ai l'impression d'être un lourdaud, se désola Peter.

– Ne dis pas ça. Je t'ai vu atterrir ce midi. Tu voles d'une façon magnifique. Nous pourrions jouer un passage du *Lac des cygnes*. Je serais la princesse Odette et toi le prince Siegfried.

– Moi, un prince ? Je ne suis qu'un fils d'ouvrier. En plus, je ne sais pas danser.

– Tout s'apprend. (Olga approcha la main d'une de ses ailes.) Elles sont tellement belles. Je peux toucher ?

– Du bout des doigts, accepta Peter, incapable de lui dire non.

Elle frôla de ses doigts graciles quelques plumes. Ce simple contact fit frissonner Peter.

– Elles sont si blanches, s'émerveilla la danseuse. Comment fais-tu pour les entretenir ?

– Ma mère me les brossait tous les matins. Maintenant, il faut que je trouve quelqu'un d'autre.

– Je peux le faire si tu veux ! se proposa Olga, enthousiasmée par l'idée.

– Ta sœur serait d'accord ?

Olga détourna le regard le temps de vérifier que sa sœur était toujours occupée. Puis elle répondit que Natacha râlait beaucoup mais qu'elle n'était pas méchante. Peter ne voulait pas que sa nouvelle amie se mette sa sœur à dos à cause de lui, mais il se sentait également incapable de lui refuser quoi que ce soit.

– Je serais ravi que tu t'occupes de mes ailes, finit-il par dire.

– Nous n'aurons pas le temps demain matin. Tu veux qu'on le fasse ce soir ?

Peter trouva que c'était une excellente idée. Il alla chercher la brosse spéciale en poil de chèvre que sa mère avait rangée avec ses affaires. Originalement prévue pour les cheveux des nourrissons, elle était parfaite pour ses plumes. Il la confia à Olga et lui expliqua comment lisser sans trop forcer. La danseuse se mit au travail avec des gestes doux et appliqués.

Alors qu'Olga s'apprêtait à passer à la seconde aile, Capucine les rejoignit avec un large sourire. Pourtant, à quelques mètres d'eux, la jeune fille se crispa et piqua un fard même visible dans la demi-pénombre avant de s'éloigner sans un mot. Encore débutant en matière de relations humaines, Peter se demanda quelle mouche avait piqué son amie puis il oublia.

Au moment d'aller se coucher, il se sentit bien à l'étroit seul dans sa roulotte. Il préféra grimper sur le toit et s'endormit là-haut à la belle étoile.

6

Le lendemain, Capucine arriva en tirant Rhiannon. Peter descendit de sa roulotte pour la saluer mais la jeune fille l'ignora. Elle harnacha la jument sans desserrer les dents puis s'assit sur le banc de conduite et attendit. Peter la rejoignit et posa son tabouret à côté d'elle.

– Quelque chose ne va pas ? s'inquiéta-t-il.

– Ça va, lâcha-t-elle avec une grimace.

– Tu as l'air malade, insista Peter.

Capucine serra les lèvres mais ne dit rien. Cinq minutes passèrent dans un silence total. Autour d'eux, chacun s'affairait à réunir ses affaires et à attacher les chevaux. Le départ était imminent.

– Tu as passé une bonne soirée avec Olga ? finit par demander Capucine sans le regarder.

– Oui.

– C'est elle qui a proposé de te brosser les plumes ou c'est toi ?

Capucine s'obstinait à garder les yeux dirigés droit devant elle. Sa bouche crispée donnait l'impression qu'elle avait mangé quelque chose d'amer.

– Comment ça ? bredouilla Peter, sans comprendre.

– Je pensais que nous étions amis. Mais je suis apparemment trop sale pour m'occuper de tes ailes. Alors que la belle et pure Olga a les mains bien plus blanches, elle. Moi, je suis juste bonne à mettre les doigts dans le crottin.

– Ça n'a rien à voir, protesta Peter, gêné. Je voulais lui faire plaisir.

Capucine tourna finalement son regard vers lui. Ses sourcils étaient froncés, ses pupilles dilatées par la colère.

– Et tu n'as pas pensé que ça me ferait plaisir à moi aussi ?

– Je m'excuse, tu n'étais pas là.

– Non, je mettais au point notre numéro avec mes frères.

– J'aurais dû t'en parler, convint le garçon.

Mais son amie n'en avait pas fini.

– J'ai bien vu comment tu la regardais, la belle Olga, la gracieuse Olga. C'est sûr que la crotteuse Capucine n'a pas sa chance face à elle.

– Oh, mais attends… comprit enfin Peter. Tu es jalouse ?

– Pas du tout !

– C’est donc ça, tu es jalouse. Écoute, je suis désolé. Je n’ai pas l’habitude d’avoir des amis, alors de là à savoir comment on fait quand on en a plusieurs...

Subitement, Capucine arrêta de faire la moue.

– Comment ça ? demanda-t-elle d’un air suspicieux. Tu n’as jamais eu d’ami avant moi ?

– Monsieur Pantoufle était mon ami et Jeanne aussi.

Capucine le considérait à présent avec étonnement. Sa colère s’était évaporée aussi vite qu’elle était apparue.

– Mais des amis de ton âge ? Des enfants ?

Peter secoua la tête. Ses camarades de classe n’avaient été guère plus que des compagnons de jeu pendant la récréation. Aucun ne comptait comme un ami.

– C’est horrible. Alors je suis ta première amie ?

Le garçon acquiesça.

– Pas Olga mais moi. C’est moi ta première amie, répéta-t-elle avec un sourire ravi.

– Si tu veux, ce soir, je laisserai chacune de vous me brosser une aile.

– Tope là ! s’exclama Capucine en tendant sa main, paume vers le haut.

Peter regarda sans comprendre.

– Tu dois me taper dans la main, expliqua-t-elle en levant les yeux au ciel. C’est une façon de sceller une promesse.

Peter fit claquer sa main dans la sienne.

– Papa disait que tu avais l'air de tomber du nid. Je comprends mieux pourquoi maintenant.

– Alors tu n'es plus fâchée ?

Capucine éclata de rire sans répondre. Peter supposa que ça voulait dire oui.

Le convoi prit le départ peu après. Pendant la route, Capucine expliqua à Peter son futur rôle dans le cirque. Elle avait été trop vexée pour en parler la veille mais, puisqu'ils étaient de nouveau amis, elle pouvait le lui révéler. Ainsi qu'Astaroth l'avait laissé entendre, son nom de scène serait « l'ange ». Il interviendrait dans un premier temps sur plusieurs numéros avant d'avoir le sien. Le clown allait même se concocter de fausses ailes pour se faire passer pour lui.

– Il m'a expliqué en deux mots, résuma-t-elle. Ça va être hilarant !

– Je ne vais pas être ridicule ? s'inquiéta Peter.

L'humiliation vécue à l'école restait un souvenir amer. Il n'avait aucune envie d'éprouver à nouveau cette sensation. Capucine le rassura. C'était le rôle du clown d'être ridicule. Peter, l'ange du cirque des Merveilles, serait grandiose. Elle lui décrivit brièvement le vêtement de scène que sa mère était en train de préparer pour lui.

– Ta mère ? s'étonna Peter.

– Elle ne t'a pas dit qu'elle était la costumière du cirque ? Ça lui ressemble bien.

Peter se souvint soudain de l'atelier de madame Roucoule et des costumes en cours de création qui y étaient exposés.

– J'ai connu une femme qui travaillait avec les costumiers, évoqua-t-il. Une spécialiste des plumes.

– Madame Roucoule ? C'est d'elle que tu parles ?

Peter la regarda sans comprendre. Comment pouvait-elle connaître la plumassière de sa ville ? Capucine lui expliqua que c'était une femme réputée dans tout le pays. Le cirque était un grand consommateur de plumes et Carmen avait profité de leur passage en ville pour réapprovisionner son stock. Peter lui raconta en détail comment madame Roucoule était venue à son aide.

– Tu ne m'avais pas dit que tes ailes avaient poussé sans plumes, lui fit remarquer Capucine.

– C'est une période dont je n'aime pas me souvenir, avoua Peter. On m'a même comparé à un poulet.

– C'est méchant.

Peter pencha tristement la tête en avant. Pour lui changer les idées, Capucine lui attrapa le bras et lui mit les rênes entre les mains. Il était temps qu'il apprenne à guider sa roulotte. Elle ne serait pas toujours là pour le faire. Puis elle sembla se souvenir d'un détail.

– Tu sais quel article se vendait le mieux chez madame Roucoule quand nous y sommes passées ?

Peter secoua la tête, intrigué.

– Les petites ailes d'ange. Une réplique des tiennes mais en dix fois plus petit. C'est devenu la mode dans les cercles très huppés des dames de la haute société d'en porter une paire dans le dos de sa robe. Comme quoi, la ville connaissait ton existence, quels que soient tes efforts pour te cacher.

– Ça alors ! laissa échapper Peter.

Jamais il n'aurait pensé influencer une mode vestimentaire. Il n'avait jamais fait quoi que ce soit pour être célèbre, il n'était qu'un garçon ordinaire.

– La rançon de la gloire ! le congratula Capucine. C'est de très bon augure pour ta carrière dans le cirque.

Sentant la nervosité monter, Peter préféra changer de sujet et demanda à Capucine de lui parler du numéro qu'elle préparait avec ses frères. La jeune fille parut ravie qu'il s'intéresse à son travail. Elle lui raconta les longs mois de dressage avec les équidés. Le truc pour travailler avec des chevaux de trait, précisa-t-elle, c'était de mettre en avant leur gigantisme. Ils avaient donc travaillé avec quatre shires, réputés pour être les plus grands chevaux du monde. Ce serait elle, Capucine, qui jouerait le rôle du dresseur parce que sa différence de taille avec les animaux géants allait impressionner le public.

– Ce n'est pas dangereux ? Tu ne risques pas de te faire marcher dessus ?

Il n'y avait aucun risque, mais elle était contente que Peter pose la question. Ça signifiait que le public se la poserait aussi. Elle allait faire danser les shires, les faire sauter, ruer et même leur faire exécuter la révérence. Carlos et Martial allaient quant à eux jouer les équilibristes en se déplaçant debout d'un cheval sur l'autre.

– Ils vont sauter ? D'un cheval sur l'autre ? répéta Peter en croyant avoir mal entendu.

– C'est ça, confirma Capucine.

– Vous êtes fous tous les trois.

– Sans un brin de folie, personne ne travaille dans un cirque.

7

La caravane du cirque fit halte dans un nouveau champ pour la nuit. Peter s'étonna qu'ils trouvent aussi facilement un emplacement à leur disposition. Capucine eut un petit rire avant de lui expliquer qu'il n'y avait là rien de mystérieux. Un homme était spécialement chargé de trouver des étapes pour la caravane tout au long de leur voyage. Il passait quelques jours avant pour prospecter auprès des fermiers du coin, il payait une location ou offrait des tickets gratuits à celui qui acceptait d'accueillir le cirque pour la nuit, puis il revenait vers la caravane en balisant le chemin avec des marques simples.

– Il laisse des traits de peinture bleue sur les poteaux télégraphiques ou les arbres au bord des routes. Le champ qui nous est destiné est toujours indiqué par un triangle pointe en haut. Un jeu d'enfant !

– Que se passe-t-il si le fermier change d'avis ?

– Comment ça ? interrogea Capucine sans comprendre.

– On ne peut pas dire que les roulottes et leurs habitants fassent dans la discrétion. J'imagine qu'il y a des gens de la campagne que ça dérange.

Capucine lui décocha un sourire fier.

– En effet, c'est déjà arrivé qu'on nous accueille avec des fourches et des menaces, mais le cirque est loin d'être sans défense. Face à un démon, un samouraï, des fauves et des pistards musclés, ils sont au final peu nombreux à nous refuser l'hospitalité.

Le soir, tous se réunirent à nouveau autour du feu. Astaroth en profita pour tester un nouveau produit de sa composition. Il avait sorti sa panoplie de cracheur de feu et s'amusait à former des boules de flammes bleues. Peter trouvait fascinante cette capacité à maîtriser un élément qui avait l'air d'être doué de vie propre. Astaroth n'était peut-être pas un démon mais, ainsi exposé aux flammes, les yeux brillants, les cornes saillant de son crâne chauve, il en avait bel et bien l'air.

La chaleur donna soif à Peter. Il s'approcha de la table, se versa un verre d'eau et but une grande gorgée. Instantanément, sa gorge s'enflamma. Il tomba à genoux en poussant un cri en partie étouffé par la douleur. Capucine, non loin, se précipita vers lui. Peter lui montra le verre sans pouvoir parler. Le liquide brûlant était descendu le long de son œsophage et remplissait son estomac. Il avait l'impression d'être en feu. Capucine sentit le contenu du verre puis repéra la bouteille dont il provenait.

– Oh non ! Tu as bu le mélange spécial d'Astaroth !

Elle envoya quelqu'un chercher l'homme cornu à toute vitesse.

Le « mélange spécial d'Astaroth », nommé en ces termes par l'artiste, était un assemblage de plusieurs produits extrêmement inflammables. Cela lui avait pris des années pour trouver le juste équilibre entre les différents liquides, le but étant de former de spectaculaires boules de feu bleu. Comme tout cracheur de feu, Astaroth ne buvait pas cette mixture, il la gardait en bouche pour l'expulser en une fine brume. Vu la teneur du mélange, il se serait bien gardé de l'avaler. Certains produits étaient hautement toxiques tandis que d'autres étaient tout bonnement de l'essence à divers degrés de purification.

Le démon arriva en courant, la mine décomposée.

– Imbécile ! l'agressa Capucine. Tu as laissé ta bouteille sur la table des boissons !

– Comment aurais-je pu deviner… balbutia Astaroth.

Il ne termina pas sa phrase car Peter venait de perdre connaissance. Un garçon de piste le porta en urgence dans sa caravane et le laissa sous la surveillance de Capucine. Astaroth, qui remplissait le rôle de médecin au sein du cirque, suivait de près. Rongé par la culpabilité, il ausculta Peter de ses mains tremblantes. Il écouta son cœur et son souffle, mais ne put rien faire de plus. Il fallait attendre et voir. Olga rejoignit Capucine au chevet de leur ami. À tour de rôle, elles l'appelèrent en épongeant son front brûlant de fièvre. Ce fut peine perdue. Le garçon restait profondément évanoui. Monsieur Loyal fit son apparition dans la roulotte peu de temps après et s'émut en découvrant l'enfant ailé sans connaissance sur sa couchette.

– *Dios mío ! Dios mío !* ne cessa-t-il de répéter avant de quitter les deux jeunes filles, bouleversé.

Ce que tous ignoraient, c'est que le métabolisme de Peter était légèrement différent de celui d'un humain normal. Son organisme s'appropria le mélange spécial tout comme il l'avait fait de la pâte de Polyductimère et du vaccin. Il évacua vers les reins tout ce qui lui parut néfaste et absorba le reste. Cette fois, il avait tout ce qui lui manquait pour parfaire le prodige qu'était Peter.

Peter se réveilla trois jours plus tard. Il était seul dans la roulotte et dehors le soleil descendait doucement en rosissant au-dessus des toits environnants. Ainsi, le cirque était en ville. Il se leva, la tête en vrac et les jambes molles, puis gagna la porte et sortit. Le regard encore un peu flou, il vit une silhouette venir vers lui. Il cligna plusieurs fois des yeux jusqu'à reconnaître Capucine. Elle était en tenue de garçon de piste, les cheveux dissimulés sous sa casquette. Le sourire éclatant qu'elle arborait se fana à mesure qu'elle approchait. Elle s'arrêta à un mètre du garçon, horrifiée.

– Peter, laissa-t-elle échapper.

– Qu'est-ce qu'il y a ? demanda Peter en craignant qu'il ne soit arrivé quelque chose à Olga.

– Tes plumes…

Le garçon regarda autour de lui. Des plumes blanches jonchaient le sol. Il ouvrit une aile et la courba vers lui. Il aperçut sa peau à travers le plumage. Des larmes lui montèrent aussitôt aux yeux. Son pire cauchemar était en train d'arriver. Ses plumes tombaient.

Il échangea avec Capucine un regard terrifié en secouant la tête.

– Peter… appela la jeune fille en faisant un pas vers lui.

Le garçon ne répondit pas. Il fit demi-tour, regagna la roulotte et claqua la porte. Capucine entendit la clé tourner dans la serrure. Elle l'appela une nouvelle fois, cogna à la porte mais il ne réagit pas. Il était incapable de parler.

Autour de lui, dans la roulotte, un tapis de plumes jonchait le sol. Il avait dû les perdre dans son sommeil. Il s'agenouilla à même le plancher, ignorant ses ailes qui frottaient par terre, et pleura longtemps. C'était injuste. Au moment où il croyait avoir trouvé une identité et un lieu où se sentir accepté, il perdait à nouveau tout. Personne ne voudrait assister à un numéro avec Peter Poulet, le garçon aux ailes nues. Il était redevenu un moins que rien, un être difforme qu'on montrerait du doigt d'un air gêné.

Il resta longtemps prostré au sol et perdit la notion du temps. Capucine le ramena à la réalité en frappant de nouveau à la porte de sa roulotte. Le spectacle était terminé et tous avaient demandé de ses nouvelles. Il comptait pour la troupe, lui expliqua-t-elle à travers le bois de la porte. La voix d'Olga vint se mêler à celle de Capucine. Il repensa à la beauté de la jeune Russe et se détesta encore un peu plus. Elle était la belle, et lui était redevenu la bête. Jamais il n'accepterait qu'elle le voie sans plumes. Il resta où il était et bientôt les voix se turent. Les filles étaient sûrement parties.

Ils furent plusieurs à venir frapper chacun leur tour. Monsieur Loyal réclama des nouvelles, Astaroth vint s'excuser d'avoir laissé traîner son mélange, Abdallah frappa longuement avant d'être relayé par ses deux fils. Peter n'ouvrit ni ne répondit à personne. Il voulait qu'on l'oublie. Dans l'obscurité épaisse de la roulotte, il finit par s'endormir, le ventre contre le plancher rugueux, ce qui lui restait d'ailes replié comme une couverture trouée.

L'aube et le chant forcené d'une alouette le sortirent du sommeil. Il déplia avec difficulté son corps engourdi et se leva. Autour de lui, le sol était devenu blanc. La chute de ses plumes avait continué. Il lui suffit de déplier un peu les ailes pour voir tomber en pluie son duvet. Les larmes coulèrent à nouveau le long de ses joues. Agacé par sa propre tristesse, il se força à réfléchir. Tout se passait si bien jusqu'alors. Pourquoi cela arrivait-il maintenant ? Il se souvenait du feu, de sa soif et de la boisson aussi brûlante que de la lave. La douleur avait été intense puis une énorme fatigue l'avait envahi et il était tombé dans un trou noir. Il avait déjà ressenti ça. Le souvenir de la première fois restait flou, c'était après l'accident de chaudière. Celui de la deuxième fois était plus frais. Il avait reçu une injection de vaccin puis il avait beaucoup dormi. Quand il s'était réveillé, ses ailes avaient commencé à se développer.

Il examina à nouveau ses ailes. Le spectacle n'était pas beau à voir. Seules quelques plumes blanches s'accrochaient encore mais on les sentait prêtes à tomber elles aussi. Dans la lumière pâle du matin, Peter nota une anomalie. Sa peau n'était pas de la bonne couleur. Il compara la teinte de ses mains à celle de ses ailes. Il y avait une différence flagrante entre les deux. Il s'approcha de la fenêtre et attrapa l'extrémité d'une aile qu'il tira doucement vers lui. Quand il comprit enfin ce qu'il voyait, son cœur fit un bond dans sa poitrine. Du duvet. Partout sur la peau de ses ailes, un fin duvet marron apparaissait. Ses plumes, ses vraies plumes étaient en train de pousser !

Un miroir pas plus gros qu'une carte postale était accroché au mur. Peter tendit la main pour s'en emparer. Il observa son reflet et écarta les yeux de surprise. Des sourcils faisaient leur apparition au-dessus de ses yeux et de courts cheveux châtains couvraient à présent son crâne. Il passa la main dessus, heureux de sentir à nouveau autre chose qu'une peau nue.

Laissant échapper un rire soulagé, il ouvrit la porte de sa roulotte et grimpa sur le toit. Tout le monde dormait encore. Quelques rayons de soleil apparaissaient à l'horizon, baignant la ville embrumée. Le cirque stable était construit sur une petite colline et la caravane stationnait juste à côté, en rangs ordonnés. D'où il se trouvait, Peter pouvait observer un océan de toits traversé par la courbe d'un fleuve paresseux. Il respira l'air matinal et étira ses ailes. Il ne pourrait pas voler avant un certain temps mais ça lui était égal. Il était heureux. Enfin, il était complet. Enfin, il portait ses propres plumes.

8

Les premiers levés ne virent pas le garçon ailé perché en haut de sa roulotte. Un garçon de piste chargé de la distribution du pain frais passa de voiture en voiture. Il examina celle de Peter sans s'y arrêter, le croyant sûrement encore cloîtré à l'intérieur. Puis un groupe sortit des écuries attenantes au cirque, chacun avec un cheval en longe. Les cavaliers enfourchèrent leur monture à cru et partirent pour une petite balade matinale. Capucine était parmi eux. Elle montait avec élégance un immense cheval noir à la liste et aux balzanes blanches. Alors qu'elle s'éloignait, elle jeta un regard triste vers la roulotte de Peter et sursauta en apercevant le garçon. Elle quitta le cortège et remonta la rue au petit galop. Peter possédait une bonne vue. Même sans cela il aurait distingué le grand sourire qui illuminait le visage de la cavalière.

Capucine arrêta son cheval au pied de la roulotte et se mit debout en équilibre sur son dos pour toiser Peter.

– Alors ? demanda-t-elle d'un ton hésitant entre l'ironie et le soulagement. Tu as décidé d'arrêter de bouder ?

Peter laissa échapper un petit rire. Il était heureux de voir Capucine.

– Je vais mieux, merci, répondit-il.

Capucine prit appui sur le cheval pour sauter sur le toit de la roulotte. Elle faillit perdre l'équilibre mais Peter la rattrapa d'une poigne ferme. Elle se jeta dans ses bras pour le serrer contre elle. Puis elle le repoussa et lui donna un coup de poing sans force sur la poitrine.

– Espèce d'imbécile ! J'ai eu tellement peur pour toi. Ne refais jamais ça !

– Ouille ! Je suis désolé, s'excusa Peter. J'étais terrifié.

– J'aurais pu t'aider ! Les amis sont faits pour ça.

Sans répondre, il caressa machinalement le petit duvet qui poussait sur sa tête. Capucine poussa un cri.

– Peter ! Tu as des cheveux !

– Ce n'est pas tout, ajouta-t-il en déployant ses ailes.

– Mais qu'est-ce qui t'arrive ? s'exclama la jeune fille.

Peter haussa les épaules.

– Tourne-toi, ordonna Capucine.

Peter obtempéra. La jeune fille examina le plumage qui était apparu en une nuit et avait chassé le précédent.

Il n'était pas uni mais plutôt mordoré comme la robe d'un moineau.

– Elles vont être magnifiques, complimenta-t-elle. Il y a même des teintes de bleu qui apparaissent sur les plus grandes.

– Ces ailes-là, tu pourras les brosser tant que tu voudras, plaisanta le garçon.

– C'est sûr que ça fait tout de suite moins « ange », mais c'est tellement plus naturel que le blanc.

Le cheval en contrebas, s'impatientant, frappait le sol de ses sabots ferrés. Capucine attrapa Peter par la main.

– Viens, je t'emmène faire un tour avec Aéthon.

Elle se laissa tomber avec souplesse sur le dos du cheval noir. Peter hésita. La bête était vraiment gigantesque.

– Il n'y a rien à craindre, l'invita Capucine en tendant la main. Viens.

Peter posa un pied en équilibre sur l'arrière-train de l'animal, guidé par la main ferme de la jeune fille. Il écarta les ailes par réflexe.

– Laisse-toi glisser, une jambe de chaque côté, conseilla la cavalière. Ensuite avance-toi un peu, tout contre moi.

Il suivit ses consignes et se colla à son dos. Ses ailes ne cessaient de battre désespérément dans l'espoir de lui apporter quelque équilibre.

– Je vais lui faire peur, glissa-t-il à Capucine.

Il se rappelait la façon dont Rhiannon avait réagi à sa présence et craignait qu'Aéthon ne parte au trot comme la jument l'avait fait. La jeune fille le rassura.

– Aucun risque. Aéthon a plus de sang-froid que Rhiannon. C'est un des chevaux de mon spectacle.

Elle serra les talons, et le cheval partit au pas. C'était une étrange impression d'être ainsi installé sur le dos d'un être vivant. Peter le sentait respirer sous ses jambes, il appréciait la chaleur qui se dégageait de sa peau noire et cette odeur forte, animale. Le garçon passa ses bras autour de la taille de Capucine. C'était la première fois qu'il était aussi proche d'elle. Il trouva ce contact agréable et rassurant. La jeune fille lui faisait penser à sa sœur, en plus jeune et en moins austère. Une douce fragrance de paille et d'abricot se dégageait de ses cheveux encore humides.

– Tu sens bon, fit-il remarquer en ôtant un brin jaune coincé dans une de ses tresses.

– Merci, répondit-elle en tournant fugacement le visage vers lui pour lui sourire. Mes frères et moi avons paillé une bonne partie des écuries avant de sortir les chevaux.

En allongeant le pas, ils s'engagèrent dans le boulevard planté d'arbres et eurent tôt fait de rattraper la file de cavaliers. Martial et Carlos fermaient la marche, ils montaient côte à côte des chevaux très semblables à Aéthon. Capucine se faufila entre ses deux frères pour cheminer à leur hauteur, flanc contre flanc. Ils accueillirent Peter d'un salut poli.

– Je te présente Phlégon et Pyroïs, dit Capucine en désignant les chevaux de ses frères. Comme tu peux le deviner, ils font partie du spectacle.

– Aéthon, Phlégon, Pyroïs... énuméra le garçon ailé. Je sais comment s'appelle votre quatrième cheval.

Capucine se retourna pour lui envoyer un regard intrigué. Carlos en profita pour le mettre au défi.

– Je te parie une tablette de chocolat que tu ne trouves pas.

Peter hocha la tête. Il remercia Jeanne en pensée car c'était grâce à elle qu'il connaissait la réponse. Quand ils avaient visité le Musée d'antiquités de leur ville, il avait d'abord trouvé peu intéressantes toutes ces poteries à moitié cassées et ces statues sans bras. Mais en rentrant à l'usine, Jeanne avait abordé l'histoire des dieux grecs pour son cours de l'après-midi. Les choses étaient devenues si passionnantes qu'il avait réclamé une seconde visite pour revoir les amphores et les bronzes sous un jour nouveau. Grâce à sa prodigieuse mémoire, chaque détail des cours était gravé dans ses souvenirs.

– Vos montures portent le nom des quatre chevaux qui tirent le char d'Hélios. Il manque juste Eoos.

– Mince alors, laissa échapper Capucine. Tu le sais vraiment. Quelle culture !

Peter crut qu'elle se moquait de lui avant de comprendre qu'elle était vraiment impressionnée. Il lui raconta qu'il avait eu un très bon précepteur.

– C'est notre lacune au cirque, se désola Capucine. Comme la caravane est en perpétuel mouvement, nous ne pouvons pas aller à l'école. En hiver, quand nous ne sommes pas en tournée, nos parents jouent les instituteurs. Seulement, ça reste basique. Lecture, écriture, calculs. J'ai honte de l'avouer, mais je n'ai jamais mis les pieds dans un musée.

– Il y a quelques mois, je n'avais jamais fait ça non plus.

– De toute façon, nous n'avons jamais le temps, continua Capucine, fataliste. Entre la route et les répétitions…

Soudain, une ombre passa silencieusement au-dessus de leur tête. Alors que leur monture faisait un écart, Peter leva les yeux et déplia ses ailes de surprise. À plusieurs dizaines de mètres au-dessus de la fronde des arbres, un gigantesque dirigeable les survolait à faible altitude.

– C'est le troisième depuis qu'on est arrivés, lui fit remarquer Capucine. Il paraît qu'il y a un aérodrome un peu plus loin. Les chevaux n'aiment pas ça, en tout cas.

– Des gens voyagent vraiment là-dedans ? s'étonna Peter en apercevant la nacelle attachée en dessous de l'énorme ballon.

C'était la première fois qu'il voyait un dirigeable en vrai. Jeanne lui en avait montré dans ses livres mais observer cette immense masse flotter dans les airs était un spectacle impressionnant.

– Moi aussi je trouve ça étrange, répondit Capucine. En plus, c'est réservé aux plus riches des voyageurs. Tu imagines combien doit coûter un billet ?

Ils arrivèrent au bout du boulevard sur une jolie place au centre de laquelle trônait une colonne surmontée d'une statue d'ange. Sur leur droite une large porte en pierre signalait le début d'une des artères principales de la ville. Les faubourgs étaient encore calmes autour d'eux. Seuls quelques producteurs passaient la porte pour se rendre sur la place du marché un peu plus loin en contrebas. Ils croisèrent une laitière arrêtée au bord de la route. Les mains crispées sur la poignée de sa petite charrette en osier, elle ouvrait des yeux effrayés en regardant disparaître le Zeppelin. Les processions de cavaliers firent le tour de la place. Les montures piaffaient à présent de nervosité comme si elles savaient déjà ce qui allait suivre. Il sembla à Peter que la file se dissolvait et que les chevaux s'alignaient.

– Accroche-toi, le retour va se faire au galop, prévint soudain Capucine.

– Au galop ? s'étrangla Peter en resserrant sa prise autour de la taille de son amie. Mais je n'ai jamais...

– Prêt ? cria Martial à la ronde. Partez !

Les chevaux s'élancèrent. Peter sentit les muscles d'Aéthon se tendre sous l'effort. Le cheval de trait démarra en même temps que les autres. En trois foulées puissantes, il avait atteint sa vitesse de pointe, battant le sol d'un galop lourd et stable. Peter épousa facilement le rythme de l'animal et trouva l'expérience jubilatoire. Il n'y avait qu'en vol qu'il éprouvait une telle sensation de liberté.

Ils furent rapidement dépassés par des chevaux plus légers. La cavalcade arriva aux abords du cirque dans le plus grand désordre et freina dans un vaste nuage de poussière. Enthousiasmés par la course, les cavaliers criaient et les chevaux hennissaient. Rhiannon arriva poussivement en dernier, secouant la crinière de fatigue.

Un sifflement strident vint briser leur fougue. Un gardien de la paix juché sur une bicyclette arrivait près d'eux, son sifflet coincé entre les dents. Sa pèlerine noire formait deux ailes derrière lui, tel un oiseau de mauvais augure. Il lâcha son vélo et fit le reste du chemin en courant pour menacer l'assemblée de son bâton blanc. Toujours juché sur l'immense Phlégon, Martial s'approcha pour se désigner comme le responsable. Le policier s'en prit à lui.

– Trouble sur la voie publique ! Vous n'êtes pas bien de faire tout ce ramdam !

– Nous délassions juste nos chevaux, se justifia le grand frère de Capucine.

– Selon le code, vous n'êtes pas autorisés à galoper en ville.

– Nous n'avons pas passé la porte, argumenta Martial d'un ton hautain. Nous nous trouvons donc bien loin du centre, monsieur l'agent de police.

L'homme en noir secoua un moment son bâton sans trouver de repartie. Face au gigantisme du shire, il avait du mal à imposer une quelconque autorité. Même Peter, pourtant bien intentionné, le trouva grotesque.

– Ne discutez pas la loi. Vous ne pouvez pas galoper ainsi en toute liberté. Vous gênez la circulation.

– Quelle circulation ? ricana Martial. Il n'y a personne dehors à cette heure. Écoutez, cette conversation devient ridicule…

– Ridicule ? Pour qui vous prenez-vous ? Vous investissez la rue comme si elle vous appartenait. Vous n'êtes pas chez vous ici. Vous n'êtes que des… que des… bohémiens !

– Nous y voilà, gronda Martial avec une moue amère. La véritable raison de votre intervention. Crachez votre bile et qu'on en finisse.

– Laisse tomber, Martial, intervint Carlos en faisant avancer sa monture. Rentrons.

– Je vous ai à l'œil ! prévint l'homme en noir avant de remonter sur sa bicyclette et de s'éloigner en pédalant.

Les cavaliers menèrent les chevaux jusqu'aux écuries dans un silence lourd de sens. Peter n'avait pas compris l'agressivité de l'agent. Ils avaient certes provoqué un peu de bazar mais rien qui mérite l'intervention de la police.

– Qu'est-ce qui s'est passé ? Qu'est-ce que c'est un bohémien ? demanda-t-il à Capucine.

– Les bohémiens sont des artistes qui voyagent, expliqua la jeune fille.

– Mais dans la bouche de l'agent, ça avait la valeur d'une insulte, compléta Carlos.

– Comment ça ? insista Peter.

Là encore, il ne comprenait pas pourquoi cela avait paru si calomnieux quand il l'avait entendu. Après tout, bohémien était le terme exact pour les désigner.

– Nous passons notre vie sur les routes, nous sommes des étrangers partout, détailla Capucine. Et pour beaucoup de monde, il n'y a rien de plus suspect qu'un étranger.

– Les gens ne nous font pas confiance, ils ont peur de nous parce qu'ils ne nous connaissent pas. Ils nous mettent sur le dos les crimes qu'ils ne peuvent pas mettre sur celui du voisin, intervint Martial d'un ton dur. On nous accuse de voler des bijoux, des poules, même des enfants.

– C'est ridicule ! s'exclama Peter.

– Bien sûr. Mais toute peur est ridicule. Ils veulent

bien voir nos numéros et croire en notre magie le temps du spectacle mais, sitôt les lumières éteintes, ils souhaitent nous voir partir.

– C'est la contrepartie de la liberté : la solitude, ajouta Carlos quand son frère se tut.

– C'est pour ça que les gens du cirque sont aussi soudés, lui confia Capucine en glissant au bas de son cheval et en aidant Peter à faire de même. Nous savons que nous pouvons compter les uns sur les autres.

– Une famille, laissa échapper Peter.

– Exactement.

9

Après la balade à cheval, Capucine et ses frères invitèrent Peter à venir prendre le petit déjeuner. Monsieur Loyal, en tenue de travail, était en train de boire un café brûlant quand le garçon ailé entra dans la roulotte. Il faillit s'étouffer en l'apercevant. Toussant et pleurant, il se précipita et le serra brièvement contre lui avec un sourire rassuré.

– *Dios mío !* jura-t-il. *Chico*, si tu savais comme j'ai eu peur pour toi.

Les plumes et les nouveaux cheveux l'interpellèrent mais il voulait surtout avoir l'avis d'Astaroth. Il exigea de Capucine et de Peter qu'ils aillent chercher l'homme cornu dès la fin de leur petit déjeuner.

Si Astaroth fut aussi surpris que monsieur Loyal, son accueil fut néanmoins beaucoup plus sobre. Il était encore dans sa roulotte, occupé à préparer son mélange spécial pour la représentation du soir. L'homme avait à sa disposition un véritable attirail de chimiste. Des bouteilles de différentes tailles s'alignaient sur un mur de la voiture tandis que la moitié d'un bureau était encombrée de fioles de diverses formes. Il régnait une odeur bizarre à l'intérieur, une fragrance végétale puissante qui dégagea les sinus des visiteurs.

– Désolé, je viens d'utiliser l'huile d'eucalyptus, s'excusa Astaroth en les invitant à entrer. Ça sent peut-être un peu fort.

– C'est agréable, le rassura Capucine en allant s'installer sur la banquette qui formait un L au fond de la roulotte comme si elle était chez elle.

Les lieux surprirent Peter par leur confort. Il ne s'était pas attendu à ça de la part du cracheur de feu. Plusieurs lanternes multicolores étaient allumées, des tapis se superposaient pour couvrir le plancher, et de petits rideaux devant les fenêtres isolaient des regards. Astaroth apporta un tabouret pour Peter et se recula pour l'observer.

– Tu as l'air d'aller beaucoup mieux. Je suis soulagé, confia l'homme. Me pardonneras-tu un jour ?

– Vous êtes déjà tout pardonné, sourit Peter. Ce qui m'est arrivé est entièrement dû à votre mélange.

L'homme laissa échapper un ricanement.

– Je ne sais pas si c'est une bonne chose. J'ai finalement de la chance que ce soit tombé sur toi. Tu n'es vraiment pas quelqu'un d'ordinaire, tu sais. Je peux ?

Peter hocha la tête quand le cracheur de feu tendit la main vers ses ailes. Il lui tourna même le dos pour lui faciliter l'examen. L'homme passa les doigts dans les plumes naissantes. Les ailes paraissaient plus courtes ainsi couvertes de duvet. Mais ça ne durerait pas. Bientôt les rémiges pousseraient et augmenteraient considérablement leur envergure. Astaroth tomba d'accord avec Peter, il faudrait attendre au moins que le plumage ait terminé sa pousse.

– Pourquoi monsieur Loyal s'en réfère toujours à vous ? interrogea Peter. Qu'est-ce que vous y connaissez en matière de plumes ou de corps humain ?

– Peter ! s'exclama Capucine, choquée par son ton accusateur.

– Il a raison de poser la question, la rassura Astaroth. Après tout, je suis un inconnu pour lui. Un inconnu qui a bien failli le tuer.

L'homme s'installa sur la banquette et se mit à raconter son histoire.

– Je ne suis pas né avec des cornes. Elles ont commencé à pousser à l'adolescence. À l'âge où la plupart des jeunes hommes apprennent à se débrouiller avec leurs trois poils sur le menton, je vis apparaître deux excroissances sur mon crâne. J'essayai dans un premier temps de les ignorer en les dissimulant sous mes cheveux. Ils étaient assez épais à cette époque et j'arrêtai de les couper pour obtenir une belle masse. Malgré cela, mes cornes finirent par dépasser l'épaisseur de ma tignasse. Je fus bien obligé d'admettre leur existence.

Elles avaient exactement la même texture que des cornes de vache et elles poussaient à partir de deux protubérances osseuses développées par mon crâne. Je tentai de les couper mais les vibrations provoquées par la scie me causèrent d'insupportables migraines. Je finis donc par porter un chapeau que je refusai de retirer en public. Mes parents et mes professeurs me prirent pour un original, ce qui n'était pas pour me déplaire. À l'époque, j'étais un élève studieux, je me destinais à des études de chimie, mais cette mutation changea la donne. J'entrai finalement à l'école de médecine pour tout savoir sur le fonctionnement du corps humain. Je m'émancipai de mes parents en occupant une petite chambre de bonne. Tout se passa bien jusqu'à mon entrée en quatrième année. Là, un professeur refusa de me prendre en cours si je m'obstinais à ne pas me découvrir. J'eus beau résister, l'homme me fit plier et, devant une assistance d'une centaine d'internes, il vint lui-même ôter mon couvre-chef. Au premier abord, tous crurent à une plaisanterie. Le professeur m'envoya l'attendre dans son bureau où j'eus le droit à un sermon sur la bêtise de se coller des cornes pour amuser la galerie. Quand il voulut me retirer ce qu'il prenait pour des artifices, il comprit qu'il ne s'agissait pas d'une farce et convoqua immédiatement ses collègues. À cet instant, je basculai de l'autre côté. D'étudiant en médecine je devins sujet d'étude. Tu as forcément connu ça,

Peter. Cette sensation que ton corps ne t'appartient plus mais qu'il est le nouveau jouet des médecins.

Peter hocha la tête en se souvenant de l'assemblée d'orthopédistes.

– Je décidai malgré tout de poursuivre mes études. Puisque aucun patient n'accepterait jamais de se faire soigner par un homme cornu, je me lançai corps et âme dans la recherche et m'intéressai aux mutations du corps humain. Je visitai une multitude de cabinets de curiosités pour m'apercevoir que leurs squelettes de sirènes ou de loup-garou n'étaient que des faux pathétiques. Je passai en revue les collections ostéologiques des écoles de médecine avec de meilleurs résultats. À ce stade de l'histoire, il faut que je mentionne quelque chose que tu ne comprendras que plus tard, Peter, et toi aussi, Capucine. Grâce à mes cornes, je remportais un succès fou auprès de la gent féminine.

– Encore aujourd'hui, ajouta Capucine. Peter, tu devrais voir le nombre de femmes qui font la queue pour être prises en photo avec le démon Astaroth.

– En ce temps-là, j'étais moins prudent. Je profitais de cette attirance et passais rapidement d'une conquête à l'autre. Sauf qu'un jour ma petite amie de l'époque fut assassinée.

– Pourquoi ? s'inquiéta Peter.

– Aucune raison que tu connaisses les détails. D'une sanglante façon. La pièce où elle avait été découverte était chargée de signes cabalistiques et de croix renversées. L'enquête fut bâclée, elle mena droit au coupable idéal. Moi. L'homme à cornes, qui se prenait pour un démon, tellement pratique. Il y eut d'horribles articles dans les journaux. Mon procès fut expédié et je me retrouvai derrière les barreaux en un rien de temps.

Astaroth eut un soupir au souvenir de ce moment douloureux. Il se leva pour faire chauffer de l'eau sur un petit réchaud posé sur son bureau et sortit trois tasses d'un placard. Il continua son récit en évitant de croiser le regard de Peter ou de Capucine.

– La prison n'est pas un endroit accueillant, vous devez vous en douter. Je n'eus d'autre solution que de m'endurcir. Les autres prisonniers me surnommèrent rapidement le démon. Il faut dire que le fait d'être injustement enfermé m'avait rendu plutôt agressif. Disparu, le gentil étudiant en médecine, j'étais devenu un autre homme. Enragé et retors à toute autorité. J'avais l'impression de vivre un cauchemar.

Astaroth versa le thé dans les tasses et en tendit une à chacun tout en reprenant sa place sur la banquette et son histoire. Il garda toutefois les yeux dans le vague, comme si des images qu'il était seul à voir défilaient devant lui.

– Au bout de trois ans, un homme se fit prendre, un criminel complètement cinglé qui reconnut une dizaine de meurtres de femmes, dont celui de mon amie. On me déclara enfin non coupable et je finis par être libéré. Seulement, le mal était fait. J'étais devenu totalement asocial, incapable de reprendre une vie normale. Je dérivai quelques années et finis par sympathiser avec une troupe de cracheurs de feu. C'était un élément qui m'avait toujours impressionné, mais je me découvris une véritable fascination. Après tout, on dit *jouer avec le feu* et il y a un côté autodestructeur chez tout cracheur de feu. J'appris leurs techniques, les améliorai grâce à mes connaissances en chimie et finis par me construire le personnage d'Astaroth que vous connaissez aujourd'hui. Un été, je rencontrai Léon Zapatilla dans un petit cirque qui nous avait embauchés pour la saison. Il n'était pas encore monsieur Loyal, juste un humble dresseur de chevaux. Il me parla de son idée de monter un cirque qui ferait rêver les spectateurs avec une galerie de personnages merveilleux. Nous nous liâmes d'amitié et je devins son associé sur ce projet. C'est grâce à Léon que je suis redevenu un homme bon. C'est lui qui m'a redonné goût à la vie.

– Bon sang, jura Capucine. Quelle histoire ! Moi qui te connaissais uniquement comme le meilleur ami de Papa !

– Mais alors, vos recherches sur la mutation ? interrogea Peter.

– Elles n'avaient mené nulle part. De temps en temps, quand nous nous arrêtons dans une grande ville, je vais feuilleter les revues médicales des facultés. Les médecins découvrent des bactéries de plus en plus petites, mais le corps humain reste source de mystère.

– Et vos tatouages, d'où viennent-ils ? demanda le garçon.

Astaroth était vêtu d'un pull noir. Cependant, les flammes qui léchaient son cou dépassaient du col comme un incendie perpétuel. Elles étaient tellement réalistes qu'on avait l'impression de les voir bouger.

– C'est étrange parce que j'ai commencé à me faire tatouer avant même de rencontrer les cracheurs de feu. Les premières flammes datent de mon séjour en prison. J'avais le sentiment d'être en enfer et je voulais que ça se voie. J'ai continué après en être sorti.

Peter hocha la tête dans rien dire. Il comprenait mieux Astaroth maintenant qu'il connaissait son histoire.

– Bon ! s'exclama Capucine en sautant sur ses pieds et en quittant la roulotte. Et si nous allions voir Olga maintenant ? Elle va être ravie de te voir.

Peter ne put qu'accepter. Il remercia sincèrement Astaroth et serra la main rugueuse qu'il lui tendit. Avant de se quitter, ils échangèrent un long regard. Ils étaient pareils tous les deux. Seulement, Astaroth avait vécu plus longtemps que lui et bien plus souffert. Il espérait que sa propre existence serait plus sereine.

– Une dernière chose, ajouta Peter. J'aimerais savoir votre vrai nom.

L'homme cornu eut un sourire amusé. Il vérifia que Capucine n'entendait pas et souffla :

– Nicolas.

Peter le remercia d'un hochement de tête et sortit. L'histoire d'Astaroth et l'odeur d'eucalyptus s'attardèrent longuement autour de lui.

10

Olga n'était pas dans sa roulotte. Elle s'entraînait déjà. Capucine et Peter la rejoignirent sur la piste. Elle était là-haut et marchait d'un pas léger sur le fil tendu. Elle fut tellement surprise en apercevant Peter qu'elle bascula. Heureusement, ses années de pratique l'empêchèrent de chuter. Elle se réceptionna accroupie et jeta un nouveau coup d'œil en bas.

– Montez ! leur lança-t-elle en désignant l'orchestre.

Ils grimpèrent l'étroit escalier et rejoignirent le large balcon. Olga était déjà là. Elle se jeta dans les bras de Peter puis dans ceux de Capucine. Elle raconta ensuite au garçon comment elles étaient toutes deux restées à son chevet pour surveiller sa fièvre et son souffle. Quand sa température avait baissé dans la nuit, elles étaient allées se reposer. Le lendemain, la caravane s'était remise en route et était arrivée à sa ville de destination sans que Peter se soit réveillé. Astaroth l'avait encore examiné sans pouvoir statuer sur son état. Ce soir-là Olga avait fait une représentation catastrophique. Des sauts bâclés, des enchaînements poussifs, aucune fluidité. Natacha avait été mécontente mais elle n'avait pas insisté. Même, elle comprenait l'inquiétude de sa sœur.

– Le mélange d'Astaroth est tellement fort ! N'importe qui aurait eu l'estomac brûlé !

– Mais Peter n'est pas n'importe qui, l'apaisa Capucine.

– J'ai eu de la chance, conclut le garçon en haussant les épaules.

Il ne savait pas lui-même comment un tel prodige était possible. Il préférait se dire que c'était l'œuvre du destin.

Olga l'invita à s'aventurer sur le fil mais il déclina son offre. Sans ses plumes, son équilibre était perturbé et il redoutait de chuter. Autant attendre que ses ailes soient opérationnelles pour tenter des acrobaties.

Peter profita d'un temps libre pour envoyer une carte postale à ses parents et une autre aux Pantoufle. Sa famille lui manquait et il trouvait du réconfort à leur écrire. Il passa sous silence sa mue précipitée par le mélange d'Astaroth et préféra décrire son quotidien au sein du cirque.

Le soir arriva vite. Ne supportant pas que quiconque reste inoccupé dans son cirque, monsieur Loyal confia à Peter le poste de vente de pop-corn. Vêtu d'une lourde cape noire, le garçon se posta dans le hall d'entrée du cirque stable à côté de la machine qui ne cessait de pétarader en faisant exploser des grains de maïs. L'emplacement était idéal. D'où il se tenait, il put observer le défilé d'un nombre incalculable de spectateurs. Les lieux étaient aussi grandioses que le cirque Jules-Verne, et les visiteurs avaient revêtu des tenues à la hauteur de l'architecture. Visons et luxueuses redingotes, cannes à pommeau d'ivoire et bijoux brillants, la foule sentait bon l'eau de Cologne. Le spectacle était autant dans ce hall d'accueil que sur la piste.

Une fois la représentation commencée, Peter se glissa par une porte pour observer les numéros et les réactions du public. Il n'y avait aucun doute possible : les artistes avaient beaucoup de succès. Celui qui provoquait le plus d'émotion dans la salle était sans conteste Astaroth. Comme d'habitude, quelques femmes furent prises d'évanouissement en voyant le démon souffler du feu. Peter comprenait mieux maintenant l'ambivalence de cet homme. Associé calme et posé le jour, il devenait un démon du feu la nuit. Son numéro lui permettait d'exprimer son côté obscur et il s'en donnait à cœur joie avec son air possédé.

Avant la fin, Peter retourna à sa machine à pop-corn. L'entracte n'allait pas tarder. Il fit bien car, une minute plus tard, une foule affamée de sucreries se répandit dans le hall. Il ne vit pas le quart d'heure défiler et vendit plus de pop-corn qu'il ne croyait possible. Quand la sonnerie retentit et que le public regagna sa place, il put enfin quitter son poste. Il n'était pas seul dans le hall. Une jeune femme d'une vingtaine d'années était assise derrière la billetterie. Elle ne faisait pas partie du cirque mais de l'établissement en lui-même. Elle avait vendu des tickets avant le spectacle puis des affiches et des cartes postales du cirque des Merveilles à l'entracte.

– C'est toujours comme ça ? demanda Peter. Je veux dire, les gens dépensent toujours autant d'argent ?

– Ça dépend des troupes, expliqua la guichetière tout en roulant des affiches destinées à la vente. Plus le spectacle est bon, moins les gens sont avares.

– Pourquoi ?

Elle s'arrêta pour examiner Peter comme si elle se rendait enfin compte de sa présence. Son visage délicatement encadré de boucles blondes et son maquillage poudré lui donnaient un air poupin. Elle semblait heureuse que quelqu'un lui prête enfin une oreille attentive.

– Tu veux ma théorie ? Je pense que plus le public ressent des émotions fortes, plus il est enclin à dépenser de l'argent. La peur, l'excitation, le plaisir, c'est ce qui nous permet de nous sentir vivants. Ce n'est pas pour rien si le numéro le plus impressionnant est placé juste avant l'entracte.

– Vous voulez dire que c'est fait exprès ?

– Bien sûr ! s'exclama-t-elle en lui souriant chaleureusement. Mais d'où tu sors, toi ? Ce n'est pas le genre de chose laissée au hasard. Le cirque fait presque autant d'argent en vente de friandises, d'affiches ou de photos d'artistes qu'en billetterie.

– Et qu'est-ce que vous pensez du cirque des Merveilles ?

Elle se pencha vers lui comme si elle allait lui délivrer un secret.

– C'est un de mes préférés. Et pourtant j'en ai vu défiler depuis cinq ans que je travaille ici. Dis donc, tu es bien curieux, mon petit bonhomme. On va dire que c'est à moi de poser les questions maintenant. (Elle croisa les bras sur son guichet et posa son menton dessus avant de poursuivre d'un air taquin.) Alors dis-moi, c'est vrai qu'il y aura bientôt le numéro d'un garçon avec des ailes ? J'imagine que tu l'as déjà rencontré puisque tu travailles au cirque. Tu as déjà vu ses ailes ? Tu sais si ce sont des vraies ?

Le rouge montra aux joues de Peter. Il se mit à balbutier qu'il n'en savait rien. La femme soupira en se redressant.

– Ah, j'aurais bien aimé le voir au moins une fois. Mais il paraît que Zapatilla garde l'exclusivité pour la capitale. Que ce soit vrai ou non, la rumeur le précède déjà. Il y aura du beau monde à Paris pour la première.

Peter sentit un froid intense monter à l'intérieur de lui. Les mots de la vendeuse le glaçaient. Monsieur Loyal était en train de miser gros sur lui alors que rien n'était encore mis au point. Combien de temps leur restait-il avant d'atteindre la capitale ?

– Tu vas bien, mon bonhomme ? demanda la femme blonde. Tu es tout pâle.

– Trop de pop-corn, mentit Peter.

Elle leva les yeux au ciel avant de passer une main attendrie dans ses cheveux courts.

– C'est toujours pareil la première fois qu'on vend des sucreries. On ne peut pas s'empêcher de picorer et après, on le regrette amèrement. Tu as le temps, tu devrais aller t'asseoir un peu avant la fin de la représentation. Tu veux que j'aille te chercher un verre d'eau ?

– Merci, mademoiselle.

Il alla s'asseoir sur un banc couvert de velours rouge juste à côté d'un des accès à la salle. La musique de l'orchestre lui parvenait d'ici ainsi que les applaudissements de la foule. Était-il vraiment prêt à se confronter à un public ? Soudain, les murmures des spectateurs lui parurent plus menaçants, comme s'il s'agissait de grondements de bêtes.

– J'arrive à temps, on dirait, déclara la vendeuse en approchant.

Elle tenait un verre d'eau dans la main que Peter vida d'une traite.

– Doucement, mon coco ! s'amusa-t-elle. Eh bien ! C'était une grosse soif.

– Merci, mademoiselle, dit Peter en lui rendant son verre.

– Arlette, précisa-t-elle en s'installant à côté de lui.

Il ne réagit pas.

– C'est mon nom. Arlette. T'en es bien un toi aussi, hein ?

– Un quoi ? demanda Peter sans comprendre.

– Bah ! Un enfant de la balle, comme on dit ! Du cirque, quoi !

Peter hocha la tête sans vraiment répondre. Il n'était pas prêt à parler de lui, même si Arlette était gentille. Ce n'était heureusement pas la peine, la jeune femme était assez bavarde pour deux.

– Qu'est-ce que j'aurais aimé ça ! Vivre dans un cirque, je veux dire. Voyager de ville en ville, être sous les feux de la rampe dans un beau costume à paillettes ! C'est pour ça que je travaille ici. Pour partager un peu du quotidien des artistes et aussi pour voir les spectacles gratuitement. (Elle se tourna vers lui et poursuivit d'un ton apitoyé.) Évidemment, quand je te vois, je me dis que la vie n'est pas rose pour tout le monde. Mon pauvre petit gars, c'est sûr que toi tu ne seras jamais dans la lumière. Ça va ? T'es pas trop jaloux des autres ?

Peter comprit enfin pourquoi elle le maternait autant. Elle avait pitié de lui parce qu'elle prenait ses ailes pour une difformité. Heureusement qu'Astaroth l'avait aidé à passer une sangle autour de son torse pour les attacher sous la cape. Sinon, il se serait déjà démasqué depuis longtemps tellement son dos était traversé de spasmes nerveux. Il n'avait qu'une envie, quitter les lieux pour aller voler. La femme tendit la main vers lui.

– Je peux toucher ta bosse ? C'est pour la chance, tu sais ?

Il s'écarta aussitôt en prétextant des douleurs. Hors de question qu'elle pose sa main sur ses ailes, même à travers le tissu de la cape.

– Suis-je bête, s'excusa Arlette. Bien sûr que tu dois avoir mal. Tu es en pleine croissance, mon pauvre petit.

Peter hocha la tête sans rien ajouter. Heureusement, un spectateur gourmand sortit dans le hall au même moment pour acheter un grand cornet de pop-corn. Peter se précipita vers lui et en profita pour rester près de sa machine après son passage. Arlette finit par regagner elle aussi son poste avec un clin d'œil à son intention.

Le spectacle prit fin et la salle se vida. Arlette fut assaillie. Ils étaient nombreux à vouloir garder un souvenir du cirque. Quelques artistes firent leur apparition dans le hall pour poser devant le photographe officiel en compagnie des spectateurs désireux d'immortaliser ce moment. Capucine avait raison, Astaroth était le plus demandé. Malgré le prix élevé de la photo, beaucoup de femmes faisaient la queue pour passer ne serait-ce qu'une minute en compagnie du cracheur de feu. Le photographe immortalisait cet instant et distribuait une carte aux acheteurs pour qu'ils viennent récupérer leur exemplaire à son studio.

Quand les choses se furent calmées, Astaroth rejoignit Peter devant son poste de travail. Arlette ne tarda pas à montrer le bout de son nez. Elle se présenta au démon en tendant le dos de sa main pour qu'il l'embrasse et monopolisa aussitôt la conversation en riant beaucoup. Capucine arriva juste à temps pour délivrer Peter de ce curieux spectacle. Arlette et Astaroth semblaient esquisser une danse dont le garçon ne saisissait pas les règles. Son amie lui demanda de l'aide pour nettoyer la salle et il s'empressa d'accepter.

11

La caravane reprit la route le lendemain. D'après Capucine, ils avaient encore trois villes à visiter avant d'atteindre la capitale. Trois semaines, cela paraissait ridiculement court à Peter. D'autant que ses plumes n'avaient toujours pas achevé leur croissance.

Il ne se sentit capable de voler qu'une semaine plus tard, alors qu'ils quittaient la ville suivante. Une fois dans la campagne, il laissa Capucine conduire la roulotte et grimpa sur le toit où il déplia ses ailes. Ses sensations étaient revenues. C'était comme marcher après une longue immobilisation, à la fois un plaisir et un immense doute. Il se demandait s'il allait être capable de prendre son envol. Il redoutait que ses nouvelles plumes n'altèrent son vol. Puis il arrêta de penser et s'élança.

Il s'envola en battant vigoureusement des ailes. Les gens du cirque se mirent à applaudir sur son passage, ravis de le voir à nouveau dans les airs. Le ciel était dégagé, aussi prit-il autant d'altitude qu'il lui était possible. Il monta jusqu'à sentir qu'il ne pouvait aller plus haut. De nombreux martinets le croisèrent, beaucoup plus rapides que lui. Ils le saluèrent un temps en l'encerclant et en poussant des cris suraigus puis ils retournèrent chasser les moucherons. Peter vola une petite heure en gardant un œil sur la caravane en contrebas. Les courants d'air chaud l'aidèrent à dériver paresseusement. Il se rendit compte combien le vol lui avait manqué. C'était un besoin physique presque aussi primordial que celui de respirer.

Alors qu'il avançait tranquillement, un vol d'oies sauvages croisa sa route. Elles évoluaient en formant un V parfait, chacun profitant de l'aérodynamisme de son prédécesseur. Les oies cancanèrent en passant à sa hauteur, comme pour le saluer. Alors que le groupe s'éloignait déjà, l'une des dernières rompit le rang pour revenir vers Peter. Elle se porta à sa rencontre en poussant un petit couac interrogatif comme si elle se demandait ce qu'était ce bipède ailé. Elle vola un peu à ses côtés et se mit à l'observer sous toutes les coutures avec un intérêt évident. Son bec orange dessinait un sourire énigmatique sur son plumage gris foncé. Constatant que Peter n'était pas agressif, elle s'approcha un peu plus, ses ailes frôlant presque celles du garçon. Au bout de quelques minutes, elle cessa son examen et commença à essayer différentes positions de vol. Elle se glissa sous Peter, puis au-dessus et enfin derrière lui. Elle sembla apprécier cette dernière place puisqu'elle poussa un cri satisfait. Elle continua à suivre Peter comme elle l'avait fait avec ses consœurs dans le vol en V.

Amusé, le garçon décida de tester sa réactivité. Il esquissa quelques virevoltes que l'oie imita à la perfection. Il fit demi-tour en quelques battements d'ailes, piqua sur quelques mètres avant de pivoter une nouvelle fois. Le palmipède était toujours là. Peter augmenta la difficulté en formant des voltes de plus en plus petites suivies d'une brusque accélération. Mais l'oie était comme reliée à lui, elle ne le lâchait plus d'une semelle. Elle semblait l'avoir adopté. Finalement, il se décida à regagner la terre ferme car le soleil se couchait. Il atterrit souplement dans la clairière, l'oie derrière lui. Capucine accourut dans l'intention de l'accueillir chaleureusement.

– Papa va être ravi. Tu vas pouvoir commencer à travailler ton numéro ! s'exclama-t-elle avec un large sourire.

Mais l'oie n'était pas de cet avis. Elle se dressa entre Peter et l'écuyère en poussant des cris de mise en garde. L'oiseau géant était sa propriété. Capucine considéra avec étonnement le palmipède au bec orange.

– Qu'est-ce que nous avons là ? Le dîner de ce soir ?

L'oie eut l'air de comprendre. Elle se dressa sur ses pattes palmées et écarta les ailes pour paraître plus impressionnante encore, tout en poussant des couacs menaçants. Capucine ne se laissa pas émouvoir.

– Pour qui tu te prends, l'oie ? Tu cherches la bagarre ? Tu veux m'empêcher d'approcher mon ami ?

Autour d'eux, les cris du volatile et ceux de l'écuyère avaient attiré une petite foule de curieux. Peter, aussi gêné qu'amusé par cette compagne à plumes un brin encombrante, ne savait comment réagir à l'altercation. Il n'eut finalement pas besoin de prendre une décision puisque l'oie le fit à sa place. Devant cet afflux de bipèdes, elle préférait rendre les armes. Elle jeta au garçon ailé un coup d'œil d'amoureuse éconduite et poussa un dernier cri attristé avant de prendre son envol. Peter la regarda s'éloigner avec un pincement au cœur. Sa première amitié avec un oiseau était déjà terminée. En voyant disparaître la silhouette grise, il réalisa qu'il ne pouvait côtoyer à la fois des humains et des oiseaux. Cette cohabitation était malheureusement incompatible. Le jour où il déciderait de rejoindre la compagnie des oiseaux, il n'aurait d'autre choix que de renoncer à celle des hommes. Si ce jour arrivait.

Le soir même, il eut un entretien avec monsieur Loyal. Celui-ci commença par plaisanter sur ce qui venait de lui arriver. Il n'avait pas vu lui-même la scène mais le bruit avait couru plus vite que le vent d'une roulotte à l'autre. Peter le montreur d'oies, cela pourrait être un très bon numéro quand il voudrait se recycler dans le dressage. Puis il reprit son sérieux pour expliquer ses projets concernant l'ange du cirque.

– Tu vas d'abord intervenir dans les numéros des autres pour t'habituer à la piste. J'aimerais également que tu t'entraînes avec Olga sur le fil. Elle a une très bonne idée de collaboration.

– Mais je ne sais pas marcher…

– Tu vas apprendre. Avec tes ailes, les exercices d'équilibre ne devraient pas poser problème.

– Maintenant ? demanda Peter d'une voix étranglée.

– Non, maintenant tu vas essayer ton costume et Carmen va opérer les dernières retouches.

Quelques minutes plus tard, il passait entre les mains de la mère de Capucine. Il enfila un pantalon crème taillé dans un tissu brillant dont Carmen marqua le revers avec de petites épingles. Puis il passa un veston bleu roi muni d'attaches dans le dos pour s'adapter à ses ailes.

– J'ai conçu ton costume quand tu avais encore des plumes blanches. Mais je suis satisfaite de constater que la couleur va très bien avec le marron irisé de tes nouvelles ailes.

Capucine entra à cet instant-là. Elle ouvrit de grands yeux en apercevant Peter dans son costume.

– Peter ! Tu es magnifique !

Son amie le poussa jusqu'à un grand miroir qui lui renvoya son reflet. Il eut du mal à se reconnaître tellement il avait changé. Le garçon en face de lui était d'une incroyable élégance. Ses cheveux avaient assez poussé pour qu'il les coiffe et son corps avait encore grandi. Il faisait maintenant une bonne tête de plus que Capucine, quasiment la taille de son frère Carlos. Il se tourna un peu pour observer ses ailes. Les plumes marron les faisaient paraître plus solides que les blanches. Leur reflet bleuté trouvait un écho dans les couleurs du veston.

– Tu as véritablement l'air d'un artiste de cirque, déclara Capucine avant de prendre une grosse voix et d'imiter les intonations de son père. Mesdames et messieurs, laissez-moi vous présenter Peter, l'ange du cirque des Merveilles !

Peter bomba le torse et salua comme il avait vu les autres le faire. Carmen et Capucine se mirent à applaudir.

– Mais les plumes des anges sont blanches ! protesta Peter. J'ai plutôt l'air d'un moineau géant que d'un ange.

– Tu as surtout l'air beaucoup plus réel, le rassura Carmen. Les gens n'ont jamais vu un ange avant, alors comment pourraient-ils affirmer que ses ailes sont blanches ? Ta couleur est plus naturelle. Hormis les colombes et les cygnes, il y a peu d'oiseaux vraiment blancs. Alors que le châtain est une couleur qu'on voit partout, du moineau à l'aigle en passant par le canard.

– Ou le poulet, ajouta Peter d'un air triste.

– Non, le contredit Capucine. Les poulets ne volent pas. Alors que toi, tu nous offres un spectacle magnifique quand tu es en l'air. Tu as ta place dans ce cirque parce que tu sais voler. C'est ton don, Peter. Ne laisse personne te dire le contraire. Peter Poulet n'existe plus.

La nuit tombait doucement. À l'horizon, se levait une gigantesque lune, ronde comme un disque. Elle éclairait la clairière d'une lueur bleutée. Les jumelles sortirent de leur roulotte et se précipitèrent vers Peter avec un sourire ravi. Il était en train de discuter avec Capucine, Simbad, Olga et Ali quand elles s'arrêtèrent devant lui, surexcitées.

– Il paraît que tu voles à nouveau ! s'exclama Séléné.

– C'est la nuit idéale pour respecter ta promesse, ajouta Moon en sautant sur place.

Peter ne leur répondit pas tout de suite. Il prit le temps d'observer le ciel et de goûter l'air ambiant. La nuit était calme, le feuillage des arbres restait immobile. Sans vent, les choses s'annonçaient aisées.

– D'accord, céda-t-il en descendant de son tabouret.

Les deux sœurs applaudirent. Elles allèrent chercher leur mère et le prirent chacune par un bras pour la tirer jusqu'au garçon ailé.

– Tu vois, maman, ça ne le gêne pas, expliqua Moon, agrippée au bras gauche de sa mère.

– Il est d'accord, renchérit Séléné, pendue à son bras droit.

– Vous êtes sûr que ça ne vous dérange pas ? interrogea la femme brune.

Peter secoua la tête en la rassurant d'un sourire. Puis il se dirigea vers sa roulotte et grimpa sur le toit pour prendre son envol. Le décollage se fit sans difficulté, le sol encore tiède dégageait un air léger. Des cris enthousiastes retentirent quand il s'éleva au-dessus de la clairière. Il battit un peu des ailes et se plaça loin au-dessus du feu pour profiter de la poussée ascendante de l'air chaud. Il lui suffit d'écarter légèrement les plumes pour prendre de l'altitude sans grand effort.

La campagne baignée de la lumière de la lune avait changé de couleur, les repères n'étaient plus les mêmes. Un bruissement étrange s'éleva à côté de Peter. Il tourna la tête juste à temps pour surprendre le vol d'une chauve-souris. Le petit mammifère salua sa présence d'un cri suraigu en le contournant avec souplesse. Il fut bientôt suivi d'une deuxième puis d'une troisième chauve-souris. Il observa attentivement l'horizon jusqu'à ce que ses yeux s'adaptent à l'étrange lumière noire. Il découvrit rapidement que l'air était peuplé de chiroptères attrapant les insectes qui voletaient en nuées à cette altitude. Il traversa l'un de ces nuages sans s'en rendre compte. Des moucherons et des éphémères percutèrent son visage en bruissant désagréablement. Certains se prirent dans ses cheveux, se cognèrent sur ses joues ou s'égarèrent à la hauteur de son oreille. Il s'empressa de quitter ce plancton aérien et se laissa chuter de quelques mètres.

En dessous de lui, Séléné et Moon faisaient de grands gestes pour indiquer leur présence. Une idée germa dans la tête du garçon ailé. Il rassembla ses ailes derrière lui et se laissa chuter comme un faucon. Il prit rapidement de la vitesse. Le sol se rapprocha de plus en plus, il put bientôt distinguer les visages des membres du cirque levés vers lui. Il se laissa encore tomber. Encore un peu plus… Au dernier moment, alors qu'une alarme s'allumait dans son cerveau, il écarta les ailes et passa en rase-mottes au-dessus de Capucine, d'Olga et des sœurs jumelles. Les filles poussèrent un cri mi-effrayé, mi-ravi quand le souffle du vol les décoiffa.

Peter atterrit un peu plus loin dans l'herbe fraîche. Le public accourut pour le féliciter et l'applaudir, les filles en tête.

– C'était magnifique ! s'exclama Moon.

– Fantastique ! ajouta Séléné.

– Grandiose ! renchérit sa sœur. Splendide ! Majestueux ! Volatile !

– Volatile ? répéta Séléné. Ça ne veut rien dire.

Pendant que les jumelles se chamaillaient, Olga s'approcha, une lueur de reproche dans les yeux.

– J'ai cru que tu allais t'écraser !

Peter haussa les épaules et laissa échapper un petit rire.

– C'était la première fois que je tentais ça. C'était amusant.

– Tu es aussi fou que nous, plaisanta Capucine avec un large sourire.

– Sûrement, reconnut Peter d'un ton rêveur.

Les jumelles se mirent à mimer son vol avec leurs bras écartés en poussant des cris de perroquet :

– Peter le fou volant ! Peter le fou volant ! criaient-elles.

12

– Tu dois avancer un pied après l'autre tout en restant droit.

Peter engagea un premier pied sur le fil. Son corps tremblait de nervosité. Il pencha la tête en avant.

– Ne regarde pas tes pieds ! le prévint Olga. Sinon c'est la chute assurée.

– Mais je regarde quoi, alors ?

– Droit devant toi. Le regard parallèle au fil.

Peter fit deux puis trois pas. Ses ailes dans son dos étaient écartées comme en plein vol. Elles compensaient tour à tour la marche hésitante du garçon.

– C'est mieux, le congratula Olga. Beaucoup mieux. Maintenant, marche arrière.

Peter s'exécuta. Finalement, le fil n'était pas un exercice si difficile. C'était à peu près les mêmes sensations que marcher sur le faîte d'un toit.

– Je vais monter à mon tour. Tu vas sentir les vibrations de ma présence. Essaie de ne pas être décontenancé.

Olga mit le pied sur le fil. Ses mouvements provoquèrent une oscillation que Peter essaya de compenser. La funambule progressa souplement jusqu'à lui.

– Bravo, tu as réussi la première épreuve. Je reviens, je vais chercher un truc.

Olga sauta du fil et se réceptionna sur le sol cinquante centimètres plus bas. Sa disparition provoqua des soubresauts dans le fil qui perturbèrent l'équilibre de Peter. Il tendit les mains et les ailes, mais ne réussit pas à se rétablir. Il chuta dans l'herbe tandis qu'Olga courait dans sa roulotte et ressortait avec une grosse valise verte. Elle rapprocha une table et posa son fardeau dessus.

– Je t'ai déjà parlé du *Lac des cygnes* de Piotr Ilitch Tchaïkovski. C'est un ballet très connu et très joué au Bolchoï.

– *Bolechoille* ? Qu'est-ce que c'est ?

– Le nom du plus célèbre théâtre de Moscou, expliqua Olga en ouvrant la valise.

Elle contenait un gramophone. Olga donna quelques tours vigoureux de manivelle avant de poser l'aiguille sur le disque noir. Un son gémissant en sortit qui se mua en musique quand le tourne-disque prit suffisamment de vitesse. La funambule commença à expliquer son projet.

– Nous allons jouer cet extrait du *Lac des cygnes*. C'est l'histoire d'Odette, une femme transformée en cygne par un méchant sorcier. Elle rencontre Siegfried, un prince que sa mère prévoit de marier à un bon parti. Lui préférerait choisir lui-même alors il s'enfuit et se réfugie au bord du lac. Là, il croise le regard d'Odette et en tombe follement amoureux.

– Tu veux qu'on interprète tout ça en dansant ? Sur un fil ?

– Ne t'inquiète pas, rit Olga en sentant la nervosité de Peter monter d'un cran. Je vais t'apprendre quelques postures simples. Ce que je souhaiterais, c'est que tu apparaisses en bas sur la piste et que tu viennes te poser sur le fil en volant. Est-ce que c'est possible ?

Peter haussa les épaules.

– Tout dépend de la largeur de la piste et de la hauteur du fil.

– Alors nous réglerons ça dans le prochain cirque stable. De toute façon, à Paris, le cirque d'été est bien plus grand que les bâtiments de province. Je pense que tu auras toute la place qu'il faut.

Le lendemain, Olga initia Peter à la danse classique. Elle lui montra comment se déplacer et positionner ses bras en rythme avec la musique. Les mains, même les doigts, avaient leur importance. Elle lui apprit quelques enchaînements simples qu'il pouvait répéter seul. Puis elle le fit monter sur le fil pour vérifier son équilibre. Natacha arriva à ce moment-là et elle n'eut besoin que de quelques minutes d'observation pour apprécier les progrès de Peter et décréter qu'il était doué.

– Comme j'aimerais avoir deux ailes pour m'équilibrer comme tu le fais ! lui confia Olga quand ils rejoignirent le feu pour le dîner.

– Comment avance votre numéro ? interrogea Capucine en les accostant sur le chemin.

– Peter progresse rapidement, expliqua Olga. Il est naturellement doué pour le fil. Il en va autrement de la danse.

Peter grimaça puis changea de sujet en demandant à Capucine ce que les répétitions de son numéro équestre donnaient.

– Super. Les chevaux apprennent vite. Maman a terminé nos costumes. Nous sommes prêts pour Paris.

Peter put enfin se confronter au public quelques soirs plus tard. La caravane s'était arrêtée dans une ville de province non loin de la capitale. Le cirque était petit mais confortable. Peter eut droit à sa place dans les coulisses. En compagnie des autres artistes, il s'habilla, se coiffa et demanda à Capucine de lui brosser les ailes. Malgré une rapide répétition la veille, Peter était terrorisé. Pourtant, il n'avait que deux interventions relativement courtes. C'était juste un test pour voir ce qu'il valait sur la piste. Olga tenta de le rassurer.

– Tu te souviens des jeux de rôle qu'on fait tous

quand on est petit ? C'est la même chose. Tu dois incarner pleinement ton personnage sans te poser de questions. Plus rien n'existe hors de l'histoire qui se déroule dans la lumière. Ailleurs, au-delà du cercle, c'est le noir, le néant. Tu vois ce que je veux dire ?

Peter hocha la tête sans parvenir à desserrer la mâchoire pour parler. Il avait vécu assez longtemps dans un monde imaginaire pour comprendre ce qu'Olga tentait de lui expliquer. Malheureusement, ce n'était pas aussi simple. Tant de pensées traversaient sa tête à chaque seconde. Il se demanda comment les autres faisaient pour avoir l'air si calmes.

– Tu as le trac, expliqua Olga quand il lui posa la question. C'est tout à fait normal. Logiquement, il disparaît dès que tu entres sur la piste.

Soudain, le noir se fit dans la salle et l'orchestre se mit à jouer. Le spectacle commençait. Déjà, Séléné et Moon se préparaient près du rideau qui dissimulait les coulisses aux yeux des spectateurs. Monsieur Loyal était là également. Il mit son chapeau haut-de-forme et s'élança sur la piste où un faisceau de lumière captura sa silhouette.

Les artistes défilèrent à une vitesse folle. Olga fit son numéro de tissus aériens puis Astaroth entra en scène non sans avoir échangé un long regard avec Peter. La première apparition du garçon avait lieu à la fin du passage du démon. Il devait juste entrer à son signal et donner un coup d'ailes qui soufflerait les flammes d'Astaroth tout en provoquant sa mort. Peter n'avait aucun mot à dire, aucun déplacement particulier à faire. Il n'avait aucune raison de s'en faire puisque, lors des entraînements de la veille, il était parvenu sans mal à éteindre le feu du premier coup. La musique monta en intensité dramatique et Astaroth cracha une série de flammes rouge vif. C'était le signal. Alors que la mélodie de l'orchestre se transformait en un air censé évoquer les trompettes du paradis, Peter entra dans la lumière blanche. Il fut un court instant déconcerté par l'éclairage éblouissant. Puis il repéra le cercle de feu. En son centre, le démon cornu joua la surprise. Peter déploya ses ailes en grand et les rabattit violemment vers l'avant. Comme prévu, toutes les flammes furent soufflées. Astaroth laissa échapper un rire démoniaque qui s'éteignit quand Peter l'ange leva un doigt accusateur vers lui. Semblant étouffer, Astaroth porta ses mains à son cou et se laissa tomber à genoux. Puis il tendit les bras et s'écroula dans la sciure de la piste, mort. Peter eut une pensée pour Astaroth et son talent de comédien, mais il se retint de sourire. Les circonstances voulaient qu'il soit sévère. Il baissa son doigt tout en se contraignant à garder son sérieux. Le cirque fut plongé dans le noir quelques instants, ce qui permit à un garçon de piste de couvrir le corps du démon d'une bâche couleur sable. Cet ingénieux camouflage fit disparaître l'homme aux yeux des spectateurs.

Puis la lumière revint sur Peter seul. Le garçon battit trois fois lentement des ailes avant de se détourner et de regagner d'un pas solennel les coulisses. Le noir se fit alors à nouveau. Il y eut quelques applaudissements isolés puis une rumeur monta dans la salle comme un orage d'été. Astaroth arriva en courant et écarta le rideau, rayonnant.

– Bravo Peter ! C'était fantastique ! Tu les as eus ! Écoute comme ils sont emballés.

Des bravos fusaient de la salle ainsi que des acclamations qui ne semblaient plus vouloir s'arrêter. Monsieur Loyal remercia son démon et son ange avant de se précipiter sur la piste et d'annoncer l'entracte. La lumière revint et les spectateurs quittèrent les gradins pour se sustenter.

Peter ne pouvait s'empêcher de sourire. Ça n'avait pas été si difficile après tout.

– Ne laisse pas la tension retomber, lui conseilla Olga après être venue le féliciter. Tu en auras besoin pour tout à l'heure.

Sa seconde apparition intervint une heure plus tard, elle achevait le numéro d'Olga. Alors que la funambule interprétait sa danse sur le fil, il entra sur le balcon de l'orchestre. Un espace avait été dégagé pour qu'il puisse passer sans bousculer les musiciens avec une de ses ailes.

Il se posta sur la rambarde sans bouger. Olga continua à danser sans prêter attention à l'ange debout derrière elle. Puis elle se retourna dans un mouvement lent et sursauta en l'apercevant. Tous ses gestes étaient exagérés pour que le public saisisse ce qui était en train de se passer. La danseuse aussi gracieuse qu'une colombe surprise par un ange véritable. Peter s'avança sur le fil comme elle le lui avait appris. Il prit soin de ne pas regarder en bas et braqua ses yeux sur Olga à deux mètres de lui. Après quelques pas, il se pencha et attrapa la funambule en la soulevant doucement dans ses bras. Olga tressaillit à ce contact. Ce n'était pas ce qui était censé se passer. Peter devait juste saisir sa main et l'amener jusqu'au balcon où ils disparaissaient tous les deux. Mais le garçon venait d'avoir une nouvelle idée, bien plus dangereuse mais plus spectaculaire.

– Peter, qu'est-ce que tu fais ? s'inquiéta-t-elle en remuant à peine les lèvres pour dissimuler sa question aux yeux des spectateurs en contrebas.

– Fais-moi confiance, souffla-t-il à Olga, si légère dans ses bras.

Il sauta du fil. L'air chaud de la salle s'engouffra dans ses plumes alors qu'il se laissait tomber au sol. Il battit deux fois des ailes pour se réceptionner en douceur et déposa Olga dans la sciure de la piste. La funambule eut quelques secondes d'étourdissement avant de se reprendre et de sourire pour saluer la salle.

Alors que les applaudissements commençaient à fuser, elle attrapa Peter par la main et l'obligea à l'imiter. Peter se pencha vers les spectateurs puis rejoignit les coulisses en compagnie d'Olga. Dans sa main, celle de la funambule tremblait.

À peine furent-ils dissimulés aux yeux du public qu'Olga lui lâcha la main.

– Ça ne t'a pas plu ? s'enquit-il.

– Ne refais jamais ça ! gronda l'équilibriste en s'éloignant de lui.

Peter rattrapa son amie sans comprendre. Il pensait qu'elle aurait aimé une telle fin de numéro. Autour de lui, les artistes accouraient pour le salut final. Certains tapaient sur l'épaule de Peter pour le féliciter.

– Je ne comprends pas, confia-t-il, désarmé par la réaction d'Olga.

– C'est mon numéro, Peter. Tu ne peux pas le modifier ainsi sans me prévenir.

– Ce n'était pas prémédité, balbutia Peter. Je voulais… Je me suis dit…

– Tu aurais pu le suggérer pour la représentation de demain. Nous nous serions concertés et je t'aurais peut-être donné mon accord.

Ils furent interrompus par Moon qui venait les chercher en courant.

– Qu'est-ce que vous faites tous les deux ! Loyal vous réclame pour le salut final. Dépêchez-vous !

La jeune fille les attrapa chacun par une main et les tira sur la piste. Les bravos fusèrent de tous côtés. Peter s'obligea à sourire pour donner le change. Loyal vint le chercher et le poussa en avant du groupe. Les applaudissements redoublèrent.

– Bravo Peter, lui glissa le régisseur en s'approchant de son oreille. Tu as fait sensation. Et cette fin, sur le dernier numéro, quelle prodigieuse idée !

Le garçon ailé esquissa un sourire contraint sans répondre. Quand tous regagnèrent les coulisses, il alla s'isoler dans un coin haut perché pour réfléchir. Il ne voulait pas croiser Olga dont la colère l'avait blessé. Sur le coup, il avait aimé l'idée de s'envoler. Ça lui était venu comme ça. Il pensait que la funambule serait ravie d'être emportée ainsi dans les airs. D'ailleurs, monsieur Loyal avait approuvé, lui. Alors où était le problème ? Pourquoi avait-elle réagi ainsi ?

Il était toujours là-haut à méditer quand Capucine le trouva.

– C'est donc là que tu te caches ? râla-t-elle. Tout le monde te cherche pour te féliciter.

– Je ne me cache pas. J'avais juste besoin de réfléchir.

– À propos de quoi ?

Il se trémoussa, gêné. Capucine repéra un escabeau non loin et s'en empara pour l'approcher de la cachette du garçon. Elle grimpa rapidement jusqu'à lui et se glissa dans l'alcôve destinée à abriter d'habitude les rideaux en velours de la salle.

– Vas-y, déclara-t-elle. Raconte-moi ce qui ne va pas.

Peter regarda ses genoux ramenés contre lui.

– Olga s'est disputée avec moi. Elle n'a pas aimé que je change la fin de son numéro.

– Ah ! s'exclama sobrement Capucine avant de poursuivre. L'envol n'était donc pas prévu par vous deux.

Peter fit non de la tête.

– J'ai trouvé cette conclusion vraiment très réussie. Malgré tout, tu n'aurais rien dû changer sans l'accord d'Olga.

– C'est ce qu'elle m'a expliqué ! Mais je ne comprends pas pourquoi.

Capucine portait encore sa tenue de garçon de piste. Elle soupira profondément en retirant sa casquette. Ses cheveux libérés tombèrent de chaque côté de son visage.

– En fait, Olga déteste l'imprévu. Avant chaque spectacle elle vérifie la tension du fil, la position des bandes de tissu pour son autre numéro, la propreté du sol alentour pour ne pas se graisser malencontreusement les pieds. Toute une série de petits trucs qui pourraient perturber sa représentation. C'est une superstition d'équilibriste. Quand on met sa vie en jeu en marchant sur un fil, on ne peut laisser de place au hasard. Ce n'est pas pour rien si Olga s'entraîne autant. Natacha n'est pas la seule à la pousser à la perfection. Olga est également très exigeante avec elle-même.

– Alors, ce changement de dernière minute était...

– Une très mauvaise idée, acheva Capucine. Elle a déjà fait ce numéro une bonne centaine de fois, seule sur le fil. Et pourtant, malgré les risques que cela comporte, elle a accepté que tu y prennes part. C'est une belle preuve de confiance. Mais voilà, tu décides au dernier moment de passer outre les répétitions et, sans la consulter, tu changes la conclusion du numéro, son numéro.

– Je suis désolé, gémit Peter en posant son menton sur ses genoux.

– Bah ! Ne t'inquiète pas. Elle t'aime bien, alors elle va te faire un sermon et puis ce sera passé. D'autant que ton idée pour la fin était excellente. J'ignorais que tu pouvais voler avec quelqu'un dans les bras.

– Je n'ai fait que planer, ce n'est pas la même chose que voler.

Capucine lui posa sa casquette sur la tête en souriant timidement.

– J'aimerais bien que tu planes avec moi. Un jour. Si tu veux bien.

Bizarrement, cette demande fit rougir Peter sans qu'il comprenne véritablement pourquoi. Sans attendre sa réponse, Capucine sortit de l'alcôve en empruntant l'escabeau. Le garçon sauta d'un bond hors de sa cachette, les ailes écartées, pour rejoindre son amie.

Ils traversèrent les coulisses désertes, passèrent les écuries et quittèrent le cirque par la sortie des artistes. Un grand terrain vague juste à côté était occupé par les roulottes. Astaroth, comme à son habitude, avait allumé un beau feu. Des petits groupes mangeaient et buvaient, un violon jouait une complainte.

Capucine avait raison. Olga ne lui en voulait déjà plus. Elle lui fit la leçon, secoua la tête pour souligner son mécontentement puis sourit quand Peter s'excusa. Elle alla même jusqu'à lui donner raison quand ils débattirent de la fin. Elle reconnut que c'était un choix excellent.

13

Ils reprirent la route quelques jours plus tard. Il leur restait une ville étape avant leur première grande destination : Paris. Les représentations étaient une source de préoccupation pour Peter. Néanmoins, au bout d'une demi-douzaine de passages, il s'était habitué à ses petites apparitions et avait vaincu sa peur du public.

À nouveau sur la route, le cirque des Merveilles fit une halte exceptionnelle d'un jour et de deux nuits pour donner un coup de neuf aux voitures de la caravane. Il ne restait que quelques kilomètres avant l'arrivée à la capitale et tout devait être parfait pour le moment où ils défileraient dans les rues larges et bondées de la grande ville.

La roulotte de Peter eut droit à une attention particulière. Les murs écaillés furent frottés puis recouverts d'une double couche de peinture bleue. La cloison du fond fut découpée pour faciliter le passage de son occupant. Un pistard à la double casquette d'ébéniste avait confectionné depuis quelques soirs déjà une paire de larges ailes en bois. Il les fixa de chaque côté de la porte d'entrée quand la peinture fut sèche. Capucine avait récupéré une tête d'angelot pour l'accrocher juste au-dessus de la fenêtre. Enfin, Giuseppe entra en scène. Le clown révéla ses talents d'artiste-peintre pour dessiner sur les flancs de la roulotte une silhouette ailée encerclée par un vent de plumes. Pendant ce temps, Carmen se glissa dans l'habitacle et accrocha les rideaux blanc et or préparés pour Peter en cachette.

Enfin, Peter gagna officiellement sa place dans le cirque quand on fit passer sa roulotte devant celles des garçons de piste, juste après la double voiture d'Anubis et de ses fauves. La caravane était fin prête pour le lendemain. Paris était à portée de main.

La nuit passa à toute vitesse. Au matin, les chevaux harnachés, la caravane se mit en ordre de passage et s'ébranla. La campagne céda rapidement la place à des faubourgs cossus, puis les roulottes franchirent une dernière colline et la capitale se dévoila aux regards des passagers. Dans ce beau matin d'été, les toits en ardoise s'étendaient à perte de vue, légèrement voilés par la fumée de milliers de cheminées. La Seine dessinait un gigantesque méandre dans les rayons du soleil. Au bord du fleuve, dressée comme un pic solitaire, la tour Eiffel s'élevait, majestueuse. Elle n'avait pas été démontée après l'Exposition universelle de 1889, ni après celle de 1900. Elle semblait maintenant faire partie du paysage parisien.

– Nous allons faire halte ici pour nous préparer au défilé. La porte Maillot est juste après, expliqua Capucine en montrant une place non loin où plusieurs artères se rejoignaient.

La route qu'ils venaient d'emprunter était une des plus larges que Peter eût jamais vues. D'un côté s'élevait un bois épais tandis qu'il devinait des cultures de l'autre côté. La caravane s'était déportée vers la droite pour ralentir sans gêner la circulation, qui ne cessait d'être de plus en plus importante.

– Je pense que le plus spectaculaire, c'est que tu t'installes sur le toit de la roulotte comme tu le fais d'habitude, continua Capucine en tirant sur les rênes pour stopper Rhiannon.

– Tu ne vas pas défiler à cheval ? s'étonna Peter.

– Qui conduirait ta roulotte dans ce cas ?

Peter semblait déçu que son amie ne participe pas.

– Ne t'inquiète pas, le rassura-t-elle. La parade ne sert qu'à appâter le chaland. Un garçon avec des ailes est un meilleur atout qu'une fille sur un grand cheval.

Devant eux, les artistes se préparaient. Abdallah fit sortir son chameau déjà harnaché pour l'occasion et aida sa femme à s'installer dessus. Anubis libéra ses deux panthères les moins farouches pour les promener en laisse. Les musiciens s'avancèrent en tête du cortège en entamant un air entraînant. Peter finit par monter sur le toit.

– Rappelle-toi les deux S : sourire et saluer, dit la voix de Capucine en contrebas, imitant l'accent paternel.

La caravane reprit sa route en musique. Ils croisèrent plusieurs boulevards sans stopper leur progression. Leur défilé, assez inhabituel, ralentissait la circulation le temps de leur passage. Pourtant, les policiers chargés du trafic ne semblaient pas s'en offusquer. Ils les laissaient passer, ravis de l'attraction, et regardaient alternativement le clown, le cracheur de feu ou le chameau sans réussir à dissimuler leur sourire derrière leur moustache ou leur sifflet. Debout sur sa roulotte, Peter ne manqua pas d'attirer l'attention. Les gens l'examinaient avec de grands yeux interloqués et le montraient du doigt. Certains se frottaient même les paupières pour être sûrs de bien voir.

La tête de Capucine apparut au bout d'un quart d'heure.

– Alors ? Tu t'amuses ?

– Beaucoup, répondit Peter, sincère.

Il s'approcha du bord de la toiture pour parler avec son amie tout en la laissant conduire.

– Je ne pensais pas que ce serait aussi distrayant, confia-t-il.

– Tu es déjà venu à Paris ? interrogea Capucine.

– Jamais, avoua Peter en continuant à saluer les groupes de badauds.

– Alors ouvre bien tes yeux parce que nous arrivons à l'Arc de Triomphe.

Il était difficile de rater l'immense monument. L'arche s'élevait plus haut que la cime des arbres bordant l'avenue. Au moins une dizaine de routes confluaient ici. Les voitures à moteur, les autobus à cheval et les fiacres se déversaient sur la place dans un brouhaha étourdissant. Malgré le trafic, la parade du cirque continua sa route à son rythme et s'engagea dans les Champs-Élysées.

– Notre destination est au bout de l'avenue, précisa Capucine en élevant la voix pour couvrir le vacarme ambiant. Le cirque d'été se situe dans les jardins des Champs-Élysées. Tu vas voir, c'est un endroit rudement chouette.

Ils progressèrent encore une vingtaine de minutes avant de bifurquer dans les jardins. Le calme des lieux fit du bien à Peter. Il commençait à être fatigué par le bruit de la grande artère et incommodé par la fumée âcre qui se dégageait des moteurs à explosion. Il descendit de la roulotte en amortissant sa chute d'un coup d'aile. Des promeneurs s'arrêtèrent pour regarder passer la caravane.

Il ne devait pas être loin de midi, des nourrices entourées d'enfants tentaient par tous les moyens d'empêcher leurs bambins de s'approcher des fauves ou du chameau. Peter fut vite entouré par une nuée de petits garçons en costume marin et de fillettes en robe blanche. Tout en gardant une distance de sécurité avec lui, ils le suivaient avec un air impressionné comme si ses ailes étaient quelque attribut magique d'un monde féerique. Les adultes, quant à eux, gardaient une attitude plus réservée. Ils jetaient un œil mi-amusé, mi-dubitatif sur le garçon ailé, tout en cherchant une trace de bretelle ou d'attache qui les aurait rassurés sur le fait que ses ailes étaient fausses.

Au détour d'un massif d'arbres, apparut le cirque d'été. Le moins qu'on puisse dire, c'est qu'il était impressionnant. Plus grand que les autres cirques que Peter avait pu voir, le bâtiment ressemblait un peu à un temple romain. Son entrée était marquée par quatre colonnes corinthiennes qui supportaient un fronton triangulaire décoré d'une frise évoquant des muses à cheval.

La caravane contourna le cirque et stoppa dans une contre-allée ombragée. Capucine descendit de la roulotte en s'étirant.

– Enfin arrivés ! s'exclama-t-elle, visiblement ravie.

– Le cirque est magnifique ! s'enthousiasma Peter en la rejoignant.

Les enfants avaient finalement abandonné la poursuite pour rejoindre leurs parents. Sur un signe de Capucine, Peter et elle commencèrent à détacher le harnachement de Rhiannon.

– Tu n'as encore rien vu, sourit son amie. L'intérieur est si luxueux qu'on se croirait dans un palace. Il y a des lustres en cristal dans le hall d'entrée et dans les travées, des vitraux au plafond et de larges coulisses.

Ils entrèrent dans le cirque par les écuries. Les lieux étaient propres, et de la paille fraîche attendait les chevaux. Après avoir laissé Rhiannon devant un seau de graines, ils s'enfoncèrent dans les coulisses.

– Pourquoi les couloirs sont-ils aussi larges ? s'étonna Peter.

– Pour laisser passer un éléphant.

Peter crut que Capucine plaisantait.

– Tu es sérieuse ? Un éléphant ?

Capucine confirma d'un signe de tête avant d'expliquer :

– Certains cirques viennent avec des animaux exotiques. Girafes, éléphants… Les couloirs ont été élargis à cette intention.

Ils arrivèrent enfin sur la piste. À cette heure, les gradins étaient plongés dans la pénombre. Quelques rayons de soleil traversaient les vitraux colorés du plafond pour venir mourir sur le velours des fauteuils. Des grains de poussière dansaient dans la lumière. Leurs pieds laissèrent des empreintes dans le mélange tout frais de sable et de sciure qui avait été étalé et ratissé. La voix de Capucine résonna étrangement dans le grand théâtre circulaire.

– La première représentation est dans deux jours. Tu verras comme c'est beau quand les lustres sont tous allumés.

14

Ils passèrent le reste de la journée à transférer des malles des roulottes aux loges du cirque d'été. Le soir tomba doucement. Peter, Olga, Capucine, Ali et Simbad s'assirent dans la pelouse pour regarder le ciel devenir rose à l'horizon des grands arbres du parc. Non loin d'eux, une fontaine chantait et désaltérait une fratrie de moineaux assoiffés. Les familles de parisiens rentraient chez elles, poussées par le gardien du parc qui allait fermer les grilles pour la nuit. Peter se sentait serein.

Il n'en était pas de même pour tout le monde. Frappé d'une interdiction de faire du feu, Astaroth tournait en rond. Sa nervosité ne faisait qu'augmenter de minute en minute, comme si les flammes étaient un élément essentiel à sa survie. Finalement, Léon Zapatilla dénicha un baril dans lequel Astaroth déposa de quoi allumer un feu. Alors que les flammes s'élevaient, Peter s'approcha de monsieur Loyal, légèrement en retrait.

– Comment arrivez-vous à gérer ça ?

– De quoi parles-tu ? demanda Léon en gardant un œil sur son ami cornu.

– La pyromanie d'Astaroth.

L'homme se tourna vers Peter pour l'observer silencieusement.

– Parfois, ton air innocent me fait oublier combien tu es intelligent, finit-il par avouer.

Il laissa échapper un long soupir puis il baissa les yeux sur ses bras croisés.

– Depuis que je le connais, Astaroth est ainsi. Chez lui, le feu est plus qu'une fascination, c'est un besoin. C'est la raison pour laquelle il a la charge d'allumer le feu le soir. Quand nous sommes en ville, les représentations suffisent à calmer ses pulsions incendiaires. Mais ici, dans un parc, aucune flamme n'est autorisée et le gardien veille au grain.

– Le coup du bidon était une bonne idée.

Zapatilla hocha la tête avant de se détourner du spectacle offert par l'homme cornu et de baisser la voix.

– Si je ne trouvais pas une solution, Astaroth serait capable d'aller allumer un incendie rien que pour le plaisir de profiter des flammes. Parfois, j'ai l'impression qu'il a vraiment été un démon dans une autre vie. Mais tu sais, malgré son côté obscur, c'est mon meilleur ami.

– Il dit la même chose de vous et aussi que vous veillez sur lui.

– C'est la vérité, reconnut Zapatilla en passant affectueusement sa main dans les cheveux en bataille du garçon. Il y a une réciprocité. Je veille sur lui autant que lui sur moi.

Peter désigna le bidon enflammé d'un coup de menton en ajoutant que le régisseur semblait quand même en faire plus. Léon Zapatilla devint soudain plus grave.

– Détrompe-toi. Nombre de dangers guettent les membres d'un cirque et leur régisseur.

– Comme ?

– Comme des choses que tu n'as pas besoin de connaître. Va plutôt rejoindre tes amis et profiter de ta soirée. Les prochains jours ne seront pas aussi libres. Précise à Capucine que je vous donne jusqu'à onze heures.

Le régisseur se détourna pour aller rejoindre son ami près du bidon enflammé. Peter alla s'agenouiller sur la pelouse où ses amis étaient toujours allongés. Entre-temps, Séléné et Moon s'étaient jointes au groupe.

– Alors ? questionna Capucine en s'asseyant en tailleur. Vous discutiez de quoi, Papa et toi ?

– De choses et d'autres. Il m'a transmis une étrange consigne.

– Laquelle ? demanda la dresseuse de chevaux.

Elle souriait comme si elle en connaissait la teneur. Peter répéta les propos de Zapatilla.

– Génial ! s'exclama Capucine en sautant sur ses deux pieds.

Les autres enfants marquèrent un même enthousiasme. Seul Peter se demandait de quoi il était question. Il se renseigna auprès d'Olga.

– Nous avons quartier libre jusqu'à onze heures.

– La rue est à nous ! rugit Simbad.

– La rue ? s'étonna Peter. Mais quelle rue ? Nous sommes enfermés dans un parc.

Ali précisa qu'il y avait bien des moyens de sortir d'une cage avant de partir en courant. Tous le suivirent et Peter ne put que les imiter sans vraiment comprendre où ils allaient. Ils s'enfoncèrent jusqu'à un coin ombragé du parc, à l'angle d'une allée de charmes bordés de buissons aux fleurs jaunes. Ali contourna la barrière naturelle des fourrés pour y disparaître. Sa voix retentit de l'autre côté.

– C'est bon. Il est toujours là !

– Alors allons-y, annonça Capucine.

Elle s'enfonça à son tour, suivie de Séléné, Moon et Simbad. Il ne resta plus qu'Olga et Peter.

– Que fait-on exactement ? s'inquiéta le garçon.

Olga posa sa main sur celle de Peter pour l'apaiser.

– Nous allons juste nous balader. Suis-moi, je vais te montrer.

Elle serra la main de son ami et l'emmena. Ils firent le tour du buisson et se retrouvèrent face à la grille des jardins. Des pics interdisaient à qui que ce soit de passer au-dessus.

– Comment fait-on pour passer ?

– Ici, lui montra Olga.

Elle désignait la colonne de brique qui marquait l'angle du parc.

Bizarrement, la grille s'arrêtait quelques centimètres avant comme si l'ouvrier chargé de la construction de la clôture n'avait eu ni le courage ni le matériel pour terminer proprement l'enceinte. L'espace n'était pas suffisant pour un adulte mais il laissait juste assez de place pour qu'un enfant puisse s'y glisser. Olga s'appuya contre la colonne et fit un pas sur le côté en frôlant à peine la grille. Elle rejoignit le reste de la bande dans la rue.

– À toi Peter ! l'encouragea Capucine.

– Je ne peux pas, se désola le garçon en secouant la tête.

Un concert de protestations accueillit sa remarque. Olga s'approcha en le regardant à travers les barreaux. Peter eut soudain l'impression d'être en cage. Un éclair illumina le visage de la jeune Russe.

– Tes ailes ! s'exclama-t-elle.

Il hocha la tête sans rien ajouter. La funambule avait résumé le problème.

– Quoi ? demanda quand même Simbad.

– Peter ne peut pas se glisser dans le passage à cause de ses ailes.

– Eh bien, il n'a qu'à voler, conclut Moon comme si c'était une évidence.

C'était tellement simple que Peter avait failli ne pas y penser. Seulement, il ne pouvait décoller d'ici. Pas sous cette frondaison. Il proposa au groupe de le rejoindre devant le portail un peu plus loin. Ils s'élancèrent le long de la grille tandis que Peter contournait à nouveau le buisson de fleurs jaunes. Les portes étaient tout près. Tout en courant dans l'allée d'arbres, il retira la cape qui couvrait son dos et écarta les ailes. Il décolla en quelques battements. À quatre mètres du sol, il fit un virage au bout de la charmille et franchit le portail sans aucun effort. Il replia doucement ses ailes et se laissa tomber dans la rue aux côtés de ses amis.

– Je ne me lasse pas de te regarder voler, s'extasia Séléné avec un large sourire. À chaque fois, j'ai l'impression qu'un prodige s'accomplit.

– C'est surtout parce que tu as le béguin pour Peter, railla Moon.

– Pas du tout ! s'empressa de rétorquer sa sœur en s'empourprant.

– Bon, s'avança Ali pour clore le débat des jumelles qui commençaient à se chamailler. Où va-t-on ?

– C'est à Peter de choisir, décréta Capucine en aidant l'intéressé à enfiler sa lourde cape. C'est ta première fois à Paris. Peter ?

Les enfants se tournèrent vers lui, attendant avidement sa réponse. Le garçon n'eut pas longtemps à chercher. Il se souvenait encore de la discussion qu'il avait eue un jour avec Jeanne Petons sur la capitale. Cette dernière lui avait raconté sa visite à Paris et son coup de cœur pour celle qu'on appelait la dame de fer.

– Je voudrais aller au pied de la tour Eiffel.

– Ah ! C'est trop loin, gémit Moon.

– Elle a raison, ajouta Ali. Désolé, mais il faudrait au moins une heure pour y aller et une autre pour rentrer.

– Qu'est-ce que vous faites d'habitude ? s'enquit Peter un peu déçu.

– On vadrouille, répondit Simbad.

– On marche le long des Champs-Élysées, renchérit Moon.

– On va voir l'obélisque, ajouta Olga.

– L'obélisque ? s'étonna Peter.

Olga lui décrit le monument et résuma brièvement son histoire. Peter fut séduit. La tour Eiffel attendrait, il voulait voir le monolithe égyptien.

Ce fut une bonne soirée. Après avoir fait le tour de l'obélisque et examiné ses nombreux hiéroglyphes, ils flânèrent dans la rue jusqu'à un café où ils commandèrent des laits chauds. Puis ils reprirent le chemin des jardins nord des Champs-Élysées en passant par les petites rues. Au détour de l'une d'elles, ils tombèrent sur un groupe de cinq enfants de leur âge assis sur des caisses en bois. Ils s'examinèrent mutuellement sans rien dire. Séléné se rapprocha de Peter pour attraper sa main et la serrer fort, Moon se plaça de l'autre côté, imitant sa sœur sans en avoir conscience.

Alors qu'ils allaient dépasser la bande, le plus âgé sauta de sa caisse et se plaça en travers du chemin. Il avait le visage couvert de boutons et de crasse. Les quatre autres l'imitèrent après un moment d'hésitation. Ils étaient, comme leur chef, d'une propreté douteuse, vêtus de vêtements rapiécés et chaussés de grosses galoches. Ali tendit les bras pour arrêter son propre groupe. Le boutonneux cracha par terre devant les pieds de Peter.

– C'est notre rue, annonça-t-il, les mains dans les poches. Si vous voulez passer, il faut raquer.

– Raquer ? demanda Olga.

– Ils veulent qu'on paie un droit de passage, traduisit Ali.

– Rebroussons chemin et prenons une autre rue, déclara Capucine.

– Je ne crois pas, ma jolie, menaça le boutonneux en faisant un pas vers eux. Maintenant que vous êtes rentrés dans notre rue, il faut sortir l'oseille. Jean-Jean ?

Sur sa droite, un grand garçon au pantalon trop court sortit un objet de sous sa ceinture. Une lueur argentée brilla.

– Il a un couteau ! hoqueta Séléné en se raidissant.

– Un épluche-patates, plaisanta Ali d'un air lugubre en écartant son veston pour révéler une dague bien plus longue et acérée. Ça, c'est un vrai couteau.

Il jongla quelques secondes avec l'arme pour prouver qu'il savait s'en servir. Les autres en face pâlirent à vue d'œil. Seul le boutonneux ne se laissa pas démonter.

– Ma parole, mais tu sors d'où ? s'exclama-t-il d'un air contrarié. J'ai jamais vu une lame comme celle-ci.

– C'est un kunaï, un couteau de lancer japonais, expliqua Ali sans baisser sa garde. C'est un samouraï qui me l'a donné.

– Un samou… quoi ? ricana l'autre avant de faire une pause le temps d'observer les compagnons de son adversaire. Franchement, c'est quoi cette troupe que tu trimbales ? Un bossu, deux greluches et des jumelles fantômes.

– Greluche ? répéta Olga sans comprendre le mot.

– C'est nous que tu traites de greluches ? s'indigna Capucine.

– On vient d'un cirque, avoua Ali en posant une main sur l'épaule de son amie pour la calmer.

– Et je ne suis pas bossu, ajouta Peter en lâchant les mains des jumelles pour ôter sa cape.

Il écarta ses ailes. Leur envergure était si grande que les rémiges frôlèrent les murs de chaque côté de la rue. La bande du boutonneux ouvrit une bouche béante et leur chef lâcha un juron particulièrement grossier.

– Et nous ne sommes pas des fantômes, renchérit Séléné en rejoignant sa sœur.

En un rien de temps, Moon fut debout sur les épaules de Séléné. Elles écartèrent les mains pour saluer leur nouveau public.

– Nous sommes des acrobates, acheva Moon.

La tension s'était évaporée au fur et à mesure que chacun révélait sa véritable nature. La bande de gamins des rues n'avait plus rien de menaçant. Ils étaient juste redevenus des enfants en admiration devant le spectacle qu'offrait la troupe d'Ali.

– Ça vous dit, une invitation au cirque ? proposa le fils du magicien.

– Et comment ! s'enthousiasma le boutonneux alors que ses compagnons acquiesçaient avec ferveur.

Ali leur donna rendez-vous devant l'entrée des artistes du cirque d'été pour le lendemain, 15 heures. Quand il leur demanda s'ils savaient où c'était, le chef de bande grimaça en dévoilant ses dents cariées.

– Oh oui, on connaît bien. Le gardien ne peut pas nous voir en peinture.

– Je suis sûr que vous saurez vous glisser jusqu'au cirque sans être vus.

– Compte sur nous. Moi, c'est Maurice, mais tout le monde ici m'appelle Momo. Les autres s'appellent Jean-Jean, Francis, Mario et Bernard.

Ali serra fermement la main que lui offrait le boutonneux. Les deux groupes se quittèrent avec des au revoir réjouis. Peter remit sa cape. Il était encore étonné de la façon dont les choses avaient tourné. Ali semblait avoir l'habitude de ce genre de situation.

– Tu les as invités pour la répétition générale de demain ? interrogea-t-il. Tu penses que monsieur Loyal sera d'accord ?

– Capucine ? appela Ali pour l'inviter à répondre à sa place.

– Oui. Papa croit en la rédemption. Il dit qu'il faut toujours laisser une chance même aux pires d'entre nous.

– Ils n'avaient pas l'air si méchants, relativisa Séléné.

– Arrête, tu as failli pleurer quand le grand a sorti son couteau, railla Moon.

– Heureusement que mon frère leur en a mis plein les yeux, se gaussa Simbad.

Ali haussa humblement les épaules en expliquant qu'il prenait quelques cours auprès de Kyô.

Ils rentrèrent sans embûches jusqu'au parc. Peter survola à nouveau le portail tandis que les autres se glissaient par le passage secret. Chacun rentra dans sa roulotte et Peter regagna la sienne, enchanté par la soirée qu'il venait de passer.

15

La bande à Momo fut particulièrement ponctuelle pour une troupe de gamins des rues. Ils se présentèrent à l'entrée des artistes alors que les cloches du quartier sonnaient trois coups. Ce fut Astaroth qui leur ouvrit. Les garçons restèrent bouche bée, hésitant à fuir devant l'homme cornu au regard sévère. Heureusement, Ali et Peter n'étaient pas loin. Ils se glissèrent devant Astaroth pour accueillir leurs cinq nouveaux amis de façon plus civilisée.

– On vous attendait, déclara Ali. Entrez, ne faites pas attention au démon.

Les garnements balbutièrent un peu avant de suivre les deux garçons jusqu'à la salle de spectacle. Ils traversèrent les coulisses en jetant des coups d'œil hallucinés de tous les côtés. Debout au milieu de la piste, monsieur Loyal dirigeait les derniers réglages de l'éclairage. Ali et Peter lui présentèrent Maurice et ses acolytes. L'homme les considéra le sourcil froncé avant de donner ses consignes.

– Alors voilà comment ça se passe. Vous vous choisissez un fauteuil et vous posez vos fesses dessus. Pas de pied sur le velours où je vous coupe un doigt. Vous volez quelque chose, je vous tranche la main. À la fin de la répétition, vous venez me voir, moi et personne d'autre. On parlera. Compris ?

Les cinq garçons hochèrent prestement la tête. Ils allèrent s'installer au premier rang et ne bougèrent plus de toute la représentation. Quelques minutes plus tard, monsieur Loyal donna le signal du départ en entamant son discours d'introduction. Les musiciens se mirent à jouer et les jumelles, levées plus tôt pour l'occasion, ouvrirent le bal en jonglant. Suivit le numéro de Kyô. L'interprétation du samouraï avait été légèrement modifiée puisque Natacha l'assistait désormais, habillée à la japonaise et cible privilégiée de ses lancers de couteaux. Pépé intervenait juste après en tenue clownesque de monsieur Loyal. Entrèrent ensuite quatre chevaux montés par trois cavaliers. Des coulisses, Peter eut un aperçu du numéro de Capucine. Seule face aux immenses shires, une simple cravache de dressage dans la main, elle paraissait bien petite. Debout sur le dos des chevaux, Martial et Carlos jouèrent les équilibristes en enchaînant des figures de plus en plus risquées, tandis que leur sœur menait la danse sans frémir. Après une dernière ruade, les quatre montures sortirent seules tandis que Capucine et ses frères saluaient un public qui se réduisait à cinq gamins et au personnel permanent du cirque d'été. Pendant que deux garçons de piste ratissaient la sciure de la piste, le spectacle continua dans les hauteurs avec Olga et ses tissus aériens. Enfin, Pépé revint pour jouer au dresseur de chien, imitant les gestes de Capucine quelques minutes auparavant. Puis Astaroth entra en scène dans un cercle de feu. Quand celui-ci s'éteignit sous le souffle des ailes de Peter, monsieur Loyal fit son apparition.

– Très bien ! On enchaîne tout de suite avec la deuxième partie et Pépé. En piste !

Le clown s'était changé. Il portait deux petites ailes marron dans le dos et fit semblant de voler avec des mimiques hilarantes. C'était le numéro que Peter redoutait de voir depuis que Capucine lui en avait parlé. Il n'y avait pas de quoi. Pépé ne le ridiculisait pas, bien au contraire. Cette parodie était comme un clin d'œil sympathique à sa propre personne.

La valse des numéros continua avec les jumelles aux trapèzes, Abdallah le magicien puis de nouveau Pépé en tenue de chef d'orchestre semant la zizanie parmi les musiciens. Après Anubis et ses fauves, ce fut le tour de Peter et Olga. Sur l'air du *Lac des cygnes*, Peter entra et déploya ses ailes. Il esquissa sur la piste quelques pas répétés des dizaines de fois puis leva les yeux vers Olga qui apparut sur son fil. Ils avaient échangé les rôles du ballet. Elle était la princesse destinée à être mariée sans amour et lui l'homme transformé en cygne à la suite d'une malédiction. La funambule dansa quelques minutes sur le fil puis Peter prit son envol pour la rejoindre. C'était un exercice délicat car il devait décoller sans élan. Pour l'occasion, la piste avait été recouverte d'une bâche afin d'éviter que le public ne reçoive dans les yeux de la poussière de bois soulevée par le souffle des ailes. Il posa avec légèreté le pied sur le fil et exécuta avec Olga une chorégraphie censée exprimer une succession de sentiments : la rencontre, le trouble, l'hésitation, la séduction puis l'amour. Il termina en prenant la funambule dans ses bras et en se laissant tomber au sol, amortissant seulement sa chute au dernier moment de deux battements d'ailes puissants.

Ils saluèrent et s'éclipsèrent en coulisses. Peter était étourdi. Ce dernier numéro ajouté à l'excitation de la représentation l'avait épuisé.

– Salut général, lui rappela Olga en l'attrapant par la main et en le ramenant sur la piste.

Ils saluèrent encore une fois, entourés de tous les artistes du cirque. Cette fois, Capucine était des leurs. Peter lui sourit et applaudit à son intention pour lui montrer combien son numéro lui avait plu. Elle lui retourna le compliment.

– Bravo à tous ! s'exclama monsieur Loyal. C'était parfait. Vous êtes prêts pour demain. Je vous préviens, il y aura tout le gotha parisien et pas mal de journalistes. Alors je compte sur vous pour être aussi talentueux qu'aujourd'hui. Rompez !

Alors que chacun repartait vers les coulisses, Peter, Capucine, Olga, Séléné et Moon restèrent. Ils furent rapidement rejoints par Ali et Simbad. Tous voulaient savoir à quelle sauce Maurice et ses acolytes seraient mangés.

Monsieur Loyal était resté lui aussi. Il attendit les bras croisés que Maurice, Jean-Jean et les autres se présentent devant lui. La bande approcha, intimidée.

– Alors ? interrogea le régisseur. Ça vous a plu ?

– Incroyable ! s'écria Francis.

– Génial ! s'emballèrent Mario et Bernard.

Jean-Jean applaudit et Maurice se fendit d'un large sourire. Zapatilla leva les mains pour rétablir le silence. Il prit le temps d'examiner chacun d'entre eux.

– Ça vous dirait de travailler pour moi ?

– Travailler ? s'étonna Maurice. Personne ne nous fait assez confiance pour nous confier un boulot. Pourquoi le feriez-vous ? Vous ne nous connaissez même pas.

– Je vous propose de vous engager pour la totalité des représentations, soit deux semaines de travail à plein temps. Nous avons augmenté le nombre de numéros donc j'ai besoin de pistards supplémentaires. Dois-je demander l'autorisation de vos parents ?

Maurice laissa échapper un gloussement amusé avant d'ajouter que trois d'entre eux étaient orphelins. Pour les autres, moins leurs parents les voyaient, mieux ils se portaient. Ses acolytes hochèrent la tête pour approuver.

– Si vous voulez séjourner ici, je peux même vous trouver un coin où dormir à condition que vous acceptiez de vous décrasser, ajouta le régisseur en les détaillant des pieds à la tête. Il y a des lavabos dans les loges.

Les enfants s'interrogèrent du regard. Ils hésitaient. Décidément, la proposition était trop belle pour être vraie. Jean-Jean échangea un coup d'œil avec Maurice avant de prendre la parole à son tour.

– Pourquoi faites-vous ça ? Nous aider, je veux dire, articula-t-il d'une voix typique d'adolescent en train de muer.

– Parce que j'ai été dans votre situation. Quelqu'un m'a sorti de la rue quand j'étais jeune pour m'offrir la même chance. Si je ne l'avais pas saisie, je ne serais pas là aujourd'hui. C'est à votre tour de faire un choix.

Les garçons reculèrent de quelques pas et formèrent un cercle pour débattre entre eux de la proposition. Peter les vit hocher la tête à plusieurs reprises. Finalement, Maurice se redressa.

– C'est d'accord. On reste.

– Marché conclu dans ce cas, déclara Zapatilla en

serrant la main de chaque garçon avant d'appeler d'une voix de stentor. Vladislav !

Le pistard large comme une armoire fit son apparition. Sa veste déboutonnée rouge et bleu laissait apparaître son débardeur blanc. Il s'approcha du groupe en boitant légèrement de la jambe gauche.

– *Da, direktor ?*

– Voici tes nouvelles recrues. Tu sais ce qu'il te reste à faire.

L'homme musclé hocha la tête et montra les dents dans un rictus qui devait s'apparenter à un sourire. Peter en eut froid dans le dos. Il savait qu'il ne fallait pas contrarier le chef des pistards.

– Vous. Venez avec moi, ordonna-t-il. Puisque vous êtes déjà sales, vous allez aider aux écuries.

– Quoi ? commença à protester un des garçons. Mais ce n'est pas…

Il reçut de la part de Vladislav une tape sur la tête qui le fit taire.

– Toi, tu parles que quand je l'autorise. C'est moi le patron maintenant. Aux écuries !

Une fois que les garçons eurent disparu dans les coulisses, Peter se tourna vers le régisseur.

– C'est vrai ce que vous leur avez dit ? Vous avez été un gamin des rues ?

– Dans une autre vie, oui, acquiesça rêveusement le moustachu.

Ali fit remarquer que travailler sous les ordres de Vladislav était un véritable défi. Tous approuvèrent silencieusement, ils semblaient compatir au sort de Maurice et ses amis. Comme si elle s'excusait, Capucine ajouta que c'était une bonne façon de tester leur motivation. Alors que monsieur Loyal prenait à son tour la direction des loges, Peter demanda :

– Comment pouvez-vous être si confiants alors que vous ne les connaissez même pas ?

Zapatilla se retourna pour poser une main ferme sur l'épaule du garçon.

– Je ne les aurais pas placés entre les mains de Vladislav si je leur faisais totalement confiance. Capucine et Ali ont raison, c'est un test. S'ils réussissent, ils seront engagés pour la tournée. S'ils échouent, ils retourneront à la rue.

Peter hocha la tête. Pourtant, le régisseur ne semblait pas en avoir fini avec les explications. Il posa son autre main sur l'épaule libre de Peter.

– Tu sais, Peter, mes pistards ont tous été recrutés de cette façon. Avant de rejoindre la famille du cirque, chacun d'eux a été un jour brigand ou voleur à la petite semaine.

Peter essaya de cacher sa surprise, mais ses ailes dévoilèrent ses pensées en tressaillant. Jamais il n'aurait pensé que les hommes forts de la troupe avaient un passé tumultueux.

– Ça t'étonne, n'est-ce pas ? s'amusa Zapatilla. Cher petit oisillon, tu sais pourtant déjà qu'on peut avoir plusieurs existences en une seule vie. En attendant, allez tous vous reposer, vous avez bien travaillé.

Peter méditait encore les paroles du régisseur quand il alla se coucher. Puis il repensa au mot employé par Capucine. La rédemption. Les deux allaient de pair. On pouvait commencer sa vie comme gamin des rues à voler et rançonner les plus faibles puis changer de voie pour suivre un meilleur chemin. Léon Zapatilla offrait cette chance-là. Avant de plonger dans le sommeil, il ressentit de la fierté de travailler pour un homme aussi honnête que l'Espagnol.

III

LE PLUS GRAND CHAPITEAU DU MONDE

1

La représentation du lendemain fut un énorme succès. Le public resta longtemps à applaudir les artistes du cirque des Merveilles. Zapatilla semblait enchanté par l'ovation. Il serra même quelques mains de personnalités influentes comme le maire et des entrepreneurs en vogue. Il y eut une seule ombre au tableau, un peu plus tard dans la soirée.

Alors qu'Astaroth était en train de faire chauffer un thé en compagnie de Peter et Capucine, un pistard vint prévenir le démon. Le régisseur était peut-être dans une situation délicate qui nécessitait sa présence. Astaroth se leva prestement en exigeant des deux enfants qu'ils l'attendent. Peter et Capucine, piqués par la curiosité, ne lui obéirent pas. Ils le suivirent discrètement et le virent rejoindre deux silhouettes en pleine conversation devant les piliers qui marquaient l'entrée du cirque d'été. Le régisseur tenait tête à un homme au front dégarni, serré dans un costume noir. L'inconnu n'était pas venu seul, il était escorté par un géant posté dans l'ombre des colonnes. Peter comprit pourquoi le pistard avait averti Astaroth. Il était nécessaire d'équilibrer les forces en présence. Le démon vint se placer quelques pas derrière Léon Zapatilla et croisa les bras. À sa vue, l'homme dégarni sembla déstabilisé quelques secondes. Il reprit cependant vite contenance pour afficher un détestable sourire mielleux. Capucine et Peter tendirent l'oreille.

– Allons, monsieur Loyal. Je veux juste le rencontrer, vous ne pouvez m'interdire cela.

– Je le peux et je le fais, monsieur Magnum. Ce n'est qu'un enfant dont les parents m'ont confié la garde.

– Peter, glissa Capucine à voix basse. Est-ce qu'ils ne seraient pas en train de parler de toi ?

Sans se départir de son sourire doucereux, monsieur Magnum fit signe à l'homme derrière lui. Le colosse vint se placer à ses côtés. Il n'était pas juste grand, tout en lui paraissait surdimensionné. Il possédait des mains larges comme des battoirs, des pieds interminables et une tête plus grosse qu'une pastèque. En face de lui, Zapatilla et Astaroth semblaient aussi frêles que des enfants alors qu'ils étaient tous deux des hommes de grande taille. Le démon ne se laissa pas impressionner. Il rejoignit le régisseur avec une mine funeste.

– Je suis certain que si je passe votre caravane en revue je trouverai sa roulotte, insista monsieur Magnum. Vu la petite taille de votre cirque, ça ne doit pas être bien compliqué.

– Sauf que je ne vous laisserai pas faire. Et Astaroth non plus.

– Moui… jaugea Magnum avec un rictus dédaigneux. Votre cracheur de feu. Votre fidèle bête à cornes. Vous allez bien, Astaroth ?

Le démon se fit encore plus sombre, comme si la présence du petit homme dégarni le remplissait de noirceur.

– J'allais très bien avant de voir votre sale tronche, répondit-il en montrant les dents.

Le géant gronda. Il tendit son interminable bras pour refermer sa main autour du cou d'Astaroth et le soulever de quelques centimètres au-dessus du sol. Magnum gloussa en tapotant le coude de son acolyte.

– Allons, allons, Armand. Du calme, lâche-le.

Le colosse obéit.

Libéré, Astaroth porta une main à son cou. Il toussa en essayant de reprendre son souffle. Peter échangea avec Capucine un regard soucieux.

– Toujours aussi impétueux, à ce que je vois, s'amusa Magnum. Je suppose qu'il est inutile que je réitère ma proposition à votre égard ?

Astaroth cracha à terre sans répondre.

– Voilà qui a le mérite d'être clair. De toute façon, je ne viens pas pour vous, continua Magnum sans se départir de son large sourire. Je suis là pour l'enfant ailé. J'ai une honnête proposition à lui faire.

– Je ne me souviens pas que l'honnêteté ait déjà été votre fort, fit remarquer Astaroth, la voix enrouée.

Encore une fois, le régisseur secoua la tête tout en s'interposant entre son ami et monsieur Magnum.

– Le garçon est un artiste à part entière de ce cirque. Il n'est pas à vendre. C'est mon dernier mot.

– Apprenez que tout s'achète si on y met le prix, monsieur Loyal. Je reviendrai demain et les jours suivants tant que je n'aurai pas obtenu un entretien avec ce garçon. Si vous me cherchez, vous me trouverez ici, déclara Magnum en tendant un prospectus à Loyal. Bonsoir.

Quittant finalement son apparente bonhomie, Magnum fit demi-tour en claquant des doigts pour qu'Armand le géant le suive. Sitôt les deux étrangers disparus, Peter et Capucine rejoignirent Loyal et Astaroth.

– Qui était cet homme ? Qu'est-ce qu'il voulait à Peter ? s'inquiéta la dresseuse de chevaux.

– Qu'est-ce que vous faites là ! la réprimanda son père en chiffonnant le prospectus de Magnum et en le jetant au sol.

– Ils étaient avec moi quand on est venu me chercher, s'excusa Astaroth avant de se tourner vers eux, sévère. Je vous avais pourtant dit de ne pas me suivre.

– Qu'est-ce que ce monsieur Magnum me voulait ? interrogea Peter.

Monsieur Loyal soupira. Il observa les alentours comme s'il redoutait de voir l'homme dégarni refaire une apparition.

– Magnum est le directeur d'un cirque, répondit Astaroth à voix basse à la place de son ami. Il voulait t'engager pour son propre spectacle.

– Pourquoi avez-vous refusé que je le rencontre ? Je peux me défendre tout seul, plaida Peter.

– Magnum n'est pas un honnête homme, expliqua enfin Zapatilla. Il te mentirait jusqu'à t'embrouiller l'esprit et obtenir ce qu'il veut de toi. Il pourrait t'engager pour une somme mirobolante.

– Il est riche ? demanda Capucine.

Son père passa affectueusement la main dans les cheveux de sa fille avant de répondre.

– Oh oui, ma douce Capuchina. Il est si outrageusement riche qu'il possède son propre train pour déplacer ses artistes, son chapiteau et son matériel.

– Un train ? s'étonna Peter.

– À cette envergure, ce n'est plus un cirque, c'est une grosse affaire, précisa le régisseur. Il nomme son spectacle, en toute modestie, Le Plus Grand Chapiteau du Monde.

Astaroth semblait perturbé par la rencontre. Peter se souvint que Magnum connaissait son nom.

– Son spectacle est une abomination, grommela l'homme cornu. Il ne comporte aucun numéro. Il donne juste à voir.

– Hein ?... Comment ça ? interrogea Capucine sans comprendre.

– Il y a deux parties à son chapiteau. La première présente un spectacle classique sans grand intérêt. Mais les gens accourent pour observer la deuxième partie. Elle consiste en une exposition de phénomènes : la femme à barbe, la sirène, les sœurs siamoises, Armand le géant... C'est un zoo humain.

Peter comprit soudain quel lien Magnum avait essayé de nouer avec Astaroth.

– Il a voulu engager un homme à cornes, laissa-t-il échapper.

De la colère flamboyait dans les yeux du démon quand il acquiesça.

– J'étais déjà associé à Léon quand ce type est venu me voir. Il m'a fourré une liasse de billets sous le nez et m'a confié que je serais mieux loti chez lui.

– Quel culot ! s'indigna Capucine.

Peter voulut savoir comment Astaroth avait réagi. Dans l'obscurité silencieuse, l'homme évoqua le passé.

– J'en ai parlé avec Léon. J'étais prêt à lui casser la figure mais Zapatilla m'a conseillé de faire comme si j'étais tenté par la proposition, histoire de voir à quoi ressemblait ce fameux Plus Grand Chapiteau du

Monde. Magnum m'a donc offert une visite guidée de son exposition qu'il avait le culot de qualifier d'« éducative ». J'ai vu des êtres humains difformes exposés au regard de tous comme des bêtes sauvages. Il y avait même une momie de sirène et une chimère empaillée, fausses toutes les deux. Quand j'ai refusé une nouvelle fois, Magnum a doublé, puis triplé son offre. L'argent n'était pas un problème pour lui, mais quand il a vu que ça ne me convainquait pas, il est passé au cran supérieur. Il a essayé de m'intimider.

– Mauvaise idée, commenta Capucine.

– Très mauvaise. Il a appris je ne sais comment que j'avais fait de la prison. Il a menacé de m'y renvoyer en prétendant qu'il connaissait des gens haut placés, qu'il savait quelles ficelles tirer.

– Qu'est-ce que vous avez fait ? s'inquiéta Peter.

– Je suis allé une nuit jusqu'à son chapiteau pour y mettre le feu.

– Mais je suis arrivé à temps pour l'en empêcher, intervint Zapatilla en posant la main sur l'épaule d'Astaroth et en le regardant de façon insistante. J'ai suggéré une bien meilleure idée qui ne nous mènerait pas devant les tribunaux.

Peter eut un doute. La réaction du régisseur était ambiguë. Interrompait-il le récit de son ami pour le relayer ou bien l'empêchait-il de révéler un détail embarrassant de leur passé commun ?

– Laquelle ? demanda Capucine sans avoir remarqué quoi que ce soit.

– J'ai commencé à répandre la rumeur de l'existence d'un homme-poisson à l'autre bout du pays, expliqua Zapatilla.

– Ça a fonctionné ? continua à questionner la jeune fille.

Astaroth laissa échapper un sourire à l'évocation de ce souvenir.

– Ton père est l'homme le plus futé que je connaisse. Ça a marché du tonnerre. En moins d'une semaine, le bruit a couru, enflé et est arrivé aux oreilles de Magnum. Il a immédiatement levé le camp pour voir cet homme-poisson de ses propres yeux, oubliant jusqu'à mon existence.

– Mais aujourd'hui, il a changé de cible. Ce qu'il veut, c'est un garçon ailé pour son exposition, comprit Capucine.

– Quinze ans après, Magnum est resté le même, laissa échapper Loyal. Mais le cirque des Merveilles, lui, a acquis une solide réputation qui dépasse les frontières. Il ne peut plus nous menacer comme il l'a fait auparavant.

Peter était troublé. Ce Magnum semblait redoutable. Un homme prêt à tout pour parvenir à ses fins. Le garçon ne craignait pas pour lui mais pour sa famille. Il ne pourrait pas inlassablement se cacher et, le jour où il refuserait sa proposition, car il allait la refuser, qu'allait-il se passer ? Il se saisit du prospectus chiffonné qui roulait sur le gravier balayé par le souffle chaud du vent d'été. Il le défroissa pour l'examiner à la lueur du réverbère.

Le Plus Grand Chapiteau du Monde ! annonçait la publicité. À côté du portrait de Magnum lui-même, un paragraphe expliquait que le show Magnum & Bailey's n'avait pas d'équivalent, on ne pouvait trouver en Europe de plus vaste chapiteau. Venait ensuite une liste : « Monstres marins, bêtes sauvages, reptiles, extraordinaires phénomènes humains (incluant des géants immenses, des nains minuscules et l'incroyable Grec tatoué), merveilles mécaniques, cavaliers acrobates, clowns hilarants, dresseurs d'animaux. » Le tout était suivi d'une offre étonnante : « J'offre dix mille francs à toute personne qui pourra prouver qu'il existe ou a existé ailleurs un plus grand spectacle que celui que je propose ici. » En bas du prospectus était dessiné un alignement de monstres de foire incluant une femme à barbe, un avaleur de sabres, un géant, un nain, un homme-squelette et une femme surnommée le Rossignol Chantant. Venait enfin l'indication où trouver Le Plus Grand Chapiteau du Monde. Magnum avait installé son exposition au vélodrome de la Cipale dans le bois de Vincennes.

– Au moins, il est à l'autre bout de Paris, commenta

Capucine par-dessus son bras. On ne le verra peut-être pas tous les jours.

Peter haussa les épaules sans rien répondre. Il était plongé dans ses pensées. Il essayait d'imaginer à quoi pouvait bien ressembler un cirque où les artistes ne faisaient aucun numéro. D'ailleurs, pouvait-on qualifier d'artiste quelqu'un qui ne faisait qu'afficher sa propre différence ? Zoo humain, avait dit Astaroth. Peter eut un frisson en s'imaginant exposé ainsi aux yeux de tous. Cela lui rappelait trop la cour de l'école et l'épisode de Peter Poulet.

– Peter ? s'inquiéta Capucine en le voyant trembler. Tu as peur ?

Il secoua la tête en signe de dénégation, mais Léon Zapatilla ne fut pas dupe. Il attrapa le garçon ailé par les épaules pour le serrer contre lui.

– Cet homme ne te fera rien. Je te l'ai déjà dit : tu fais partie de notre famille et je ne laisserai personne te faire du mal. Je l'ai promis à tes parents et à la famille Pantoufle.

2

Le lendemain, Peter se fit accompagner par Carmen jusqu'au bureau des Postes, télégraphes et téléphones le plus proche. Il voulait acheter des timbres et quelques cartes postales, mais surtout il avait envie de dire à ses parents et aux Pantoufle qu'il était à Paris. Un employé des postes lui attribua un numéro qui correspondait à une petite cabine équipée d'un téléphone. Il attrapa le combiné et actionna la manivelle. Il n'eut pas longtemps à patienter. Après un court bourdonnement, une voix féminine répondit :

– Opératrice. Quel numéro souhaitez-vous contacter ?

Peter déplia un petit bout de papier et lut l'indicatif.

– Patientez, s'il vous plaît.

Le bourdonnement revint. Un déclic se fit entendre puis quelqu'un décrocha. C'était la première fois que Peter utilisait ce genre d'appareil. Il ignorait ce qu'il était d'usage de dire.

– Allô ? Allô ? Qui est à l'appareil ? répéta la personne au bout du fil.

– Jeanne ? appela Peter en croyant reconnaître la voix déformée par la distance.

– Peter ! ? C'est bien toi ! Oh, comme je suis contente de t'entendre !

Jeanne fit vite appeler ses parents et tous se succédaient au combiné pour avoir le plaisir de lui parler. Il leur fit un court récit de sa mue, des premiers spectacles et de son succès. Il parla de son amitié avec Capucine, Olga et même Astaroth, le démon tant redouté par sa mère. Il omit seulement d'évoquer Magnum, il ne voulait pas que ses parents s'inquiètent. Il raccrocha avec une agréable sensation de chaleur dans la poitrine. Sa famille lui manquait, bien évidemment mais il savait qu'il pouvait compter sur leur amour et leur attention quoi qu'il arrive. Ses parents, Olivia et les Pantoufle seraient toujours là pour lui.

Il rejoignit Carmen qui l'attendait devant le bureau des Postes. C'était jour de marché et le quartier était rempli de marchands ambulants. Avant de rentrer au cirque, la mère de Capucine annonça qu'elle avait quelques achats à faire.

– Ça ne te dérange pas de m'aider à porter les courses ? demanda-t-elle d'un ton sans appel en confiant au garçon un de ses paniers.

Peter n'avait pas vraiment le choix. Il s'enfonça

derrière Carmen entre les étals multicolores. La foule était dense. Malgré sa cape, le garçon se sentait fragile, exposé aux regards et aux bousculades. Il s'évertuait à ne pas se laisser distancer par la costumière, mais il manquait de pratique. Jamais il n'avait évolué ainsi au milieu d'une telle cohue. Il avait la tête qui tournait. Les commerçants haranguaient le chaland d'une voix criarde, les passants jouaient des coudes pour avancer, des odeurs fortes et non identifiées parvenaient à ses narines. Il résista à l'envie de s'accrocher aux jupes de Carmen comme l'aurait fait un petit enfant.

Une main s'attarda sur la bosse formée par ses ailes. Il pivota vivement mais le coupable était déjà loin, emporté par la foule. Il se retourna vers la mère de Capucine mais ne la trouva pas. Sa gorge se serra. Il chercha à droite, à gauche, paniqué à l'idée de se retrouver ainsi isolé dans la multitude. Elle était forcément là, non loin de lui. Il lui suffisait juste de retrouver sa silhouette aux longues boucles noires et à la robe bleue. Le souffle court, il se dressa sur la pointe des pieds pour mieux y voir. Pas de Carmen. Le coup de coude d'un passant le força à réagir. Il ne faisait pas bon rester immobile au milieu de la cohue. Il serra son panier contre lui et s'écarta jusqu'à trouver refuge dans une contre-allée entre un étal de pains et un commerce de fruits. Il attendit quelques longues minutes mais le visage familier ne réapparut pas. Il ne pouvait rester éternellement ici, il devait prendre une décision.

Il quitta le marché en longeant l'arrière des commerces. Des piles de cartons et de cageots s'alignaient entre les charrettes de marchandises. Soudain, un bruit attira l'attention de Peter. C'était un son mélodieux, bien différent du brouhaha des hommes. Le garçon se guida à l'oreille jusqu'à la source du chant. Il s'arrêta en face d'une étrange boutique devant laquelle une dizaine de cages étaient exposées. Le sifflement venait d'une étroite volière où sautillait un rossignol. L'oiseau n'avait pas la place de voler. Il se contentait de répéter un incessant aller-retour entre le sol et le petit perchoir suspendu au milieu de son espace de vie. Il s'arrêtait de temps en temps pour siffler un petit trille chargé d'espoir avant de reprendre son manège. À côté de lui, un perroquet au plumage fade dansait de façon hypnotique d'une patte sur l'autre. Peter identifia dans les cages suivantes des perruches, un couple de colombes grisâtres, des canaris muets et des mandarins pâles. Le garçon se recula pour observer la boutique. Oisellerie, était-il inscrit sur le fronton. Peter comprit soudain la nature du commerce. Des oiseaux. On vendait des oiseaux enfermés dans de minuscules cages.

– Te voilà ! s'exclama une voix derrière lui. Mon enfant, je t'ai cherché partout.

Il se retourna alors que Carmen posait son panier à terre pour pouvoir le serrer contre elle. Elle s'écarta peu après et le considéra d'un air soulagé.

– Tu m'as fait une peur bleue. Où étais-tu donc passé ?

– Je vous ai perdue de vue, expliqua Peter, penaud. Il y avait tant de monde… Je n'ai pas l'habitude.

– Je comprends, soupira la costumière en croisant les bras. Dans ce cas, nous allons rentrer au cirque et je vais demander à Martial ou Carlos de m'accompagner. Suis-moi.

Peter ne bougea pas. Carmen l'appela mais le garçon restait immobile, le regard figé sur les cages et leurs occupants. Elle revint vers lui et pressa une main ferme sur son épaule, l'invitant ainsi à la suivre.

– Allons, viens, Peter.

Le garçon résista, il avait les larmes aux yeux. Carmen suivit le regard de Peter et comprit enfin. Elle secoua la tête sans savoir que dire. Un client sortit à ce moment-là de l'oisellerie, un couple de serins en cage à bout de bras.

– Comment peut-on faire ça ? Ils ne peuvent même pas voler ! protesta Peter en élevant la voix.

Le client observa avec surprise l'étrange garçon bossu qui le montrait du doigt.

– Allons, viens, insista Carmen en attrapant Peter par la main et en le forçant à bouger.

La costumière voulait surtout éviter d'attirer l'attention et de créer un scandale devant une des oisellleries les plus célèbres de Paris. Il était hors de question qu'un artiste de la troupe se fasse remarquer de cette manière. Son mari ne le pardonnerait pas.

– Ils sont enfermés comme des prisonniers, gémit Peter avant de plonger dans le silence.

En rentrant, Peter alla s'enfermer dans sa roulotte. Il avait besoin de réfléchir. Encore une fois, il avait devant les yeux la preuve de la cruauté des hommes. Comment pouvait-il continuer à vivre dans un monde où on se donnait le droit d'enfermer les oiseaux ? Tout le long du chemin, Carmen s'était efforcée de lui expliquer à quoi servait un oiseleur. Les gens aimaient posséder de belles choses. Certains oiseaux étaient élevés pour leur plumage, d'autres pour leur chant. C'était ainsi. On offrait des colombes aux jeunes mariés pour symboliser leur amour, on achetait des perroquets pour habiller sa maison d'une petite touche d'exotisme ou un canari pour profiter de la délicatesse de son sifflement.

Finalement, après quelques heures de réflexion, Peter quitta sa voiture avec un projet en tête. Il alla trouver Momo. Celui-ci astiquait les tabourets des fauves pour le spectacle de ce soir. Il interrompit quelques minutes son lustrage pour écouter attentivement Peter et répondre à ses questions. Puis le garçon ailé gagna les écuries pour faire part de son idée à Capucine. Son amie l'écouta avec des yeux agrandis par la surprise avant d'acquiescer vigoureusement. Enfin, Peter monta à l'orchestre pour rejoindre Olga sur le fil. En équilibre au-dessus du vide, il eut avec elle une longue discussion loin de toute oreille inquisitrice.

Ce soir-là encore, la représentation remporta un franc succès. Après le spectacle, quand tout le monde rentra dans sa roulotte pour une bonne nuit de sommeil et que le silence s'installa, Peter se laissa glisser discrètement du toit de sa voiture et gagna sur la pointe des pieds le passage secret du jardin. Il fut rejoint peu après par Capucine et Maurice. Olga mit un peu plus de temps à apparaître.

– Natacha a tardé à s'endormir, s'excusa-t-elle à voix basse.

Tous étaient habillés de couleurs sombres conformément aux conseils de Maurice. Ils se glissèrent dans la rue tandis que Peter survolait la grille du jardin pour les rejoindre. Ils se déplaçaient dans l'ombre et se faufilaient à distance des lampadaires et des noctambules. Enfin parvenus à destination, ils se regardèrent, mal à l'aise. L'enseigne devant laquelle ils s'étaient arrêtés brillait faiblement dans l'obscurité : oisellerie.

– Tu es sûr de vouloir faire ça ? chuchota Olga.

Peter hocha la tête et observa les autres. Capucine leva le pouce en l'air et Maurice sortit deux fins outils de la poche de sa veste.

– Alors commençons, déclara-t-il en s'agenouillant devant la porte de la boutique. Pas un mot de tout ceci à Vladislav, sinon je suis mort. Je compte sur vous, hein ?

Maurice introduisit les deux outils dans la serrure et entreprit de la crocheter. Les trois autres se déployèrent autour de lui pour faire le guet.

– Je fais ça parce que tu me l'as demandé et que tu es mon ami, Peter, chuchota Olga en se rongeant les ongles. Mais je ne suis vraiment pas faite pour ça. Je suis morte de peur.

– C'est pour une bonne cause, tenta de la rassurer Capucine en croisant les bras pour les empêcher de trembler.

– Surtout, prévenez-moi si les roussins approchent, exigea Maurice à voix basse.

– Les quoi ? demanda Olga.

– Les roussins, la police, quoi ! l'éclaira Momo. De toute façon… Voilà, j'ai fini.

La serrure fit entendre un clac. Maurice attrapa dans une autre poche une petite pipette d'huile avec laquelle il graissa les gonds avant de pousser la porte. Celle-ci pivota sans un bruit. Les enfants se précipitèrent à l'intérieur.

Dans l'oisellerie, les cages s'alignaient sur un mur entier. Plongés dans le noir, les oiseaux dormaient.

– Tu ne mentais pas, Peter, murmura Capucine. Ils sont des centaines.

– C'est étrange, songea Maurice. C'est un peu comme si je regardais des versions miniatures de toi. Regarde, celui-là a la même couleur d'ailes.

– Comment procède-t-on ? s'enquit Olga en frissonnant. Il ne faut plus traîner maintenant. Nous devons être absents le moins longtemps possible.

Peter s'avança devant une volière et joignit le geste à la parole.

– On ouvre toutes les cages ainsi que la porte du magasin. Pour le reste, vous me laissez faire.

Ses compagnons se mirent au travail en silence. Malgré les portes ouvertes, les oiseaux ne bougeaient pas. Certains avaient oublié ce qu'était la liberté, d'autres ne l'avaient jamais connue.

– Ils ne sortent pas ! se désola Capucine.

– Toutes les portes sont ouvertes ? interrogea Peter.

– Affirmatif, souffla Maurice. Et maintenant ?

– Baissez-vous ! exigea Peter.

Alors qu'Olga, Capucine et Momo se couchaient au sol, Peter battit légèrement des ailes pour faire souffler un vent de liberté à travers les barreaux.

– Sortez ! s'exclama-t-il. Volez !

Un premier oiseau, un mainate, trouva le courage de

s'extraire de sa prison. Il passa la porte et s'envola avec un petit sifflement qui ressembla à un rire. Ce fut comme un signal pour les autres. Bientôt, une nuée de volatiles de toutes tailles quittait la boutique en piaillant. Peter ressentit soudain leur appel au plus profond de lui.

– Rentrez, je vais me débrouiller pour la suite, cria-t-il à ses amis avant de partir en courant et de s'envoler en compagnie des derniers oiseaux.

Après quelques minutes de vol, le garçon se percha sur un toit et s'assit sur le bord d'une cheminée. Une nuée d'oiseaux se posa tout autour de lui. Trois couples de perroquets, une dizaine de perruches, le double de canaris, quelques mainates et une vingtaine de moineaux l'entourèrent. *Et maintenant ?* semblaient-ils demander en tournant leurs yeux noirs vers l'enfant ailé. Peter prit le temps de les laisser s'habituer à sa présence. De toute façon, aucun ne semblait pressé de s'envoler ailleurs. Certains faisaient leur toilette, tandis que d'autres profitaient simplement du souffle estival et des odeurs de la nuit. Tous guettaient ses mouvements comme s'ils avaient décidé de faire de leur sauveur un chef de file.

Peter venait de commettre un délit et pourtant il se sentait parfaitement bien. Après tout, il était mi-homme, mi-oiseau. C'était un peu comme s'il venait de délivrer des membres de sa famille. En contemplant la rue en contrebas, il eut une pensée pour ses trois complices et espéra qu'ils aient pu regagner sains et saufs leur roulotte. Soudain, la solution lui apparut. Les jardins des Champs-Élysées étaient un lieu idéal pour ses nouveaux amis. Ils pourraient profiter de l'abri des arbres, d'une fontaine pour se désaltérer et de quantité de vieilles dames pour les nourrir. C'était un havre parfait pour reprendre goût à la liberté.

Il se redressa et s'adressa à l'assemblée de volatiles.

– Suivez-moi, je vous emmène chez moi.

Au lever du soleil, les membres du cirque furent réveillés par des bruits inhabituels. Perchés dans les branches au-dessus des roulottes, de curieux volatiles jabotaient, jasaient, sifflaient et cliquetaient pour accueillir le petit jour et leur premier matin de liberté.

Capucine se précipita dès son réveil auprès de Peter.

– Ils sont tous là ! s'émerveilla-t-elle en écoutant les chants alentour.

– Tu les as sauvés, annonça son ami en quittant le toit de sa roulotte. C'est leur façon de dire merci.

– Il faudra garder le secret, ajouta Capucine en s'assombrissant. Je ne veux pas que Maurice ait des problèmes à cause de nous.

– Il ne s'est rien passé cette nuit, confirma Peter. Nous avons tous dormi à poings fermés.

– Et nous avons fait un incroyable rêve, compléta Capucine.

3

Magnum fit de nouveau parler de lui le lendemain. Peter le surprit en train de distribuer des prospectus devant le cirque d'été à la sortie du spectacle. Le directeur était cette fois accompagné d'un tout petit homme qu'il portait de temps en temps dans ses bras pour attirer l'attention. Peter préféra rester invisible. Il serra sa cape autour de son cou, rabattit la capuche et demeura dans l'ombre des colonnes. Ce ne fut pas le cas de Capucine. Hors d'elle, elle se jeta sur Magnum en le pointant du doigt.

– Vous n'avez pas le droit d'être ici. Allez-vous-en !

– En voilà une jolie écuyère, s'exclama Magnum. Je dois dire que j'ai grandement apprécié votre numéro de dressage, c'était rudement impressionnant.

Capucine fut déstabilisée par le ton aimable du directeur.

– Je… euh. Merci, bredouilla-t-elle.

– Vous devriez venir faire un tour jusqu'à mon chapiteau. Le spectacle pourrait vous intéresser. En particulier le numéro avec les étalons de la Garde royale allemande. Ces pur-sang arabes m'ont coûté une fortune mais ils en valent le coup. On a rarement vu des chevaux aussi splendides. Tenez, je vous offre deux entrées gratuites.

Magnum fourra deux tickets entre les mains de Capucine. La jeune fille balbutia sans parvenir à interrompre le monologue de son interlocuteur.

– Allons, allons. Ne me remerciez pas. Entre gens du cirque, il faut bien s'entraider. Emmenez qui vous voulez. Nous avons une représentation en début d'après-midi. Vous pouvez donc assister à mon spectacle avant votre propre numéro. Les choses sont bien faites.

Le petit homme vint tirer le bas du pantalon de Magnum.

– Patron, avertit-il d'une voix haut perchée. Désolé de vous interrompre, mais il me semble que notre escorte vient d'arriver. Il est temps de partir.

Magnum jeta un coup d'œil contrarié à son compagnon avant de lever la tête. Capucine suivit son regard. Derrière eux, Kyô et Anubis attendaient. Le samouraï avait une main posée négligemment sur la garde de son sabre tandis que le dresseur de fauves croisait les bras en bombant le torse.

– Bien vu, Adrien, fit remarquer Magnum avant de prendre le petit homme dans ses bras pour le porter à la manière d'un enfant. Jeune écuyère, il est temps de nous quitter. J'ai été ravi de faire votre connaissance.

Magnum esquissa un salut avant de se diriger vers les portes du jardin, escorté par Kyô et Anubis.

Capucine contemplait encore les billets dans sa main quand Peter se décida à la rejoindre.

– Qu'est-ce que tu vas en faire ? demanda-t-il.

– J'ai envie de les jeter le plus loin possible de moi. Mais, en même temps, j'ai très envie de voir à quoi ressemble ce Plus Grand Chapiteau du Monde. Tu viendrais avec moi ?

– Je ne suis pas sûr que ce soit une bonne idée, fit remarquer son ami.

– Allons, le rassura Capucine. C'est exactement ce que Papa a conseillé à Astaroth de faire. Feindre l'intérêt pour mieux espionner. On se déguisera pour passer inaperçus. Je veux juste jeter un coup d'œil au numéro des pur-sang arabes.

Peter céda dans un soupir. Capucine serra les billets dans sa main et lui déposa un baiser sur la joue. Elle lui fit la promesse qu'il ne leur arriverait rien. Ils prendraient le métropolitain jusqu'au vélodrome, passeraient une petite heure sous le chapiteau et rentreraient à temps pour la représentation. Inutile de mettre au courant son père ou Astaroth. En plus, ajouta Capucine, s'ils tombaient par hasard sur Magnum, ce serait une excellente occasion de lui expliquer pourquoi Peter refusait sa proposition. Peter hocha la tête sans révéler son inquiétude. Il se demandait si Capucine avait entendu la même histoire que lui. Astaroth avait essayé de décourager le grand entrepreneur, mais cela n'avait servi qu'à attiser un peu plus sa convoitise.

Ils partirent le lendemain, après le déjeuner. Peter s'était couvert de sa lourde cape sombre qui frôlait le sol et lui donnait l'air d'un bossu. Capucine, habillée en garçon, avait dissimulé ses cheveux sous sa grande casquette et portait une paire de pantalons à bretelles. Ils rejoignirent les Champs-Élysées pour y trouver une station du métropolitain où ils firent poinçonner leur billet avant d'emprunter un profond escalier. Au fur et à mesure qu'il descendait les marches, Peter sentit sa nervosité augmenter. Il n'était pas fait pour les profondeurs. Le plafond au-dessus de sa tête lui paraissait trop bas et trop fragile, il avait peur d'être enseveli, d'étouffer sous des tonnes de terre. Est-ce qu'il y avait assez d'air à cette profondeur pour respirer ? Il s'arrêta, le souffle court. Capucine se retourna, le sourcil froncé. Elle ne posa pas de question, mais se contenta de le prendre par la main et de descendre doucement à ses côtés en répétant qu'il n'y avait rien à craindre, des centaines de gens empruntaient tous les jours ce chemin sans encombre.

Enfin, ils arrivèrent au bas des marches. Un couloir au plafond arrondi et carrelé de pavés blanc s'étirait devant eux. Ils l'empruntèrent et débouchèrent sur un interminable quai coincé entre deux bouches obscures. Pour lui changer les idées, Capucine commenta le grand plan accroché au mur du fond. Elle lui montra leur position et leur destination puis elle lui expliqua le fonctionnement du métro, comme tous le surnommaient. Intégralement alimenté à l'électricité, il desservait la capitale et reliait les principales gares.

Bientôt, le courant d'air qui parcourait continuellement la station s'intensifia. Capucine s'interrompit et ils rejoignirent le bord du quai. Le métro arriva dans un bruit et un souffle terrifiants. Les portes s'ouvrirent pour cracher un flot de passagers pressés. Les deux comparses se glissèrent à l'intérieur de la rame et se trouvèrent un coin tranquille. Capucine s'assit sur un banc en bois tandis que Peter attrapait une barre horizontale fixée au plafond. Le train ferma les portes, démarra et s'enfonça à toute vitesse dans la nuit.

Ils sortirent du métro dans un décor bien différent de la ville et ses immeubles. Une forêt poussait tout autour. Ils marchèrent jusqu'au vélodrome de la Cipale. Ils firent valider leurs entrées gratuites et passèrent l'entrée du bâtiment. De l'autre côté, ils furent arrêtés par la vision de l'immense tente bicolore plantée sur la pelouse. La foule était dense, aussi durentils trouver refuge sur les gradins pour observer les lieux.

– Nous voilà dans la gueule du loup, lâcha Peter les dents serrées.

– C'est rudement grand, commenta Capucine sans relever le ton ironique de son ami.

Peter acquiesça. On pouvait sûrement mettre deux cirques d'été sous le seul chapiteau de Magnum. Même la hauteur des mats était impressionnante.

Tout autour de la tente, des petites attractions incitaient les visiteurs à dépenser leur argent. Outre les vendeurs de barbe à papa et de pop-corn, des clowns porteurs de bouquets de ballons gonflés à l'hélium déambulaient en tentant les petits enfants, un cornac offrait pour quelques sous un tour sur un éléphant à l'œil triste, une pêche au canard attirait les plus jeunes et un tir à la carabine les plus âgés. Des équilibristes juchés sur des échasses étaient là pour canaliser la foule et rappeler l'imminence de la représentation.

Peter et Capucine rejoignirent le flot de curieux qui se glissaient sous la toile tendue. Ils furent frappés par l'immensité de l'espace. Il n'y avait pas une mais trois pistes accolées l'une à l'autre et entourées de hauts gradins au confort très sommaire. Tout au fond, au-delà des rangées de spectateurs, un mur orné d'une pancarte colorée annonçait la fameuse exhibition de phénomènes humains. Deux pistards musclés veillaient à ce qu'il n'y ait pas de resquilleur car l'entrée, une arche barrée d'un lourd rideau rouge, était réservée à ceux qui avaient payé un billet plein.

Peter ressentit de la pitié. Non loin de lui, on exposait aux yeux de tous des êtres humains. Voyant qu'il lorgnait vers l'exhibition et se méprenant sur ses pensées, un garçon de piste frappa amicalement sur l'épaule de Peter.

– Tu sais, mon gars, avec une bosse de cette taille, tu pourrais sans doute rejoindre la galerie des monstres de Magnum. Si tu veux, je t'introduis auprès du patron.

Peter refusa l'offre avec un sentiment croissant d'horreur. La galerie des monstres, voilà comment on surnommait cet endroit. Il attrapa Capucine par le bras et lui glissa à l'oreille.

– Promets-moi que nous partons dès que ton numéro de chevaux est fini.

– Mais je te l'ai déjà promis, le rassura Capucine avec une pointe d'exaspération. Fais-moi confiance.

– J'ai un mauvais pressentiment, lâcha Peter en serrant un peu plus le bras de son amie.

Capucine échappa à sa prise avec un geste agacé et s'installa sur un siège libre au premier rang.

– Ce n'est qu'un spectacle. Nous sommes au milieu de centaines de gens. Comment veux-tu que quelque chose nous arrive ? Assieds-toi, maintenant.

– Tu sais très bien que je ne peux pas. Mes ailes m'en empêchent.

Capucine leva les yeux au ciel en murmurant :

– J'aurais dû venir avec Olga.

Peter trouvait son amie injuste. Il se plaça en retrait pour ne pas gêner les spectateurs et serra sa cape contre lui. Il espérait que Capucine le rejoindrait mais la jeune fille n'en fit rien. Elle resta à sa place, impressionnée par le gigantisme des lieux. Puis le spectacle commença. Il y eut un numéro de funambule qui aurait laissé Olga de marbre, des trapézistes pas aussi doués que Séléné et Moon, puis un entracte de clowns montreurs de chiens loin d'être aussi drôles que Pépé. Enfin, les chevaux entrèrent en scène et plus rien d'autre ne compta aux yeux de l'écuyère.

Peter n'y connaissait rien en chevaux mais, à l'émerveillement de Capucine, il devina que ceux-ci étaient d'une rare beauté. Ces fameux pur-sang arabes possédaient des jambes fines, une encolure en arc de cercle et une robe brillante. Le numéro était coordonné avec talent par un dresseur de l'âge de monsieur Loyal en tenue militaire.

– Psst, fit une voix derrière Peter.

Il se retourna, surpris que quelqu'un l'appelle. Un clown chauve à la tête entièrement peinte en blanc lui fit signe d'approcher. L'homme portait une salopette verte ornée d'une grande fleur orange, une chemise jaune et des chaussures rouges surdimensionnées. Peter vérifia autour de lui, mais c'était bien son attention que cet homme réclamait. Avec l'énorme rictus rouge peint sur ses lèvres, difficile de savoir si le clown souriait ou pas. Peter fit quelques pas vers lui.

– C'est à moi que vous vous adressez ? demanda-t-il poliment.

Le clown hocha la tête, le pointa du doigt avant de ramener plusieurs fois son index vers lui. Peter approcha encore un peu, le clown s'éloigna d'autant. Ce manège dura jusqu'à ce qu'il perde Capucine des yeux. À l'instant même, il se dit qu'il venait de commettre une erreur. Il fit aussitôt demi-tour et se cogna contre le torse d'un très grand homme. Un frisson de peur le traversa quand il leva la tête. Armand le géant. Celui-là même qui avait voulu étrangler Astaroth.

– Excusez-moi, laissa-t-il échapper. Je dois rejoindre mon amie.

Le géant secoua la tête et pointa le clown du doigt. Peter essaya de contourner le colosse mais ce dernier ne le laissa pas faire. Il était coincé, il ne lui restait qu'une solution : suivre l'homme blanc.

Résigné, Peter se laissa guider jusqu'à la grande exhibition. Les lieux étaient fermés le temps de la représentation, mais les cerbères les laissèrent passer sans broncher, lui et son escorte. De l'autre côté de la paroi de bois, la lumière était plus tamisée. La pièce était formée d'une estrade en forme de U divisée en petits compartiments éclairés individuellement. Ils étaient destinés à accueillir chacun une personne. Peter distingua des silhouettes sans oser détailler les occupants. Il préféra se concentrer sur l'homme qui se tenait en plein milieu de la galerie, vêtu d'un élégant costume sombre et coiffé d'un haut-de-forme. Monsieur Magnum.

– Te voilà enfin, mon petit oiseau. Il n'a finalement pas été si difficile de te faire quitter le nid.

– Je ne vois pas de quoi vous voulez parler, monsieur, rétorqua Peter en jetant un coup d'œil derrière lui.

Armand était toujours là. Cette issue était bloquée. Magnum s'approcha de lui et lui tourna autour pour mieux l'observer.

– Porter cette cape est une excellente idée mais elle ne dissimule pas grand-chose dès lors qu'on soupçonne ce qui se cache en dessous.

– Je ne comprends pas. Vous devez vous tromper de personne, insista Peter en examinant le reste de la galerie à la recherche d'une issue de secours.

– Armand, retire-lui cette cape, ordonna Magnum.

Le géant attrapa le bout de tissu et tira. Peter eut beau s'accrocher, l'homme lui arracha la cape des doigts. Mues par l'instinct, ses ailes se déployèrent légèrement.

– Ah ! s'exclama Magnum d'un ton ravi. Voilà qui est beaucoup mieux.

– Que voulez-vous de moi ? demanda Peter en essayant de ne pas laisser trembler sa voix.

Magnum ricana en écartant les bras. Ici, il était le propriétaire et le patron. C'était lui qui commandait.

– Discuter ! Voilà tout. Avoir une conversation polie et raisonnable entre gens de bonne compagnie.

Peter s'écarta d'Armand. Ce faisant, il se rapprocha de l'estrade gauche. Il leva les yeux et croisa le regard de l'homme qui occupait le compartiment devant lui. Il mit quelques secondes avant de comprendre que ce n'était pas un homme vêtu d'une robe mais une femme avec une barbe.

– Bonjour, dit-il poliment.

– Phineas, il est adorable, s'extasia la femme en lui décochant un sourire attendri.

– Laisse-moi te présenter Marguerite, la fameuse femme à barbe.

Marguerite fit une révérence en gloussant avant de s'asseoir. Elle n'avait pas l'air malheureuse. Son compartiment était décoré comme une scène de théâtre. Il y avait un fauteuil posé sur un tapis persan ainsi qu'une petite table où fumait une tasse de thé à la lueur d'une lampe à huile dont l'abat-jour était une luxueuse pâte de verre coloré.

– Moi aussi, je veux voirr le gamin de plus prrès !

protesta une voix grave marquée d'un fort accent, un peu plus loin. Dites-lui d'apprrocher !

Armand poussa Peter jusqu'au compartiment suivant. Un homme en short de bain le regarda apparaître avec curiosité. Sa peau était entièrement couverte de tatouages bleus du cou jusqu'aux pieds. L'homme tira négligemment sur sa cigarette et se pencha pour souffler sa fumée en direction de Peter. L'enfant toussa et battit des ailes pour repousser le nuage.

– Incrroyable, lâcha l'homme tatoué. De vrraies ailes. Phineas, tu as touché le grros lot avec celui-là.

– Je ne lui appartiens pas, rugit Peter. Je n'appartiens à personne !

– Ce n'est pas ce que dirait Léon Zapatilla s'il t'entendait, fit remarquer Magnum.

Peter protesta. Il était artiste dans le cirque des Merveilles, il avait un numéro, il travaillait.

– Nous aussi, on travaille, ajouta une voix dans le compartiment suivant.

– Notre corps est notre œuvre d'art, renchérit une seconde voix, féminine celle-là.

– Et toc ! Ça, c'est bien envoyé, fit la troisième.

Peter fit quelques pas pour voir qui étaient ses nouveaux interlocuteurs. Il s'agissait de deux hommes et une femme élégamment habillés de vêtements taillés à leurs minuscules mensurations. Une pancarte devant l'estrade annonçait : *Adrien, Marie et Thomas, les Lillipu-*

tiens. La pièce dans laquelle ils évoluaient était équipée de meubles adaptés spécialement à leur taille.

– Mais vous êtes exposés, objecta Peter. Les gens viennent vous voir comme s'ils visitaient un zoo. C'est inhumain.

Peter ne cessait de jeter des coups d'œil vers l'entrée, espérant voir Capucine apparaître.

– Elle ne viendra pas, assura Magnum en surprenant son regard. Comment pourrait-elle savoir que tu te caches ici ?

La musique avait changé au-dehors, ce qui signifiait que le numéro de dressage était terminé. Comment Capucine allait-elle réagir en constatant son absence ? Elle va me chercher, se dit Peter en serrant les dents, elle ne me laissera jamais tomber. Mais après ? Allait-elle rentrer auprès de son père les mains vides en avouant ce qu'ils avaient fait ? Ils s'étaient jetés dans la gueule du loup comme des débutants sans cervelle. Zapatilla allait forcément envoyer quelqu'un le chercher quitte à manquer d'artistes pour le numéro de ce soir.

– J'ai toujours vécu dans un cirque, expliqua Marguerite en arrachant Peter à ses pensées. Ma mère était femme à barbe avant moi. Quand j'étais enfant, les réflexions les plus cruelles ne venaient pas du cirque, elles venaient toujours des gens dits normaux. Ne me dis pas qu'on ne t'a jamais montré du doigt en se moquant.

Peter fut pris d'un vertige. Marguerite avait touché juste. L'épisode de Peter Poulet resurgit dans les pensées du garçon. Il voulut faire demi-tour mais il buta une nouvelle fois dans Armand.

– Tu es troublé, constata le géant d'une voix caverneuse. Pourquoi fuir les tiens ? Tu es un monstre comme nous.

– Ici, il n'y a personne pour te juger, petit oisillon, renchérit Marguerite. Nous sommes de la même famille.

Peter resta muet. Il ne servait à rien de débattre devant ces gens. S'ils étaient satisfaits de leur sort, tant mieux pour eux.

– Faisons le tour, tu veux ? invita Magnum en faisant signe de le suivre. Je veux que tu fasses la connaissance de tes nouveaux camarades.

Le compartiment suivant était occupé par une planche couverte de clous.

– Ah, notre fakir est allé faire une pause. C'est autorisé pendant le spectacle. Certains ont besoin de se dégourdir les jambes… quand ils en ont.

Peter voulut croire à un trait d'humour de monsieur Magnum, mais le ton employé ne lui laissait pas cette chance. Il frissonna à l'idée de rencontrer un homme sans jambes et fit de la résistance quand Armand le poussa à continuer.

– Quoi ? s'étonna le directeur. Tu ne veux pas rencontrer nos sœurs siamoises, Daisy et Violet ?

Deux jeunes filles de huit ans jouaient sur le côté de leur cellule à assembler un puzzle à la lueur d'une petite lampe. Peter crut que la lumière tamisée lui jouait des tours car on avait l'impression que les deux sœurs bougeaient en veillant toujours à se tourner légèrement le dos. Mais cet état était en fait permanent. Le corps de Violet était soudé par le bas de la colonne vertébrale à celui de sa sœur Daisy. Pour accentuer l'étrange impression de reflet, elles étaient habillées et coiffées de manière identique.

– Allons, les filles. Ne soyez pas timides et dites bonjour à votre nouvel ami, Peter.

Les filles quittèrent leur puzzle pour s'approcher du devant de la scène. Elles firent à Peter un sourire adorable. Elles semblèrent vraiment heureuses de le rencontrer. Il n'y avait sûrement pas beaucoup d'enfants avec lesquels elles pouvaient jouer. Elles discutèrent entre elles à son sujet, dans un échange de confidences chuchotées qui lui fit inévitablement penser à Séléné et Moon. Peter ressentit une nouvelle bouffée de colère à l'égard de Magnum. Comment pouvait-il exposer ainsi des fillettes au regard de tous ? Leur place était à l'école ou auprès de leurs parents, mais certainement pas dans cette prison dorée.

– Où est votre maman ? interrogea Peter.

Cette simple question sembla les frapper de plein fouet.

– Notre maman ? répéta Daisy au bord des larmes, à moins que ce ne fût Violet.

– Ah ça, c'est malin ! s'énerva Violet, à moins que ce ne fût Daisy. Méchant ! Tu l'as fait pleurer !

– Mais non ! se défendit Peter, bouleversé. Je ne voulais pas…

Magnum l'interrompit en le tirant par le bras pour le faire avancer de plusieurs mètres. Ils dépassèrent quelques compartiments avant de stopper à nouveau devant une cellule annonçant *L'homme sauvage*.

– Ce n'est rien, s'excusa Magnum en toussotant de gêne. Les filles sont un peu à fleur de peau concernant leurs parents. Il vaut mieux éviter de toucher la corde sensible.

Une personne se tenait au bord de l'estrade et les observait. Peter sursauta en découvrant son visage. Il était entièrement couvert de poils. Idem pour son corps. On avait l'impression de se tenir devant un homme préhistorique, velu de la tête aux pieds et juste couvert d'une peau de bête à la taille.

– Ça va, Henri ? demanda Magnum à l'australopithèque.

– Au poil, répondit l'autre en souriant à sa propre blague. Dis-moi, Phineas, il serait peut-être temps d'accorder un peu de vacances à Daisy et Violet. Je les trouve vraiment fragiles en ce moment.

Henri, l'homme sauvage, parlait dans une langue

soutenue dépourvue d'accent. Il n'avait rien d'un homme des cavernes. Magnum répondit qu'il allait y réfléchir. Il remercia son interlocuteur, puis il se tourna vers Peter, toujours frappé de stupeur.

– Ferme la bouche, tu vas gober une mouche, se moqua-t-il avant de consulter l'heure sur sa montre à gousset. Ouh là, le temps passe ! Je vais t'épargner le reste de la visite car il faut que nous passions aux choses sérieuses. De toute façon, dans les compartiments suivants, il n'y a que des créatures empaillées ou momifiées. Personne de vivant à te présenter.

– Des momies ? s'inquiéta Peter d'une petite voix.

Magnum se frotta les mains d'impatience.

– Maintenant que tu as fait la connaissance de mes vedettes, si nous passions à mon bureau pour signer ton contrat ? C'est par là.

Peter refusa d'avancer mais Armand, toujours derrière lui, ne lui laissa pas le choix. Magnum ouvrit la route vers une petite issue pratiquée derrière l'estrade, probablement l'entrée des artistes, qui les mena hors du chapiteau. Ils traversèrent la piste de course, puis suivirent un couloir qui menait à l'arrière du vélodrome. Le bruit de la fête diminua pour finalement disparaître.

– Ne cherche pas à t'envoler, le prévint Armand. Je serais capable de t'arracher une aile en essayant de te rattraper.

4

Peter ne douta pas un instant de la mise en garde d'Armand. Il rétracta ses ailes contre lui pour les protéger. Sa cape lui manquait terriblement.

Le vélodrome était encerclé par un bois touffu traversé de part et d'autre d'allées de promenade. Magnum, Armand et leur otage ailé empruntèrent l'une d'elles sur une centaine de mètres avant de déboucher devant une petite gare où un interminable train semblait somnoler comme un serpent au soleil. Le directeur guida Peter jusqu'à sa voiture personnelle et l'obligea à monter.

L'intérieur du wagon brillait d'un luxe tape-à-l'œil. Les murs étaient couverts de bois laqué et de photos dédiées à la mégalomanie de Magnum. On pouvait y observer l'homme dégarni serrant la main à une multitude de personnalités qui devaient être importantes, même si Peter ne les connaissait pas. Fier de lui, Magnum énuméra quelques noms qui sonnèrent creux à l'oreille du garçon. Constatant son absence de réaction sur le dernier cité, le directeur s'écria :

– Mais enfin ! C'est le président des États-Unis. Qu'est-ce qu'on t'apprend à l'école ?

Peter haussa les épaules et croisa les bras tout en gardant un visage fermé. Le bureau de Magnum ressemblait à un nid de pies tellement on y trouvait de choses brillantes et inutiles. Les boutons de tiroir, les poignées, les lampes, tout était plaqué or. Des statuettes dorées d'animaux exotiques, de chevaux et d'équilibristes trônaient un peu partout. Un buste de Magnum lui-même semblait bomber la poitrine au sommet d'un buffet. Un coffre-fort gris était posé non loin du splendide bureau derrière lequel le directeur s'installa.

Armand avait poussé Peter à la suite de Magnum puis il avait claqué la porte sans se joindre à eux. Ils étaient seuls dans le wagon.

Magnum sortit une feuille noircie de caractères d'imprimerie, un stylo à plume et un encrier.

– Tu sais lire ? interrogea Magnum.

Peter hocha la tête sans lui faire l'honneur de répondre.

– Alors je te laisse parcourir ce contrat. Tu dois apposer ta signature au bas de la page.

– Et si je refuse de signer ? Allez-vous me garder prisonnier ?

– Prisonnier ? Quel horrible mot. Disons que nous aurons encore une autre discussion.

Peter garda le silence. Magnum s'adossa confortablement à son fauteuil et se crut autorisé à continuer.

– J'ai quelques bons arguments pour te faire plier. Dans un premier temps, je pourrais par exemple évoquer une certaine expédition dans une certaine oisellerie.

Les jambes de Peter manquèrent de le lâcher. Il s'appuya au dossier d'une chaise toute proche pour s'empêcher de tomber. Il s'efforça malgré tout de garder un visage neutre.

– Je ne vous suis pas.

Le directeur balaya sa réponse d'un geste de la main.

– Allons, pas de ça entre nous. Je graisse régulièrement la patte des forces de l'ordre pour qu'elles me tiennent au courant des infractions inhabituelles. Celle-ci a tinté à mon oreille comme une douce clochette. Figure-toi qu'on a fait effraction dans une oisellerie il y a deux nuits de cela. La caisse n'a pas été touchée. En revanche, il n'y avait plus un seul oiseau dans les cages. Les cambrioleurs les ont toutes vidées de leurs occupants dans le plus parfait silence. Juste au moment où un garçon-oiseau se produit en ville. Étonnant, non ?

– Vous n'avez aucune preuve, cracha Peter sur un ton menaçant.

– En effet, aucune. La police sèche complètement. Mais un informateur anonyme pourrait les aiguiller, tu comprends ?

Peter resta muet. Magnum ne pouvait rien contre lui.

– Dans un second temps, je pourrais attirer ton attention au sujet du sort du cirque des Merveilles.

Peter eut l'impression d'avaler un bloc de glace.

Un rictus cruel se dessina sur la figure de Magnum.

– Il se pourrait que le cirque d'été soit frappé ce soir par un terrible incendie pendant la représentation. (Le directeur esquissa une moue désolée.) Malheureusement, la perte matérielle provoquera à coup sûr la faillite de Léon Zapatilla.

– Vous n'oseriez pas ! s'écria Peter, horrifié.

Magnum frappa du poing sur son bureau.

– Parce que tu crois qu'Astaroth a hésité quand il a incendié mon chapiteau il y a quinze ans ? hurla-t-il, le visage empourpré.

Ainsi, Peter avait vu juste. Zapatilla avait couvert Astaroth en prétextant cette stupide histoire d'homme-poisson à l'autre bout du pays.

– Je venais juste de commencer ma tournée en Europe quand ce démon a mis le feu. Tu sais combien coûte un chapiteau de cette envergure ? Une fortune ! Il m'a fallu deux ans pour remonter la troupe. J'ai dû retourner aux États-Unis pour me renflouer et utiliser du matériel de seconde main. Encore heureux qu'aucune vie n'ait été prise.

Magnum s'enfonça à nouveau dans son fauteuil avec un sourire diabolique.

– Mais aujourd'hui je tiens ma vengeance. Je vole à Zapatilla son meilleur numéro et je lui rends la monnaie de sa pièce. Quel bel incendie ce sera. J'achèterai les journaux demain pour me délecter des photos du cirque en ruine. Je pourrai peut-être recruter quelques-uns de ses artistes s'il n'a plus de quoi les payer. Les petites jumelles trapézistes m'intéressent beaucoup. Le samouraï n'est pas mal non plus. Et je serai ravi de compter la belle Olga dans ma troupe de funambules. Tu ne te sentirais plus aussi seul ainsi.

Peter demeurait figé, incapable de réagir à ce qu'il entendait. Il fallait qu'il prévienne Zapatilla du risque qu'il courait. Il devait sortir d'ici. Il examina les fenêtres et une porte au fond du bureau qui devait mener à l'autre partie de la voiture.

– Tu ne peux pas sortir. Ce wagon est blindé car c'est ici qu'est conservée la recette du spectacle. Les fenêtres ne peuvent être qu'entrouvertes et la porte du fond donne sur mes appartements privés. Il n'y a qu'une seule clé pour l'ouvrir, je la garde en permanence dans ma poche. Signe.

Peter resta debout, les bras croisés. Il était hors de question qu'il s'associe à une crapule telle que Magnum.

– Non.

Le directeur soupira. Il se plongea de longues minutes dans le silence, brassa de la paperasserie, griffonna deux-trois notes, se leva, regarda par la fenêtre, se rassit avant de frapper des deux mains sur son bureau, excédé. Pendant ce temps-là Peter n'avait pas bougé.

– Signe !

Peter garda le silence. Il se contenta de secouer la tête. Magnum se leva à nouveau.

– Je ne peux pas m'éterniser. J'ai un cirque à gérer, moi. Je te laisse. Je veux que ce document soit signé quand je reviendrai. De toute façon, tu n'as pas tellement d'autre solution que celle de me rejoindre.

L'homme quitta le wagon en claquant la porte. Peter resta seul dans le luxueux bureau. Il était prisonnier et dans l'incapacité de prévenir qui que ce soit. Il avait rarement été dans une situation aussi désespérante.

Peter tourna un peu sur lui-même tout en examinant les lieux. Il y avait forcément une issue. Il suffisait juste qu'il la trouve. Le contrat était toujours sur la table. Il s'approcha pour le prendre dans ses mains et le parcourir rapidement. Les différents chapitres le liaient à vie à Magnum pour une forte somme d'argent. La dernière clause lui fit dresser les cheveux sur la tête. Elle stipulait que le directeur serait encore propriétaire de son corps après sa mort. Cet homme exploitait peut-être des personnes présentant des difformités mais le seul et vrai monstre ici c'était lui. Dommage, le papier était de belle facture, pensa Peter avant de déchirer consciencieusement la feuille en très petits morceaux. Il regarda avec satisfaction le sol se couvrir de confettis. Voilà au moins une bonne chose de faite.

Peter se dirigea ensuite vers la porte du fond. Magnum avait raison, elle était fermée à clé. Il revint vers la porte de sortie et regarda par son petit hublot. Armand montait la garde dehors. Il frappa à la vitre. Le géant déverrouilla.

– Qu'y a-t-il ?

– Monsieur, j'ai terriblement soif. Vous pensez que je pourrais avoir un verre d'eau ? S'il vous plaît ? demanda-t-il de son air le plus innocent.

– Maintenant ? grommela Armand.

– J'ai la bouche tellement sèche que je n'arrive pas à réfléchir. Alors pour ce qui est de lire et de signer un contrat, ce n'est pas la peine.

Armand n'avait rien d'un homme méchant. Il jouait les gardes du corps quand monsieur Magnum le lui demandait et, bien souvent, sa taille suffisait à repousser toute menace. Il respectait son patron. Grâce à lui, il gagnait confortablement sa vie d'homme le plus grand du monde. Il possédait un wagon adapté à sa taille et une maison dans le sud de la France. Il y avait même des gens qui voulaient poser en photo à côté de lui. Armand n'était pas non plus un homme violent. Il ne maîtrisait pas sa force, voilà tout. Ce qui semblait anodin à une personne de taille normale demandait beaucoup de doigté à un être de deux mètres soixante. Nouer ses lacets de chaussures, manipuler une fourchette ou écrire à la plume, tout semblait trop petit quand on était un géant.

– Très bien, céda Armand. Je vais au wagon repas et je reviens.

– Merci, s'exclama Peter avec soulagement.

Le géant verrouilla la porte et Peter l'entendit s'éloigner. Il tenait sa chance. Il s'empara de la statue la plus proche, un rhinocéros en bronze enluminé. L'animal pesait son poids mais, depuis qu'il avait des ailes, Peter possédait une solide musculature aux épaules. Il souleva la sculpture et se dirigea vers la fenêtre côté forêt. D'un geste ample, il jeta l'animal dans la vitre. La fenêtre explosa dans une gerbe de petits bouts de verre acérés. Peter se saisit du buste de Magnum pour casser les morceaux de verre restants et élargir le passage. Il se coupa à plusieurs reprises la plante des pieds et les mains, mais il repoussa la douleur, trop pressé de s'échapper. Une fois le trou assez large, Peter récupéra un des tapis au sol et le déplia sur le bord acéré de la fenêtre. Il n'y avait plus de temps à perdre. Il prit appui sur le tapis et se glissa la tête la première par l'ouverture. Ses ailes coincèrent. Il força, se coupant à plusieurs reprises et arrachant quelques plumes au passage. Il chuta lourdement au sol et se releva, étourdi. Un cheminot était en train de huiler des roulements quelques wagons plus loin. Il releva la tête, alerté par le bruit, et découvrit la fuite du garçon. Il se précipita vers lui en faisant de grands gestes. Peter se mit à courir le long du rail dans la direction opposée. Au début de la voiture suivante, il avisa une échelle. Il y grimpa. Ses pieds nus couverts de sang glissèrent sur les barreaux mais il parvint tout de même à se hisser sur le toit du wagon. La voie ferrée dégageait une large allée dans la forêt épaisse, il avait assez d'espace pour s'envoler. Un souffle rauque derrière lui le fit sursauter. C'était Armand qui grimpait à toute allure l'échelle du wagon. Peter n'avait plus le temps, il courut droit devant lui en écartant les ailes. Ses coupures le lancèrent, un léger déséquilibre perturba son décollage mais il s'envola tout de même, échappant de justesse à la poigne géante d'Armand.

Il battit assez des ailes pour s'élever au-dessus des arbres. Il devait s'orienter pour rentrer au plus vite aux jardins des Champs-Élysées. Il tourna plusieurs fois sur lui-même avant de trouver un repère. La tour Eiffel. Elle s'élevait à l'horizon comme un gigantesque pic solitaire dans le ciel rose de ce début de soirée.

Il vola aussi vite que le lui permettaient ses ailes. Il n'était pas au meilleur de sa forme. Ses blessures aux pieds et aux mains continuaient à saigner, ses vêtements étaient déchirés par le passage à travers la vitre et une de ses ailes semblait plus faible que l'autre. Peter suspecta une coupure profonde. Il sentait également un engourdissement le gagner, comme si le monde se couvrait de coton. Il secoua la tête pour se réveiller. Un frisson le traversa de la tête aux pieds. Ça non plus ce n'était pas normal. Jamais il n'avait eu froid en vol. Peut-être était-il plus sérieusement blessé qu'il ne le pensait.

Il ne sentait quasiment plus son aile droite et ses pieds lui paraissaient gelés. Soudain, il eut l'impression de reconnaître l'obélisque qu'ils avaient visité le premier soir. Il était presque arrivé. Il tourna légèrement vers la gauche. Les jardins étaient juste là. Il se laissa descendre jusqu'au ras de la canopée. Le toit du cirque d'été lui apparut enfin. Il voulut ralentir sa chute mais son aile droite ne réagit pas comme il l'espérait. Dans un cri, il rata le toit et s'écrasa lourdement sur la pelouse.

5

– Jeune homme ? Tout va bien ?

Quelqu'un lui secouait l'épaule. Il battit des ailes pour le faire partir. Une douleur aiguë traversa son aile droite. Il poussa un cri de surprise et essaya de se redresser.

– Attendez, ne bougez pas. Quelqu'un est allé prévenir le directeur du cirque. Vous venez bien de là, n'est-ce pas ?

– Encore un de ces cinglés qui croit qu'il peut voler avec des ailes de sa fabrication, commenta un badaud dans la petite foule rassemblée autour de lui.

– Peter ? appela une voix familière en se rapprochant. Mais que t'est-il arrivé !

– Natacha ? reconnut-il. C'est toi ?

Kyô et Natacha s'agenouillèrent à côté de lui. Ils étaient dans leur costume de scène. Il n'était donc pas trop tard.

– Il faut que je parle à Zapatilla ! s'exclama Peter.

– Dans cet état ? s'étonna Natacha. Mais d'où…

– Maintenant ! exigea le garçon avec toute l'autorité dont il était capable. Aidez-moi.

Kyô l'attrapa par un bras et l'aida à se mettre debout. Tout son corps semblait brûler de l'intérieur tellement il souffrait. Il prit une profonde inspiration et se précipita vers le cirque, soutenu par Natacha d'un côté et Kyô de l'autre. Ils contournèrent le bâtiment et pénétrèrent par l'entrée des artistes. Chaque pas lui coûtait, mais il continua jusqu'à se retrouver devant monsieur Loyal en personne. Léon Zapatilla ouvrit de grands yeux en voyant arriver son protégé couvert de coupures et de contusions.

– Peter ? ! Que…

– Il faut faire évacuer le cirque, ordonna Peter avant de résumer brièvement son après-midi.

Le bruit de l'arrivée rocambolesque de Peter avait rapidement fait le tour du cirque. Ils furent nombreux à se regrouper autour du garçon et de Zapatilla pour écouter son récit essoufflé.

– Il faut évacuer tout de suite ! termina Peter. Magnum a décidé de se venger. Il compte le faire ce soir.

– Le spectacle… tenta Zapatilla.

La tête de Peter lui tournait, ses pieds et ses mains lui donnaient l'impression d'avoir doublé de volume, il n'arrivait plus à fermer complètement son aile droite.

– Il veut mettre le feu, lâcha Peter avant de tomber à genoux aux pieds du régisseur.

Son énergie le quittait. Des mouches sombres volèrent devant ses yeux. Il secoua le bras pour les chasser mais il y en avait de plus en plus. Il ne se sentit pas tomber. Des mains le rattrapèrent mais il n'eut pas le temps de les remercier.

Il s'évanouit.

Il reprit conscience dans une odeur caractéristique de sciure et d'huile. Il ouvrit les yeux. Il était couché sur le ventre à même une table posée au beau milieu de la piste. Les éclairages étaient tous allumés et dirigés vers lui alors que la salle était plongée dans l'obscurité. Il eut du mal à se rappeler ce qui s'était passé. Était-il tombé pendant son numéro avec Olga ? Il tendit l'oreille mais n'entendit pas un murmure en provenance du public. Non, le spectacle était terminé. Il n'y avait plus personne. Il tourna la tête.

– Il est réveillé ! annonça une voix de femme inconnue juste au-dessus de lui.

Il voulut se retourner pour voir qui avait parlé mais une main le maintint en place.

– Tut tut, mon jeune ami. Ne bougez pas. Je n'ai pas fini de recoudre votre aile.

– Recoudre ?

Soudain, les événements lui revinrent en mémoire. Le chapiteau du vélodrome, Magnum et sa galerie de monstres, sa fuite hors du wagon, sa chute…

– Le feu ! s'écria-t-il en se souvenant pourquoi il s'était échappé.

– Du calme, gronda une autre voix.

– Astaroth ? reconnut Peter.

– Je suis là, le rassura le démon en apparaissant dans son champ de vision. Tout va bien.

– Magnum… Il veut mettre…

– C'est réglé, l'interrompit Astaroth. Grâce à ton intervention, nous avons fait le tour des coulisses pour vérifier. Quelqu'un avait entassé des bottes de paille imbibées d'essence dans plusieurs lieux peu fréquentés des coulisses. Il aurait suffi d'une étincelle pour tout enflammer. Mais nous sommes arrivés à temps. Nous avons même mis la main sur l'incendiaire.

– Qui… commença Peter.

Un tiraillement aux pieds le détourna de ses pensées.

– Voulez-vous arrêter de bouger ? se plaignit la même voix que tout à l'heure. J'ai fini avec vos ailes alors je m'occupe de vos pieds. Tenez-vous tranquille que je retire ces morceaux de verre. Il va falloir abandonner cette manie de marcher pieds nus.

– C'était un garçon de la bande à Maurice, expliqua Astaroth en s'agenouillant en face de lui. Magnum l'a soudoyé pour espionner tes habitudes et lui délivrer un maximum d'informations sur tes fréquentations. Les autres sont rudement déçus qu'il les ait trahis pour de l'argent. Magnum est doué, il savait qu'en jouant les tentateurs auprès de Capucine il avait de fortes chances de mettre la main sur toi.

– Capucine ! se souvint Peter.

– Elle est rentrée, ne t'inquiète pas. Peu après ton arrivée fracassante. Elle n'en menait pas large. Il semblerait qu'elle t'ait cherché partout avant de se décider à revenir et à se présenter devant son père.

– Aïe ! s'écria Peter en sentant une vive douleur dans la plante de son pied gauche.

– Ça, c'était un énorme morceau de verre, siffla l'inconnue.

– Qui est cette femme ? chuchota Peter à son ami.

– Je suis la meilleure vétérinaire de Paris. Spécialiste des oiseaux, répondit la femme. Et j'ai l'ouïe suffisamment fine pour vous entendre.

Astaroth se redressa, mal à l'aise. Il jeta un coup d'œil craintif à la vétérinaire puis revint au garçon allongé devant lui.

– C'est le docteur Atlas qui nous a donné ses coordonnées. Tu es arrivé dans un sale état, Peter. Je ne sais pas ce que tu as traversé mais…

– Une fenêtre, résuma sobrement le garçon ailé.

– Comment ça ? interrogea Astaroth sans comprendre.

– J'ai traversé une fenêtre, ajouta Peter. Mais elle était déjà cassée… en partie du moins.

– Ça explique beaucoup de choses, gronda la vétérinaire. Vous avez les pieds constellés de bris de verre, les ailes salement coupées à plusieurs endroits ainsi qu'un joli assortiment de contusions. Et je n'ai pas encore examiné vos mains !

Peter observa ses paumes et ses doigts couverts de coupures mal refermées, de sang et de terre. Et si ses ailes étaient dans le même état ?

– Je vais pouvoir voler ? s'inquiéta-t-il soudain.

Le spectre du garçon poulet revint le hanter. Sa gorge se serra devant la perspective d'être privé de sa raison d'être.

– Bien sûr, le rassura la femme. Je ne suis pas la meilleure vétérinaire de Paris pour rien. Mais il faudra respecter une période de repos. Je vous préviens, je viendrai vérifier en personne que vous ne vous servez pas de vos ailes.

– Crois-moi, elle ne ment pas, souffla Astaroth.

– Je vous ai parfaitement entendu, monsieur Antilope, protesta autoritairement la vétérinaire.

Un sourire réjoui se dessina sur le visage du démon. Peter ignorait qui était cette femme mais elle semblait bien plaire à son ami.

– Elle m'appelle comme ça parce que, d'après elle, mes cornes sont les mêmes que celles d'une antilope. Tu te rends compte ! confia Astaroth, ravi.

Non, Peter ne se rendait pas compte. Il ignorait ce qu'il y avait de réjouissant dans cette histoire d'antilope, mais il hocha quand même la tête pour faire plaisir à son ami.

– Plutôt que de rester là à discuter, venez m'aider à bander ses pieds, ordonna la vétérinaire, une note d'amusement dans la voix.

– À vos ordres !

Tandis qu'Astaroth et la vétérinaire œuvraient, Capucine et Olga firent leur apparition en compagnie de Maurice en tenue de pistard. Peter faillit ne pas le reconnaître tant la propreté et le port d'un uniforme le changeaient.

– Peter ! J'ai cru ne jamais te revoir ! s'exclama Capucine.

La jeune écuyère semblait avoir pleuré. Ses joues rouges et son air décoiffé laissaient imaginer la teneur de ces dernières heures.

– Je t'ai cherché dans tout le chapiteau de Magnum. J'ai appelé, j'ai interrogé les gens autour de moi, il n'y avait aucune trace de toi. C'est comme si tu t'étais évaporé. Un vrai cauchemar. J'ai fini par rentrer au cirque et aller voir Papa. J'avais tellement honte de m'être fait avoir ainsi.

Des larmes recommencèrent à couler sur ses joues. Olga sortit un mouchoir qu'elle lui tendit. Maurice, l'air gêné, tapota maladroitement le dos de Capucine pour tenter de la réconforter. L'écuyère continua.

– J'étais en colère contre moi-même. Me croire plus futée que ce vautour de Magnum… J'ai été tellement stupide. J'ai fait exactement ce qu'il attendait de moi. Quelle frayeur quand je me suis rendu compte que tu avais disparu ! Je t'ai cru emprisonné, attaché, enchaîné. J'ai été si soulagée d'apprendre que tu étais revenu ici ! Papa m'a expliqué pour la tentative d'incendie. Tu es arrivé à temps.

Ce fut au tour d'Olga de prendre la parole. Elle avait le visage encore plus pâle que d'habitude. Peter crut percevoir une note de reproche dans ses paroles.

– Quand je t'ai croisé dans les coulisses tout à l'heure, j'ai eu si peur ! Kyô te portait presque, tu étais en sang. (Elle regarda Capucine avec un air vexé.) Vous auriez dû me dire pour Magnum et le spectacle, je serais venue avec vous.

– Capucine n'avait que deux billets, devança Peter.

– Ce n'est pas une excuse, continua Olga. J'aurais pu acheter un autre ticket pour vous accompagner. Je croyais que nous étions amis.

– Nous le sommes ! s'empressa de répondre Capucine en se remettant à pleurer. Tu es ma meilleure amie. J'ai juste pensé… je voulais… Olga, je suis tellement désolée !

Olga et Capucine tombèrent dans les bras l'une de l'autre. Pendant que l'écuyère séchait ses larmes sur l'épaule de la funambule, Maurice fit un pas vers Peter.

Il se grattait la tête avec l'air de ne pas savoir par où commencer. Après s'être plusieurs fois raclé la gorge, il se lança.

– Je suis venu pour te remercier. Ce qu'a fait Bernard, c'est impardonnable. Cet imbécile a accepté de l'argent de Magnum pour t'espionner. Il était même prêt à mettre le feu ! En plus, il m'a menti, à moi ! Et à plusieurs reprises qui plus est. Après tout ce qu'on a vécu ensemble. Ce fils de…

– Maurice ! s'offusqua Olga.

– Pardon. Je me suis emporté, rougit l'ancien chef de bande.

– Vladislav ne t'a pas trop torturé alors ? interrogea Peter en appréciant la transformation de Maurice.

Maurice laissa échapper un sourire empreint de fierté.

– Il est toujours sur mon dos. Il me fait trimer comme une bête mais il est juste. Il nous a intégrés à l'équipe des pistards, et c'est déjà comme si on faisait partie de cette famille. C'est pour ça que j'en veux à Bernard. Il n'a jamais su reconnaître sa chance même quand elle lui tombait dessus.

– Assez parlé de Bernard, s'impatienta Capucine en reniflant. Raconte-nous ce qui t'est arrivé.

La vétérinaire fit asseoir Peter. Elle nettoya et désinfecta les plaies de ses mains. Certaines contenaient encore des morceaux de verre qu'elle retira avec une pince fine. Astaroth l'assistait en lui passant les outils nécessaires. Tous deux œuvraient comme s'ils avaient déjà travaillé ensemble. Peter s'efforça d'ignorer la douleur et fit le récit de ces dernières heures. Il n'omit qu'une chose, un détail que ni Capucine ni Maurice n'avaient besoin de connaître. Il ne mentionna pas le fait qu'Astaroth avait mis le feu au chapiteau de Magnum il y a quinze ans de cela. Le démon sembla s'en rendre compte puisqu'il sourit brièvement en hochant la tête à son intention.

– Eh bien ! s'amusa Olga. C'est la première fois que tu rates ton atterrissage.

– Il a déjà eu de la chance de pouvoir s'envoler avec une aile dans cet état, protesta la vétérinaire en achevant d'attacher fermement une bande autour de la main droite de Peter. Voilà ! Bandé comme une momie. J'ai fini mon travail pour ce soir.

Peter essaya de la remercier mais elle leva la main pour le faire taire.

– Remercie-moi en prenant soin de toi. Quand on a la chance de posséder de telles ailes, on prend soin d'elles. Repos obligatoire. Je viens voir demain comment tes coupures cicatrisent.

La femme rangea ses instruments dans sa mallette et annonça qu'elle partait. Astaroth insista pour la raccompagner. Au même moment, Maurice fut appelé par Vladislav. Il ne resta plus que Capucine, Olga et

Peter. Les filles s'installèrent chacune d'un côté de leur ami sur le bord de la table.

– Je m'excuse, répéta Capucine.

– Oh, ce n'est pas la peine, la rassura Peter.

– Si, insista-t-elle. Je me suis montrée égoïste, je t'ai mené dans la gueule du loup. Tu avais raison et je ne t'ai pas écouté. Je t'ai mis en danger.

– J'aurais pu refuser, argumenta son ami. J'étais curieux moi aussi de voir le chapiteau de Magnum. On peut dire que je ne l'ai pas regretté.

– Quelle horrible journée, gémit Capucine en frottant à nouveau ses yeux humides.

Ils restèrent côte à côte en silence. Le spectacle avait été annulé pour ce soir mais il reprendrait dès le lendemain. L'ange du cirque n'y participerait pas. Le public allait être déçu.

– Vous croyez que Magnum va revenir ? s'inquiéta Peter.

– Il y a peu de risque. Papa a fait appeler la police. Bernard a été arrêté. Même si Magnum est protégé, il n'a pas intérêt à revenir fouiner dans le quartier.

– C'est certain. Natacha m'a assuré que Kyô était prêt à le recevoir. Il a parlé de lui couper le petit doigt comme punition. Il paraît que c'est ce qu'on fait aux hommes qui manquent d'honneur au Japon.

– Finalement, j'aimerais bien voir Magnum pointer son nez juste pour assister à ça, conclut Capucine.

6

Le lendemain, Peter se leva perclus de courbatures. Son corps était couvert de bleus et ses coupures cachées sous de multiples pansements le démangeaient terriblement. Les bandes autour de sa main limitaient ses gestes, heureusement que la vétérinaire avait eu la bonne idée de laisser son pouce libre. Il prit son petit déjeuner avec Astaroth devant la roulotte du démon. Il appréciait sincèrement cet homme tumultueux et calme à la fois. Il le considérait un peu comme le grand frère qu'il n'avait jamais eu. Il se sentait protégé en sa présence et il pouvait se confier à lui sans peur d'être jugé. Il aimait également ces petits déjeuners silencieux en sa compagnie. il trouvait que c'était une façon agréable d'aborder la journée.

Alors que Peter terminait son deuxième croissant, Capucine arriva en courant. Elle tenait un journal à bout de bras et arborait un grand sourire.

– Peter ! Il faut absolument que tu lises ça !

Elle lui mit le papier entre les mains. Une photo de monsieur Loyal en compagnie de Peter trônait en première page. C'était un cliché qui avait été pris il y a quelques semaines déjà, quand ses plumes étaient encore blanches et qu'il portait un chapeau pour protéger son crâne chauve. Un article détaillé l'accompagnait.

– Lis à voix haute, l'invita Astaroth.

– Non, attends ! s'exclama soudain Capucine avant de se mettre à appeler à la ronde : Venez tous ! Venez écouter ! Nous sommes sur la première page du journal !

En quelques minutes, ils furent nombreux à accourir, sortant des roulottes et se passant le mot. Quand Peter se mit à lire, debout sur une chaise, une vingtaine de personnes l'écoutaient.

– Concurrence entre deux cirques : l'incendie évité de justesse.

En ce moment, deux cirques renommés égayent les soirées de notre capitale. À ma gauche, aux Jardins nord des Champs-Élysées, le cirque des Merveilles. Son spectacle enchante l'imagination des petits et des grands en présentant des numéros plus phénoménaux les uns que les autres. La troupe compte un dresseur de fauves, des acrobates équestres, une funambule, un jongleur de couteaux, deux trapézistes, un magicien, un cracheur de feu ainsi qu'un ange. Vous avez bien lu. Le dernier artiste ne saurait être appelé autrement puisqu'il s'agit bel et bien d'un garçon doté d'ailes tout ce qu'il y a de plus réelles.

À ma droite, siégeant dans le bois de Vincennes, Le Plus Grand Chapiteau du Monde de P.T. Magnum. Ici règne la démesure. Cet immense cirque comptabilise pas moins d'une centaine d'artistes transportés en train. Le gigantesque chapiteau, un record du monde à lui tout seul, abrite trois pistes ainsi qu'une galerie de monstres humains. Dans la langue américaine, on appelle communément cela un Freak show.

Monsieur Magnum est un millionnaire américain mondialement connu pour ses rêves de grandeur. Malgré sa réussite, il s'est mis depuis peu à convoiter la dernière recrue du cirque des Merveilles. Je veux parler de l'ange. Loin d'être découragé par les multiples refus de ce dernier, Magnum a fini par tendre un piège au garçon en l'enfermant dans son propre wagon et en l'obligeant à signer un contrat qui le lierait à vie à sa compagnie. Heureusement, le plan machiavélique du millionnaire n'a pas fonctionné puisque le courageux artiste ailé est parvenu à s'enfuir et à prévenir à temps sa propre troupe menacée par un incendie criminel. En effet, des bottes de paille arrosées d'essence avaient été dissimulées dans le cirque d'été. Elles étaient destinées à être allumées par un complice pendant la représentation. L'ange n'a pas protégé seulement sa troupe, il a également sauvé la vie de centaines de spectateurs. Nous sommes nombreux à lui en être redevables.

Malgré les aveux de l'incendiaire, la pleine responsabilité de Magnum dans l'organisation de cet incendie ne pourra sans doute pas être prouvée car le millionnaire dispose des meilleurs avocats. Néanmoins, nous pouvons nous poser la question suivante : jusqu'où ira la cupidité de P.T. Magnum ? Sa propre réussite ne le comble-t-elle donc pas ? Pourquoi aller gâcher la vie d'un cirque qui brille, non pas par son gigantisme, mais par sa propension à nous émerveiller ? Monsieur Zapatilla, directeur du cirque des Merveilles, témoigne : « Nous n'avons jamais cherché à concurrencer monsieur Magnum. Il a son terrain de compétences, nous avons le nôtre. Qu'il cherche à nous voler nos artistes le dessert plus qu'autre chose. De toute façon, il est reconnu au sein de la profession que P.T. Magnum est plus un chef d'entreprise qu'un artiste de cirque. »

Nous n'avons pas pu interroger l'ange du cirque des Merveilles. Blessé, son état a nécessité l'intervention en urgence d'un médecin. Il sera néanmoins présent dès la représentation de ce soir pour recevoir vos encouragements et vos vœux de prompt rétablissement.

Il est parfois bon de soutenir les petits face aux grands. C'est ce qu'il convient de faire avec le cirque des Merveilles et son spectacle envoûtant. Rendez-vous donc dès ce soir, 21 heures, au cirque d'été pour la représentation d'une troupe unique et talentueuse.

Peter se tut en tournant le journal vers son auditoire pour que tous puissent observer la photo et le gros titre. Des vivats et des applaudissements retentirent. Zapatilla avait retourné la situation à son avantage. Cet article le protégeait tout en lui évitant les foudres de Magnum et en générant une formidable publicité pour le cirque.

Capucine était ravie. Peter descendit de son promontoire pour la rejoindre.

– Ton père est un renard. J'ignorais qu'il avait parlé à la presse.

– Quand nous avons annulé le spectacle, les journalistes n'ont pas manqué de se demander pourquoi. Papa a tout expliqué sans dissimuler la réalité.

– Je reconnais bien là le génie de Léon Zapatilla, s'exclama Astaroth. Il sait rebondir sur les contrecoups du sort mieux que personne.

– Tu peux être fière de ton père, ajouta Peter.

– Je le suis, sourit Capucine. Mais je suis également fière de toi. Ne comprends-tu pas que tu es le véritable héros ? Ce soir les gens viendront autant voir le spectacle que te rencontrer. Tu es l'ange du cirque, notre porte-bonheur à tous.

La foule s'égailla. Il y avait une représentation à préparer et cet article présageait une foule des grands soirs.

Peter alla revêtir son costume même s'il ne pouvait pas faire son numéro. Tout comme l'article l'annonçait, Léon Zapatilla le voulait quand même en tenue. Le régisseur avait eu une bonne idée. Il avait demandé au garçon ailé d'être présent pour accueillir le public et recevoir ses encouragements. Peter avait rechigné. Il n'était pas très présentable avec ses bandages.

– Au contraire, rétorqua Zapatilla. Tous ces pansements ne font que rendre l'histoire plus réelle !

À l'heure de l'ouverture, Peter se posta dans le hall du cirque d'été. Après lui avoir demandé s'il était prêt, deux pistards allèrent ouvrir les portes. Le régisseur les avait désignés comme ses gardes du corps. La foule pénétra à l'intérieur du hall. Les journalistes se précipitèrent sur le garçon ailé en brandissant leur appareil photo. Jamais il n'avait répondu à autant de questions. Elles tournaient principalement autour du même sujet : Magnum.

La sonnerie annonçant le spectacle le délivra de cet interrogatoire. Seule une fille d'une douzaine d'années se tenait à présent devant lui. En retrait, à quelques mètres derrière elle, un majordome en livrée noire et blanche semblait veiller sur sa personne. La visiteuse était vêtue d'une élégante robe violette couverte d'un manteau en velours vert et portait à bout de bras une cage à oiseau. À l'intérieur, une perruche rouge vif aux ailes émeraude se balançait sur un petit trapèze.

La fille fit un pas vers lui en rougissant.

– Tu vas rater le spectacle, annonça Peter.

– Je sais mais je voulais d'abord vous parler. Seulement, les journalistes m'ont empêchée d'arriver jusqu'à vous.

– Désolé, s'excusa Peter qui trouvait étrange qu'une fille de son âge le vouvoie.

Celle-ci haussa les épaules.

– Oh, ce n'est pas de votre faute.

Elle se tut et se mit à regarder ailleurs comme si elle cherchait la façon d'aborder le sujet qui l'amenait.

– Tu voulais me parler, lui rappela-t-il.

– Oui. En fait, je voulais vous remercier, expliqua-t-elle. J'étais à la représentation d'hier soir. L'évacuation a été un peu rocambolesque. Les pompiers et la police sont intervenus. J'étais déçue de ne pas voir le spectacle mais quand j'ai su pourquoi il était annulé, j'ai été grandement reconnaissante que vous soyez arrivés à temps. Alors, voilà, je vous ai apporté un cadeau aujourd'hui. Il s'appelle Alister, c'est une perruche royale. Mes parents m'en ont offert toute une volière à mon dernier anniversaire.

Elle ouvrit la cage et tendit l'index à l'intérieur. Alister se posa sagement sur son doigt ganté de rouge. Le majordome s'avança en toute discrétion pour ramasser la cage restée par terre. La fille fit encore un pas vers Peter, elle se pencha pour attraper sa main tout en approchant la perruche.

– Tiens, Alister, voici ton nouveau maître.

La perruche s'élança d'un battement d'ailes et alla se poser sur la main de Peter. Son plumage rouge était incroyablement lumineux. Le garçon observa le volatile qui examinait ses doigts avec curiosité.

– Merci, balbutia-t-il. Je ne sais…

– Ne me remerciez pas. Je suis vraiment contente que vous deveniez le maître d'Alister. Vous verrez, il est très bien élevé et il est habitué à la présence de l'homme depuis son plus jeune âge.

– C'est vraiment très gentil, mais je préfère les oiseaux libres, refusa Peter en tendant la main vers la propriétaire de la perruche. Je ne veux pas être son maître.

– Mes perruches sont imprégnées par l'être humain, expliqua son interlocutrice en secouant les bras pour montrer qu'elle ne voulait pas la reprendre. Elles sont incapables de vivre seules. Mais libre à vous d'essayer de relâcher Alister. Vous verrez qu'il reviendra toujours.

– Tu sembles aimer les oiseaux. Pourtant tu les gardes dans des cages. N'est-ce pas cruel ?

La fille rougit, l'air troublé.

– Je vous ai parlé d'une volière mais c'est plutôt une serre en fait. Mes parents sont… très riches.

– Il n'y a pas de quoi être gênée. (La fille haussa les épaules en baissant les yeux.) Comment tu t'appelles ?

– Sarah, répondit-elle en souriant.

– Ça te dirait, Sarah, de visiter les coulisses ? Je t'invite.

Une lumière s'alluma dans les yeux de la fille. Derrière elle, le majordome se raidit.

– C'est vrai ? Je peux entrer dans les coulisses ?

Peter hocha la tête. Alister choisit ce moment pour quitter sa main et se poser dans ses cheveux en poussant un trille enjoué.

– Et ton accompagnateur peut venir aussi. Je vous présenterai aux artistes.

– Vous avez entendu ça, Alfred ? Nous sommes invités par l'ange du cirque des Merveilles !

Après avoir inspecté la chevelure de Peter, Alister sauta sur son épaule et se pencha pour regarder son nouveau maître avec curiosité. Le garçon lui rendit son regard. Les yeux noirs de l'oiseau le détaillaient avec intensité. Alister approcha son bec rouge pour toucher le bout de son nez.

– C'est étrange, fit remarquer Sarah. Il n'a jamais eu ce genre de comportement avec moi. On dirait qu'il vous prend pour l'un des siens.

L'oiseau continua ce manège quelques secondes puis s'arrêta, l'air satisfait. Il ébouriffa ses plumes et s'installa confortablement sur l'épaule de Peter pour y somnoler.

– Je pense que je suis adopté, déclara Peter en souriant à Sarah.

Le garçon tendit son coude comme il avait vu les messieurs élégants le faire. La demoiselle posa sa main gantée de rouge dessus pour se laisser accompagner.

– Vos blessures ne vous font pas trop souffrir ? s'enquit-elle en observant ses ailes bandées.

– J'ai connu des douleurs pires. Et puis, je cicatrise vite.

Ils s'enfoncèrent dans les coulisses, suivis de loin par Alfred, le majordome.

– As-tu déjà rencontré des Sélénites ? interrogea Peter.

Sarah secoua la tête. Le garçon se mit à raconter l'histoire de Séléné et de Moon telle que Léon Zapatilla la narrait sur la piste. Il se rendit compte qu'il s'en sortait plutôt bien. Peut-être pourrait-il un jour jouer le rôle de monsieur Loyal.

ANNEXES DOCUMENTAIRES

Il existe quatre types d'ailes d'oiseau :

Les ailes elliptiques (corneille, corbeau, chouette, passereau...) sont courtes et larges. Elles permettent un vol lent et manœuvrable grâce à des rémiges primaires (les longues plumes de l'extrémité de l'aile) très découpées dont l'échancrure élimine les turbulences.

Les ailes à grande vitesse (colibri, hirondelle, canard, faucon...) sont longues et effilées. Elles sont dépourvues d'échancrure et nécessitent un battement d'ailes continu car leur portance est faible.

Les ailes à grand allongement (goéland, mouette, albatros...) sont étroites et effilées. Elles n'ont pas d'échancrure. Mesurant près de cinq fois la longueur du corps de l'oiseau, elles sont conçues pour un vol plané à haute vitesse.

Les ailes larges (aigle, vautour, cigogne...) sont munies de rémiges primaires très découpées. Les interstices ainsi formés réduisent les turbulences et augmentent la portance tout en permettant un vol lent.

Les oiseaux coureurs (autruche, émeu, casoar et nandou) ne peuvent pas voler à cause de leur poids très élevé (jusqu'à 150 kilos pour l'autruche) et de leurs ailes trop courtes. Les kiwis et les manchots possèdent des ailes atrophiées qui les rendent incapables de s'élever dans les airs.

***

Les cirques stables sont un héritage direct de nos ancêtres romains. Ils ont connu leur heure de gloire au XIXe siècle avant d'être supplantés par les chapiteaux mobiles. La plupart ont été transformés en cinéma ou en salle de spectacle avant d'être finalement détruits. Il reste néanmoins quelques cirques stables en France toujours en activité : le cirque Jules-Verne d'Amiens, le cirque d'Hiver à Paris, le cirque de Châlons-en-Champagne… Ils sont en revanche bien plus nombreux en Russie, où les conditions climatiques rendent difficile l'installation de chapiteaux.

***

Le personnage de Magnum est directement inspiré de Phineas Taylor Barnum, un Américain resté célèbre dans le monde du cirque. Il commença sa carrière en présentant des *Freak shows*, ces galeries de phénomènes humains. Barnum possédait non seulement le sens de la démesure mais également celui des affaires. Il développa rapidement son entreprise en voyant plus grand. Il s'associa avec James Anthony Bailey, un directeur de cirque, pour créer The Greatest Show on Earth. Les tournées du plus grand Chapiteau du Monde connurent un véritable succès aux États-Unis comme en Europe. La troupe se déplaçait en train et se produisait dans un immense chapiteau de dix mille places et trois pistes. Barnum avait une troisième corde à son arc, la publicité. Il n'avait pas son pareil pour attirer le chaland à grand renfort de superlatifs. Prospectus, articles de journaux, annonces radiophoniques ou crieurs de rue, tout y passait. L'homme, un escroc avéré, n'hésitait pas à mentir si cela pouvait attirer encore plus de public.

TABLE

Cet ouvrage a été achevé d'imprimer
sur Roto-Page
par l'Imprimerie Floch à Mayenne
en août 2014

N° d'impression : 87232
Imprimé en France